LE PÈRE NOËL EST MORT

DANS LA MÊME SÉRIE

Crime Scene Investigation : Las Vegas

1. *Double jeu*
2. *La Disparue de Las Vegas*
3. *Le Linceul de glace*
4. *Le Corps du délit*
7. *Faux-semblants*
8. *Le Plagiaire*
9. *Jeux de massacre*
14. *Balles perdues*

CSI : Miami

5. *La Tangente*
6. *Les Héritiers*
11. *Foudroyé*
13. *Plongée mortelle*

CSI : NY

10. *Froid mortel à Manhattan*
12. *Du sang sous le soleil*

DONN CORTEZ

LES EXPERTS™ : MIAMI

LE PÈRE NOËL EST MORT

Based on the hit CBS television series

"CSI : MIAMI" produced by CBS Productions,
a business unit of CBS Broadcasting Inc.
in association with Jerry Bruckheimer Television.

Executive Producers: Jerry Bruckheimer, Ann Donahue,
Carol Mendelsohn, Anthony E. Zuiker, Jonathan Littman

Series Created By : Anthony E. Zuiker, Ann Donahue
and Carol Mendelsohn

Fleuve Noir

Titre original :
Harm for the Holidays
part one : *Misgivings*

Traduit de l'américain
par Michèle Zachayus

This edition published by arrangement with the original publisher
Pocket Books, a division of Simon and Schuster, New York.

ISBN : 978-2-265-08659-3

Dédicacé à mon agent, Lucienne Diver,
pour toutes les peines qu'elle se donne au travail,
son dévouement et sa foi.

1

Noël à Miami, pensa Horatio Caine, *c'est presque un pléonasme…*

Il jeta un coup d'œil par la vitre de son Hummer alors qu'il fonçait sur l'autoroute payante de Rickenbacker Causeway. De l'autre côté de la glissière de sécurité, dans la baie de Biscayne, les voiliers avaient leurs mâts ornés de guirlandes lumineuses de Noël, et Horatio remarqua au moins un bateau de croisière affublé d'un grand sapin gonflable sur le pont. Franchement, ce genre de fantaisie ne se voyait qu'une fois l'an… Mais d'un point de vue purement conceptuel, Noël durait toute l'année à Miami… Miami Beach constituait un super bel atelier de Saint-Nicolas pour adultes, distribuant de quoi picoler et se remplir la panse, offrant du sexe et de la musique à gogo… Bien sûr, il y avait des palmiers à la place des conifères, des néons au lieu de scintillements, et on faisait la queue à l'extérieur des boîtes de nuit plutôt qu'à l'intérieur des centres commerciaux. Mais tout le monde avait préparé une liste pour le Père Noël… Les videurs savaient qui avait été gentil ou méchant, et personne ne se plaignait de voir son cadeau arriver sous forme de cocktail Mojito ou enveloppé d'une lanière plutôt que de papier cadeau.

Il y avait même de la *neige* à Miami… mais celle qui s'importe en paquets-kilo conditionnés de plastique aux attaches serrées, planqués dans la soute d'une Cigarette, un de ces hors-bords ultrarapides…

Et naturellement, songea Horatio, *on y croise aussi le fameux croquemitaine Grinch de temps à autre…*

La scène de crime était un commerce de proximité situé dans Liberty City, un quartier plutôt mal famé en périphérie de Miami. Horatio se gara devant, près de deux officiers en uniforme, et sortit. Quand il passa en dessous du cordon jaune de police qui barrait l'accès au magasin, il avait déjà mis ses gants. Il utilisait plus de latex qu'un travailleur de l'industrie du sexe bossant au noir comme aide-soignant.

Agenouillée près d'une mare de sang, Calleigh Duquesne était déjà sur place. Horatio jeta un coup d'œil circulaire, repérant la caméra de surveillance, le tiroir-caisse fermé et un présentoir renversé de paquets de chips.

— Eh, Horatio ! lança Calleigh tout en prenant deux ou trois clichés sur le vif. Qu'est-ce qui vous amène par cette belle soirée festive ?

— Une tentative de vol, apparemment, répondit-il. Je crois savoir que la victime est toujours en vie ?

— Et son agresseur aussi. Le problème, c'est que nous ignorons qui est qui. Un client a trouvé les deux hommes inconscients, étendus sur le sol. À première vue, le premier a assommé le second avec ça… (Calleigh brandit une grande bouteille de bière en verre, dont le cul était maculé de sang et de cheveux.) Les deux hommes ont la trentaine, d'origine hispanique ou moyen-orientale. On a retrouvé des papiers d'identité sur l'un, pas sur l'autre. Les ambulanciers les ont emmenés à Dade Memorial.

— Alors comment se fait-il qu'ils aient été tous les deux assommés ?

— Regardez ça, répondit Calleigh en désignant une courte traînée rougeâtre qui partait de la mare de sang. Croyez-le ou non, on dirait que notre deuxième homme a dérapé sur le sang du premier – ou vice versa, qui sait. Et il s'est fendu le crâne dans sa chute.

— Nous avons donc un délinquant maladroit et un vendeur malchanceux…, réfléchit Horatio à voix haute. Si la caméra de surveillance fonctionne, nous devrions pouvoir les identifier…

Calleigh sur les talons, il contourna le comptoir principal. Juste en dessous, on avait fixé un petit moniteur vidéo à l'abri des regards de la clientèle. Il couvrait deux angles de vue : celui de la caisse enregistreuse et celui de la porte du fond.

— J'ai trouvé des traces de sang sur le comptoir, dit Calleigh en prenant d'autres clichés. On dirait que c'est là que la bagarre a éclaté.

Horatio mit la main sur le matériel d'enregistrement et régla les boutons de commande.

— OK, nous y voilà…, chuchota-t-il.

Le moniteur leur montra la nuque du caissier. Vêtu d'un long manteau noir, un homme élancé au teint mat entra dans le champ de la caméra, une revue à la main, en agitant l'autre comme un forcené. Une écharpe dissimulait la partie inférieure de son visage.

— Dommage qu'il n'y ait pas le son, remarqua Calleigh. On se demande ce qui le met dans ces états.

— A priori, dit Horatio, c'est en rapport avec cette revue.

L'agresseur donna un coup de poing au caissier, qui saigna du nez. L'homme empoigna sa victime par le cou et, à la force du poignet, la fit passer par-dessus le comptoir, devant le tiroir-caisse.

— Il est costaud ! s'exclama Calleigh.

— Et violent…

La lutte se poursuivit hors champ. Mais les enquêteurs virent tomber le présentoir de paquets de chips. Ensuite plus aucun mouvement ne parut à l'écran.

— La mare de sang provenait donc du direct dans le nez, déduisit Calleigh.

— Et c'est probablement juste après ça que notre malheureux caissier a pris la bouteille et frappé son agresseur. Chanceux, ce type.

Horatio baissa la main pour arrêter la bande enregistrée.

— Chanceux, c'est certain, commenta Calleigh. Vous avez vu la vitesse à laquelle ce mec se déplace ? Et traîner le caissier par-dessus le comptoir comme ça, d'une seule main… Qu'en dites-vous, Horatio ? Arts martiaux, entraînement militaire, ou bien drogué ?

— Nous devrons attendre que l'un des deux reprenne conscience pour connaître le fin mot de l'histoire, j'imagine. Mais au moins, nous savons maintenant qui a fait quoi.

— Oui… (Gagnant un angle du magasin, Calleigh Duquesne se pencha et ramassa la revue en cause pour l'ouvrir et l'examiner d'un œil critique.) Je vois ce qui l'a énervé… Les bottes de cette nana jurent franchement avec son couvre-chef…

Caine rejoignit sa collègue, pour y jeter lui aussi un coup d'œil.

— En tout cas, elles ne jurent avec rien d'autre, fit-il remarquer.

— Horatio, elle ne porte *rien d'autre* ! Elle se contente de sourire, en fait.

— Quel contraste avec la colère noire dans les yeux de notre fauteur de troubles…, lâcha-t-il. Si les regards pouvaient tuer, nous serions en train d'enquêter sur un meurtre au lieu d'une agression…

Elle les entendit avant de les voir.

Luisita travaillait à l'hôtel Excolo, un quatre étoiles de Miami Beach avec sa façade Art déco lui rappelant toujours un croisement entre Flash Gordon et Fred Pierrafeu – en raison sans doute de l'éventail chromatique des ocres bruns associé à un design profilé. D'après elle du moins. Luisita suivait des études pour devenir architecte, et payait ses cours en tenant la réception de l'hôtel Excolo pendant les week-ends. Elle avait constamment affaire aux touristes, aux étudiants éméchés et à la faune interlope de la ville… Mais *ça*… ! Elle n'avait encore jamais rien vu de tel.

— Ho, ho, ho ! Ho, ho, ho ! Ho, ho, ho !

Ça venait de la rue… Et ça se rapprochait en faisant de plus en plus de bruit – nettement plus.

Luisita jeta un coup d'œil à l'autre réceptionniste, un type dégingandé, la vingtaine, affichant en permanence un air vaguement surpris.

— Stuart, que se passe-t-il ?

— Hum…, répondit-il. Tu parles de lui ?

Il désignait l'entrée principale.

Là, sur le seuil, venait d'apparaître le Père Noël.

En quelque sorte…

Il arborait la tenue rouge traditionnelle, avec la grande barbe blanche – et tenait d'une main un porte-voix, de l'autre un produit nettoyant à vitres. Il décocha au personnel de l'hôtel une œillade joviale, porta le mégaphone à ses lèvres et brailla :

— Pères Noël ! *Dans le hall !*

Et soudain, il ne fut plus seul.

Une sorte de flot écarlate se déversa dans le hall – des Pères Noël de tous les styles… Des grands et des petits, des gros et des riquiquis, des mecs et des filles…

Sans parler des mutants : drapés dans des filets de pêche, perchés sur des talons aiguilles, en tenues à paillettes, avec des cornes, maquillés en clowns, affublés de masques de gorille et de lunettes à la Groucho… À chaque porteur de cadeau identique correspondait une version dévoyée, en bikini à fourrure, ou tenant en laisse des elfes de cuir vêtus… Il y avait des rennes, des elfes, et au moins un lapin de Pâques… Chacun d'entre eux scandait « Ho, ho, ho ! » à pleins poumons.

Luisita coula un regard suggestif à Stuart, qui était sous le choc. Son expression ébahie s'était figée – tel l'écran d'un ordinateur qui vient de planter.

Et il en arrivait encore… L'agent de sécurité, en pleine conversation avec le chef des grooms, avait été complètement pris de court. Quand il réagit enfin, une dizaine ou une quinzaine de Pères Noël avaient déjà franchi le seuil.

Et leur nombre ne cessait de croître.

Ils remplissaient le hall, de leur présence comme de leurs éclats de rire et de leurs « ho, ho, ho ! », flasques brandies. L'agent de sécurité leva les mains, mais ils ne lui prêtèrent aucune attention, continuant de surgir de tout côté comme un joyeux essaim à fourrure blanche.

Les yeux ronds, Luisita réalisa qu'elle souriait. Comment s'en empêcher ? Impossible...

Une ribambelle de Pères Noël s'agglutinait autour du sapin dressé au centre du hall. Tous se prirent par la main et commencèrent à chanter. Luisita crut d'abord qu'il s'agissait de *Deck the Halls*, mais au premier couplet, elle s'aperçut qu'elle avait droit à une version bien particulière de cette chanson – surtout avec les « *Enfilons maintenant nos culottes en caoutchouc Durex...* »

Un des joyeux lurons bondit vers la réception, plongea une main dans sa hotte rouge et en tira un présent enrobé d'un papier cadeau flashy qu'il tendit à Luisita en lui criant « Joyeux Noël ! » avec un sourire.

Non sans hésiter, elle l'accepta, et il alla rejoindre la sarabande en frétillant. Luisita ouvrait de grands yeux. Combien de Pères Noël se pressaient dans le hall ? Ils devaient déjà être une centaine, au bas mot, et ce n'était pas fini... D'autres continuaient d'affluer, de minute en minute.

— Tu vas l'ouvrir ? demanda Stuart.

Elle éclata de rire.

— Bien sûr ! Pourquoi pas ?

Déchirant l'emballage, elle découvrit une vieille boîte à chaussures dont elle souleva le couvercle...

— NOËL VOUS AIME ! brailla à tue-tête un des joyeux drilles.

La boîte renfermait un jouet... fort étrange. Le torse d'une poupée Barbie, la tête et les bras d'un tigre en carton, des ailes de fée transparentes et une jambe de cyborg… En guise de nichons, on avait collé de petits grains de pop-corn.

— Le Père Noël a dû fabriquer celui-là après s'être offert quelques laits de poule de trop, plaisanta Luisita.

Elle installa la chose derrière le comptoir, de façon à ce que le personnel en profite mais pas les clients.

Et, aussi vite qu'ils avaient envahi le hall de l'hôtel, les joyeux lurons disparurent dans la nuit étouffante de Miami en laissant dans leur sillage des barres en sucre candi, des autocollants qui proclamaient : « Vilain ! » ou « Chouette ! » et… des membres du personnel complètement déconcertés. En y regardant de plus près, on s'aperçut que le sapin de Noël avait été agrémenté d'ornements supplémentaires, qui allaient du ridicule au pornographique. À l'aide d'un pistolet à peinture rempli de neige artificielle, quelqu'un avait également tracé un gros « Ho ! » sur toutes les portes d'ascenseur. Luisita conserva son sourire toute la nuit.

Jusqu'à ce qu'elle rentre chez elle après le service et entende les nouvelles.

Le lieutenant de police Frank Tripp n'était pas un homme heureux.

Non qu'il fût malheureux en règle générale – sous ses dehors bourrus, c'était en fait un type chaleureux et facile à vivre. Mais certaines affaires lui portaient sur les nerfs… et dans ces cas-là, il devenait à peu près aussi marrant qu'un ours polaire dans un sauna.

Pour l'heure, il croulait sous une centaine d'affaires de cet acabit – qui, toutes, s'intitulaient « Père Noël »…

Nonchalant, Ryan Wolfe arriva sans se presser, sa

mallette d'expert de la police scientifique à la main. Ces jours-ci, nota Tripp, le gamin s'habillait bien. Un blazer couleur fauve tranchant sur une chemise à rayures. Tripp avait lui-même en tout et pour tout cinq costumes, choisissant toujours celui qui était le moins taché de café.

Que le gosse continue à se fringuer comme ça, songea Tripp, *et les gens vont se mettre à l'appeler « Horatio bis »*.

— Eh, Frank ! lança Wolfe. J'ignorais que le Pôle Nord faisait partie de ta juridiction…

— OK ! grommela l'interpellé, tu ferais mieux de dire tout de suite ce que tu as sur le cœur… Tu veux savoir combien de blagues sur le Père Noël je me suis déjà farcies ?

— Hum…, lâcha Wolfe, songeur, son regard volant derrière Frank en direction de la foule des Pères Noël amassés derrière le ruban jaune fluorescent délimitant la scène de crime. Un plein traîneau, je dirais…

— Ouais, eh bien, histoire d'anticiper ta question suivante, non, personne n'a eu sa grand-mère écrasée par un renne… La victime est par là-bas.

Tournant à l'angle de la bâtisse, Tripp conduisit Wolfe vers un parc de stationnement. Dans un coin s'élevait un amoncellement blanc, d'environ un mètre de haut, où se découpait une silhouette humaine. Dont les bottes noires dépassaient.

— C'est de la *neige* ? s'exclama Wolfe en posant sa mallette avant de l'ouvrir.

— Pas tout à fait, répondit Tripp. Plutôt de la glace rabotée à une patinoire… Apparemment, le Père Noël aime tracer des « huit » avec ses patins à glace pendant ses pauses. Le chauffeur de la Zamboni l'a découvert en venant par ici effectuer une livraison…

Wolfe enfila une paire de gants avant d'approcher de la congère artificielle. Les bottes qui en dépassaient appartenaient à un type quasiment nu – il n'avait sur lui qu'un pantalon rouge baissé sur les genoux, une barbe blanche postiche et un bonnet de Père Noël.

— On dirait qu'il a carrément fait fondre cet amoncellement par le milieu, observa Wolfe. Notre Père Noël dégageait beaucoup de chaleur.

— Tu penses qu'il voulait faire un bonhomme de neige ?

— Dans ce cas, reprit Wolfe, elle était sur lui… (Il attira l'attention sur deux creux dans la poudreuse, localisés de part et d'autre des hanches du cadavre.) Et on dirait qu'elle a aussi laissé une empreinte de botte… Bien trop petite pour appartenir à la victime.

— Mieux vaudrait la prendre en photo vite fait. Vu la rapidité à laquelle ça fond, ça aura disparu en un clin d'œil.

— Je peux faire encore mieux…

Wolfe tira de sa mallette une bombe qu'il secoua et décapsula avant de pulvériser une fine couche de mousse sur l'empreinte de botte en question.

— De la cire en bombe… Parfait pour réaliser des moulages dans la neige.

— Un truc spécialement conçu pour… Tu en as toujours dans ta mallette ?

— J'aime être paré à toute éventualité, répondit Wolfe, sur la défensive. En outre, ça marche aussi avec le sable ou la boue – et les matériaux de moulage chauffent en durcissant. La réaction exothermique risque de nous coûter certains détails.

— Il est mort comment selon toi ?

Wolfe entreprit d'examiner le cadavre avec soin.

— Je l'ignore. Pas de traumatisme apparent sur le corps, la peau est rosée et encore chaude au toucher… Je vois des traces de vomissures dans sa barbe. Il pourrait s'agir d'une attaque cardiaque, ou d'une apoplexie.

— S'envoyer en l'air dans la neige avec une petite copine d'un soir s'est peut-être avéré trop… excitant… pour lui ?

— Possible, admit Wolfe. Ou c'est peut-être tout simplement ce qui arrive quand on ne prend son pied qu'une fois par an…

Tripp se rembrunit.

— Le médecin légiste va arriver. Alexx pourra peut-être préciser la cause du décès. En évitant les blagues foireuses…

— Allons, Frank ! J'ai du mal à croire que tu puisses garder ton sérieux face à ça ! Un Père Noël tout nu, je vous demande un peu…

Wolfe détacha soigneusement l'empreinte à la cire de la surface neigeuse.

— Ce n'est pas la victime qui me fiche en rogne, mais tous les suspects à interroger… Plus d'une centaine, et pas un qui ne soit sobre ! La nuit va être longue… et bruyante, en plus.

— Tu n'as pas tort. (Inspectant les ongles du cadavre, Wolfe se munit d'une paire de fines pinces à épiler et d'une pochette de mise sous scellés.) Eh bien, mieux vaut s'y mettre… J'ai encore un milliard de traces à collecter, des fibres à prélever sous les ongles, les vomissures, ce qui semble être des poils de barbe sur l'aine de notre ami, voire des traces d'ADN dues à des rapports sexuels… Je vais rester un bout de temps.

— Merveilleux.

Chester Cypress aimait chasser. Il n'utilisait pas de fusil, d'arc ou de chien, et attendait le crépuscule pour partir à la chasse. Il s'enfonçait dans les Everglades à bord d'un skiff à fond plat, seul avec un seau et une perche d'environ un mètre quatre-vingts se terminant par quatre barbillons acérés comme des lames de rasoir.

Chester Cypress était un indien miccosukee – une ethnie dont il ne restait environ que cinq cents représentants. Il travaillait au village miccosukee, une communauté dont les origines étaient bien antérieures à la construction de l'autoroute de Tamiami Trail, dans un restaurant proposant des plats traditionnels de son peuple comme le pain frit, le pain à la citrouille, du poisson-chat – et des cuisses de grenouilles.

Son père lui avait appris à harponner les batraciens, et il comptait transmettre un jour ce savoir à son propre fils. En son temps, le père utilisait une lampe au carbure pour repérer les grosses grenouilles-taureaux et les clouer sur place, mais depuis, la technique s'était améliorée : Chester, lui, s'était fixé un fin rayon halogène très puissant sur le front. Avec les cerfs, cette méthode – qui consistait à paralyser les proies à l'aide d'une forte source lumineuse comme, le plus souvent, les phares d'un véhicule – s'avérait complètement illégale. Concernant les grenouilles, c'était considérablement plus sportif. Pour abattre les cervidés, il suffisait de viser et de tirer, alors qu'avec les batraciens, il fallait approcher au plus près sans faire de bruit avant de les embrocher d'un seul coup. Dans le même temps, il s'agissait aussi de rester sur ses gardes pour ne pas se laisser surprendre par des alligators ou des moccassins d'eau, ces petits serpents viscérins. Sans compter qu'une grenouille ne suffisait pas à faire un repas. Une bonne chasse nocturne consistait à rentrer chez soi avec un seau plein – ce qui signifiait parfois : rester dehors jusqu'à l'aube.

Toujours était-il que les touristes payaient cher le privilège de goûter à des plats exotiques – encore qu'en réalité, ils auraient probablement pu pêcher ces batraciens exotiques dans leur étang local, au pays. Tout résidait dans la présentation, supposait Chester. C'était du moins ce qu'on lui avait enseigné à l'école hôtelière.

Les rares touristes à s'aventurer dans les marais à la tombée de la nuit s'étonnaient toujours du raffut qui y régnait. À eux seuls, les insectes généraient une cacophonie ininterrompue, ponctuée par la lamentation occasionnelle d'un alligator mâle ou le trille aigre si caractéristique d'un engoulevent de Caroline. Au fil de l'eau, Chester tendait l'oreille en quête d'autre chose : le croassement de ses proies.

Tandis qu'il faisait avancer sa barge à fond plat avec une perche, il tournait méthodiquement la tête à droite et à gauche, à l'affût de la lueur dorée se reflétant dans les yeux des grenouilles. Le plus souvent, les gens partaient à la chasse au harpon par petits groupes de deux ou plus – l'un ramait, l'autre aveuglait et paralysait les batraciens avec une lampe torche et le troisième les tuait. Chester, quant à lui, préférait faire cavalier seul. Question d'ego, indubitablement. Il aimait pouvoir dire aux clients qu'il avait chassé et cuisiné son gibier sans l'aide de personne.

Le pinceau de sa lumière halogène cligna en rebondissant sur quelque chose qui flottait dans l'eau, devant la barge. Ce n'était pas des yeux de grenouille – plutôt un bout de métal. Maniant la perche, Chester s'en rapprocha.

Il s'agissait d'une longueur de chaîne brillante, du genre utilisé pour les laisses de chien. Elle entourait un torse humain – encore qu'il fallut quelques instants à Chester pour comprendre ce qu'il avait sous les yeux… La tête, les mollets, les pieds et les mains manquaient.

Chester fixa un long moment les restes humains puis, soupirant, chercha du regard un arbre à marquer, non loin de là.

— Tant pis pour ma nuit de chasse…, marmonna-t-il. Quand j'en aurai fini avec les flics, le soleil sera levé. Dommage, c'était vraiment l'endroit idéal pour en récolter un maximum… (Étudiant sa macabre découverte, il haussa les épaules.) Pour certains d'entre nous, en tout cas…

Les Pères Noël furent regroupés dans les gradins de la patinoire. Ceux-ci avaient apparemment décidé de tirer profit de la situation. La moitié d'entre eux environ avait envahi la glace pour se livrer à un jeu improvisé qui consistait à shooter dans une peluche de renne et à la faire traverser la patinoire… Wolfe crut entendre parler de « Ho-hockey »…

Tripp et lui avaient réquisitionné les stands des buffets de restauration pour mener les interrogatoires. Wolfe en avait déjà une dizaine à son actif, bannissant de ses pensées toute idée d'humour relatif à la période de Noël.

Un officier en uniforme fit entrer puis asseoir le suspect suivant. Un Père Noël traditionnel, celui-là ; sa barbe lui mangeait tant le visage qu'on ne voyait plus que ses yeux injectés de sang.

— Votre nom ? Et *par pitié*, ne dites pas… ! ajouta vivement Wolfe.

— … Père Noël !

— Avez-vous une pièce d'identité quelconque ?

— Depuis quand le Père Noël en a-t-il besoin ? Tout le monde le connaît !

Il parlait d'une voix joyeusement indistincte.

— Ouais, OK… Écoutez, un homme est mort cette nuit. L'un d'entre vous… Nous essayons simplement de comprendre ce qui s'est passé, d'accord ?

Cillant, le suspect ouvrit de grands yeux de hibou.

— Pauvre Père Noël…

— Eh ouais, pauvre Père Noël… Vous connaissiez le défunt ?

Le type haussa les épaules.

— S'il était avec nous, c'était un Père Noël. De quel genre, au juste ?

Wolfe réprima l'envie de rétorquer, « *Le genre tout nu et bien mort…* »

— En apparence, un Père Noël tout à fait standard… La trentaine, de type caucasien, un mètre soixante-dix environ… (Wolfe présenta à son interlocuteur éméché un cliché qu'il avait imprimé à partir de son appareil photo numérique.) Nous pensons qu'il a eu des rapports sexuels dans le parc de stationnement.

Le suspect étudia le cliché.

— Non, ça ne me dit rien. Ça ne fait sonner aucun grelot… C'était manifestement un *vilain* Père Noël, mais ça réduit les recherches à… l'ensemble d'entre nous pratiquement. À qui montrait-il son *Pôle Nord* au juste ?

— Nous l'ignorons, soupira Wolfe. Une idée de la Mère Noël impliquée ?

— Désolé, monsieur l'officier… Le Père Noël ne confie pas ses secrets d'alcôve.

— Entendu. Eh bien, il va me falloir prélever des fibres sur vos vêtements et votre barbe. Et je réquisitionne vos bottes.

— Mes bottes ? Mais... on n'a jamais vu de Père Noël distribuer ses cadeaux dans les chaumières en chaussettes !

— Navré, Père Noël. Je n'ai pas les moyens de prendre les moulages d'une centaine de bottes, alors elles devront m'accompagner au labo. Si vous désirez les récupérer, donnez votre véritable identité à l'officier. Il faudra vous y résoudre, de toute façon.

— Eh, est-ce que cette gargotte vend de la bière ? Le Père Noël a besoin d'un verre !

Wolfe soupira.

Le suspect suivant portait un kilt gansé de fourrure blanche, un blouson de serge rouge et un bonnet écossais de Père Noël. Sa barbe blanche broussailleuse semblait parfaitement naturelle, et il était encore plus beurré que le précédent...

— Ho, ho, ho ! beugla-t-il en s'asseyant lourdement. Et vous, que voulez-vous pour Noël, mon petit ?

— Un nouveau job, maugréa Wolfe.

— Excusez-moi..., fit poliment le nouveau Père Noël, avant de se pencher de côté et de vomir par terre.

— Ainsi qu'un balai à frange, ajouta Wolfe, morose.

2

Horatio Caine gara son Hummer dans le parking du centre de détention préventive de Miami Dade, un grand immeuble rouge orangé avec une capacité d'accueil de plus de mille sept cents places. C'était la principale prison de Miami, où les personnes interpellées arrivaient après leur inculpation. En général, le boulot d'Horatio consistait à s'assurer que les coupables échouaient derrière les barreaux – non les innocents. Mais ce jour-là, il venait avant tout à titre consultatif.

Il se présenta à l'enregistrement, au premier bureau, passa les diverses procédures de sécurité et finit par atteindre une petite pièce au premier étage. L'officier qui se leva pour l'accueillir avait la quarantaine, des cheveux noirs coupés court, un nez en galoche et… un grand sourire. Il s'appelait Calvin Selmo. Caine l'avait connu au temps où il faisait partie de l'équipe d'artificiers.

— Horatio ! s'exclama Selmo, le bras tendu. Quel plaisir de te revoir !

Caine et lui échangèrent une poignée de main.

— C'est réciproque. Comment vont Rose et les enfants ?

— Très bien, très bien… Manny est devenue une

ado et ma vie est un enfer… La routine, quoi ! (Il se rassit, imité par son visiteur.) Bref, je déteste t'ennuyer avec ce qui, je l'admets, est un problème relativement mineur – sans compter que j'aurais dû pouvoir le résoudre moi-même… Mais je me suis dit que tu serais peut-être de bon conseil pour ton vieil ami.

— Absolument, répondit Horatio. De quoi s'agit-il ?

— Eh bien, nous avons ce type en bas, en détention… On l'a amené ici cette nuit pour avoir saccagé un magasin de proximité et attaqué le propriétaire. Qui s'est défendu en l'assommant d'un coup de bouteille sur la caboche.

— Je sais. J'ai été appelé sur le site. La caméra de surveillance a tout filmé… Ça me paraissait limpide.

— Eh bien, les officiers qui ont procédé à l'arrestation ont déterminé qui était qui ; ç'aurait donc dû être simple. Mais les deux types étant inconscients, on les a d'abord emmenés à l'hôpital pour vérifications. La victime est toujours dans le coma, alors que l'auteur du délit a repris connaissance dans l'ambulance. Il va bien – au sens strictement médical, du moins.

— Oh ?

Tête inclinée, Horatio darda un regard bleu perçant sur son interlocuteur.

— Quand on l'a fait descendre en salle de traitement, il a regimbé. On a pris ses photos anthropométriques sans problème, mais dès qu'il a vu le tampon encreur des empreintes digitales, il a refermé le poing – les deux, à vrai dire – et a catégoriquement refusé de les desserrer.

Caine allait répondre lorsque Selmo le coupa.

— Je sais, je sais ! Tous les bleus connaissent les points de pression pour forcer un type à rouvrir les doigts… On a essayé ! Mais soit notre ami a un système nerveux bizarrement branché… soit il a un seuil de tolérance à la douleur incroyablement élevé – avoisinant la distance astronomique qui nous sépare de la planète Jupiter… ! Cela dit, je sais que nous pourrions obtenir ses empreintes digitales – ce n'est qu'une question de technique, au fond. Mais je n'avais encore jamais vu quiconque opposer une telle résistance. Il a fallu six gars rien que pour le maîtriser et tenter de lui écarter les doigts ! Je me suis dit qu'à ce train-là, nous allions finir par lui en casser quelques-uns accidentellement ! Et tu imagines ce que diraient les journaux…

— Mmmh…, fit Horatio. Briser les doigts d'un suspect simplement pour relever ses empreintes n'aurait franchement pas l'air plausible, hein… ?

— Franchement pas, non ! Mais pour tout ce qui sort du cadre du plausible, mon ami, c'est toi l'expert.

Caine sourit.

— Le labo médico-légal se heurte parfois à de bien étranges situations…, admit-il. Et nous avons aussi relevé pas mal d'empreintes à partir de sources insolites. Tu veux que nous trouvions ce que ce type a pu toucher et que nous récupérions ses empreintes dessus ?

— J'espère que vous aurez plus de chance que nous, c'est certain, soupira Selmo. Vois-tu, ce type porte des gants, du genre cuir très onéreux et faits sur mesure. Il a refusé de les enlever à l'hôpital aussi. Ce qui nous empêche de bien lui tenir les doigts. En fait, il faudrait découper les gants sur lui – beaucoup plus difficile à faire qu'il n'y paraît. Ça signifie également qu'il n'a pas dû laisser d'empreintes derrière lui.

Horatio Caine hocha la tête.

— Il a dû les garder à l'hôpital aussi… Je ne me

souviens pas les avoir remarqués sur la bande vidéo de surveillance. Nous avons toutefois la revue qu'il a consultée ; il y a de fortes chances pour que nous puissions décalquer ses empreintes dessus. Et si ça ne marche pas… Eh bien, il faudra qu'il dorme à un moment ou à un autre.

— Oui, mais plus ça traînera en longueur, et pire ça sera. Ce type a contacté un avocat – pour ce que j'en sais, il est déjà en train de réunir des éléments contre nous pour engager des poursuites civiles… Je m'attends constamment à voir surgir des hordes de journalistes sur le seuil de ma porte !

— Une petite minute… Comment a-t-il pu appeler un avocat alors que vous n'avez même pas réussi à suivre la procédure habituelle de traitement ?

— Je n'en sais trop rien… Nous pensons qu'il a dégoté un téléphone portable à l'hôpital. En tout cas, son avocat s'entretient avec lui en ce moment même. J'espérais que tu pourrais peut-être aller le voir après.

— Oh ? Laisse-moi deviner… Tu voudrais aussi récupérer son ADN.

— S'il faut en passer par là… Mais d'abord, je me disais que tu pourrais jouer du fameux charme à la Caine sur notre homme…

Horatio gloussa.

— Je ne suis pas un négociateur professionnel, Calvin.

— Tu n'as peut-être pas le bout de papier le certifiant, Horatio, mais tu restes le flic le plus persuasif que je connaisse. Celui qui sait garder son calme et taper la discute avec un maniaque le ventre sanglé de deux dizaines de bâtons de dynamite doit forcément pouvoir gérer une négociation mieux que personne, vois-tu ?

Caine dévisagea Calvin un bon moment avant de répondre. Selmo avait été le genre de flic à prendre parfois des risques inconsidérés – c'était une des raisons pour lesquelles il s'occupait désormais des citations à comparaître pour les chauffards au lieu de continuer à désamorcer des explosifs puissants. Lorsqu'un supérieur lui avait demandé un rapport sur les compétences de Selmo, Caine n'avait pas menti. La brigade de déminage ne disposait que d'une infime marge d'erreur – la peine, la colère et le ressentiment n'avaient pas leur place dans ce boulot. Une mauvaise évaluation compromettrait la carrière de Selmo, alors qu'une mauvaise décision sur le terrain y mettrait fin – lui coûterait la vie, et peut-être celle de plusieurs autres innocents...

En apparence, Calvin avait depuis appris les vertus de la prudence. Appeler Horatio à la rescousse était assez malin de sa part ; il lui fallait identifier un suspect. Et cette formalité relevait normalement des compétences du labo scientifique. En cas de retombée politique – tel qu'un procès en droit civil – on s'en prendrait à son département plutôt qu'à lui, Selmo.

Calvin avait un sourire franc et candide. Pourtant, Horatio percevait aussi chez son interlocuteur comme un soupçon de suffisance. Cela dit, il ne pouvait pas lui en vouloir ; après tout, si Selmo s'était retrouvé derrière ce bureau, c'était bien de sa faute à lui, Caine. Horatio n'avait pas estimé lui devoir des excuses. Cependant, il lui devait quand même bien quelque chose...

— Je ferai de mon mieux, répondit-il à mi-voix.

3

Delko éternua.

— À tes souhaits, trésor, dit le docteur Alexx Woods. Tu couves un rhume, Eric ?

Elle gagna d'un pas vif le mur de tiroirs mortuaires en acier inoxydable renfermant ses cadavres, et consulta l'écritoire à pinces qu'elle tenait à la main.

Delko secoua la tête.

— J'espère que non. Les rhumes de Noël sont les pires !

Il suivit Alexx, prenant bien soin de rester à l'écart du tiroir coulissant qu'elle maniait.

— Si tu trouves qu'il fait froid là, il faudrait que tu passes quand il fait moins vingt ! Et puis, ne te plains pas, tu es toujours en un seul morceau – contrairement à notre John Doe…

— Ouais, fit Delko, il n'est pas en bon état… Un Miccosukee l'a découvert dans les Everglades cette nuit. Ignorant tout du protocole de la police scientifique, il a malheureusement hissé la victime à bord de son bateau et nous l'a amenée lui-même. J'ai traité ce que je pouvais sur place – y compris la longueur de chaîne qui entoure le torse – mais je vais aller jeter un coup d'œil à l'endroit où on a retrouvé le corps. Je voulais juste passer te voir pour avoir ton avis d'abord.

— Un avis, c'est bien tout ce que je suis en mesure de te donner pour l'instant…, répondit Alexx. Et tu sais que je n'aime pas ça en règle générale, hein ?

Delko écarta les mains en un geste conciliant.

— Je sais, je sais ! Tu n'as même pas encore eu le temps de l'autopsier… Mais quitte à ce que j'aille plonger au fond des marécages, j'aimerais avoir une idée de ce que je dois chercher.

— Mouais… Eh bien, ça, je ne peux pas te le dire. En revanche, ce que tu ne trouveras probablement pas, c'est sa tête.

— Et pourquoi ça ?

Elle désigna le cou de l'inconnu.

— Tu vois cette fracture, là ? Pas de marques d'outils, en revanche, les chairs sont déchiquetées et carbonisées autour des épaules… Ce type a eu la tête littéralement soufflée par une explosion. Tu récupéreras peut-être des fragments sur place, mais rien d'autre.

— Pour ses mains et ses jambes ? Même topo ?

Alexx inspecta soigneusement les zones en question avant de formuler une réponse.

— Non, ces parties-là, c'est différent. Je distingue des marques de morsures sur les mollets – le signe d'une prédation. Des alligators, vraisemblablement… Quant aux mains… C'est une tout autre histoire. (Elle souleva en douceur les avant-bras de la victime, examinant le moignon d'un poignet.) Ça ressemble plutôt à des brûlures chimiques.

— On va avoir du mal à l'identifier. Pas d'empreintes digitales ni dentaires, pas de portefeuille… Si on ne retrouve pas non plus son ADN dans nos fichiers informatiques, ce sera l'impasse. Mortel !

Les yeux baissés sur la dépouille, Alexx secoua la tête.

— Moins « mortel » que pour lui, en tout cas, conclut-elle en repoussant doucement le tiroir en place.

Le garde préposé à l'entrée de la salle d'interrogatoires, un grand type noir aux lunettes à monture d'acier, secoua la tête en souriant.

— Vous n'allez pas le croire, sergent ! lança-t-il à Selmo.

Celui-ci renifla.

— Attendez, laissez-moi deviner… Vous avez finalement réussi à enlever ces foutus gants, et il s'avère que notre client est un extraterrestre, c'est ça ?

— Eh bien, pas tout à fait, mais il y a de l'idée… Le type les a enlevés tout seul, et se déclare prêt à coopérer. Quoique je n'appellerais pas ça comme ça non plus…

— Ah bon ? fit Horatio. Il vous pose encore des problèmes ?

— Par l'enfer, non ! Il ne se montre plus aussi coopératif qu'obligeant ! Son avocat vient de partir – j'ignore ce qu'il lui a dit, mais quoi qu'il en soit, le prisonnier a complètement changé d'attitude ! Après Mister Hyde, nous voilà avec le docteur Jekyll !

— Vous avez pris sa déposition ? demanda Selko.

— Pas encore, il a juste donné son nom et son adresse. Nous avons pensé que vous aimeriez entendre son histoire.

— Eh bien, il semblerait que je t'aie fait perdre ton temps, Horatio…, soupira Selmo.

— Si ça ne t'ennuie pas, Calvin, j'aimerais assister à votre entretien. Je me demande vraiment ce que notre ami ganté va vous dire.

Selmo haussa les épaules.

— Bien sûr, pourquoi pas ? Je t'ai traîné jusqu'ici, après tout.

Il fit signe au garde, qui déverrouilla la porte.

L'homme menotté à la table d'interrogatoire se tenait droit sur son siège, le regard tout aussi droit. D'un teint légèrement hâlé, avec d'épais sourcils et un nez en galoche, il était rasé de près, et avait une petite cicatrice au menton. Depuis son arrestation, il avait toujours les mêmes vêtements, un long manteau noir passé sur un sweat-shirt gris indéfinissable, un jean et des tennis. Mais plus de gants.

Selmo prit la chaise située en face de l'interpellé, et Horatio Caine resta debout.

— Eh bien, commença Calvin, d'après ce qu'on m'a dit, vous auriez changé d'avis, monsieur… ?

D'un sourire, l'homme dévoila une rangée de dents blanches parfaites.

— Pathan. Abdus Sattar Pathan, à votre service. Je vous serrerais volontiers la main, mais…

— Il y a une heure, vous refusiez même d'ouvrir les doigts ! répliqua sèchement Selmo. Alors ? Qu'est-ce qu'il se passe ?

Aussitôt, le sourire de Pathan laissa place à une modestie gênée.

— Pour cela, je vous présente mes plus sincères excuses. (Il avait une diction parfaite, avec un très léger accent britannique.) Je crois avoir souffert d'une légère commotion.

— Vous me paraissez en pleine forme, réfuta Selmo.

Pourquoi vous opposiez-vous à ce qu'on prenne vos empreintes ?

— Par les temps qui courent, les Américano-arabes ont tout intérêt à se montrer prudents. Vous allez me trouver paranoïaque, ridicule même, mais j'étais persuadé que vous essayeriez de m'impliquer dans un crime quelconque… Sans être médecin, je crois qu'une commotion peut parfois entraîner des symptômes neurologiques.

— Nous n'avons pas à vous faire porter le chapeau pour quoi que ce soit, Abdus. Toutes les preuves parlent contre vous ! La vidéo surveillance, le sang sur vos habits, et très bientôt, vos empreintes… Ce n'est pas de la paranoïa mais la pure réalité.

Pathan fronça les sourcils.

— Je ne comprends pas. Je suis passé dans un magasin de proximité, j'ai vu un homme qui baignait dans une mare de sang, et je me suis porté à son secours. Ensuite, plus rien… J'ai repris mes esprits dans une ambulance, avec une bosse sur le crâne.

— Vous rigolez ? s'emporta Selmo. C'est ça, votre version des faits ? Vous êtes innocent ? Il se trouve que vous passiez là par hasard, et tout ça n'est qu'un fâcheux malentendu ?

— C'est la vérité, j'en ai peur. Le véritable agresseur a dû me cogner à la tête avant de s'enfuir.

— Et je suppose que lui et vous portiez aussi la même écharpe ? intervint Caine pour la première fois.

Pathan lui adressa un sourire contrit.

— Ce serait pousser un peu loin le bouchon, question crédibilité, pas vrai ? Non, j'imagine qu'il m'a enroulé son écharpe autour du cou après m'avoir assommé. Ça n'est pas en contradiction avec les éléments de preuves, n'est-ce pas ?

— En théorie, non, reconnut Caine. Nous détenons néanmoins la bande vidéo où l'agresseur manipule un objet particulier. Vous dites vous être précipité près du caissier dès votre entrée dans le magasin ?

Pathan n'hésita pas.

— En effet.

— Alors vous n'avez pas eu le temps de toucher à quoi que ce soit en rayon, n'est-ce pas ?

Pathan secoua la tête.

— Je vous assure, officier… ?

— Lieutenant Caine.

— Je vous assure, lieutenant Caine, que je n'avais jamais mis les pieds dans ce magasin auparavant. Vous ne trouverez mes empreintes nulle part.

Horatio lui jeta un regard glacial.

— Vous en paraissez absolument certain. Et si l'agresseur avait plaqué vos empreintes digitales sur les lieux de la même façon qu'il aurait, selon vous, enroulé sa propre écharpe autour de votre cou ?

Pathan soutint calmement son regard.

— Ça semble un peu dur à croire, n'est-ce pas, lieutenant ? Après tout, nous parlons d'un simple vol dans un magasin de proximité, pas de je ne sais quelle machination criminelle.

— En réalité, aucun vol n'a été commis, rectifia Caine. Étrange, vous ne trouvez pas ? Que notre homme-mystère se soit donné tant de mal pour vous incriminer, tout en dédaignant le tiroir-caisse ?

Pathan acquiesça.

— En effet. Mais les raisonnements d'autrui sont impénétrables, vous en conviendrez.

— Peut-être bien, concéda Caine. Par bonheur, je peux me fonder sur des éléments nettement plus concrets ; j'ai des preuves, monsieur Pathan… Et croyez-moi, ce qu'elles nous révéleront n'aura rien de mystérieux.

Le sourire de Pathan s'affirma – légèrement.

— Eh bien, dans ce cas, lieutenant Caine, conclut-il d'une voix douce, je ne peux qu'espérer que la vérité me rendra ma liberté…

— Bonjour, Wolfe, lança Frank Tripp.

Il vida sa tasse de café, puis héla la serveuse pour qu'elle la lui remplisse à nouveau.

— Bonjour…

Wolfe bâilla et se glissa sur la banquette située en face du lieutenant de police. Après avoir interrogé les suspects jusque tard dans la nuit, il était rentré chez lui rattraper un peu de sommeil en retard, acceptant de retrouver Tripp au petit déjeuner pour comparer leurs notes. Ils s'étaient donné rendez-vous au Auntie Bellum's, un modeste restaurant Art déco de style rétro, situé près du laboratoire scientifique. Wolfe contempla le menu en tentant de focaliser son regard.

— Que se passe-t-il ? Tu n'as pas assez dormi pour être frais et dispos de bon matin ?

Tripp avait l'air de meilleure humeur que la nuit passée.

— Mmmh…, grogna Wolfe. Ça va. J'ai dû rêver toute la nuit de gros lards en luge, par contre.

— Ah, oui ? J'ai décidé de ne pas prendre ce risque, et je n'ai pas encore été me coucher.

La serveuse, une jolie petite Cubaine, apporta la commande de Tripp avec le sourire. Celui-ci le lui rendit avant d'attaquer ses œufs à la fourchette et au couteau.

— Juste du café, s'il vous plaît, annonça Wolfe à la serveuse. J'aurais peut-être dû rester debout, moi aussi… J'ai l'impression d'avoir la tête farcie de… ce qui pourrait bien être le contraire d'une cervelle, tiens !

Tripp trempa son pain grillé coupé en triangle dans ses jaunes d'œufs.

— Mieux vaut s'y mettre tout de suite, mon garçon. Nous avons beaucoup d'entretiens à passer en revue.

— Je sais, je sais ! Bon sang, j'ai bien dû parler à cinquante Pères Noël cette nuit !

— Cinquante-deux. Moi-même, j'en ai interrogé soixante-trois d'entre eux.

— OK. Que savons-nous ?

Tripp finit de mastiquer et de déglutir avant de répondre.

— Eh bien, il s'agit d'un événement annuel. Qu'ils appellent la « Partouze-Noël » ou la « Papa-Bordel »… Un délire de ce genre. Ça a commencé il y a dix ans. Les adeptes se regroupent et partent dans ce qu'ils présentent comme une folle sarabande du genre spontané et créatif – le prétexte rêvé pour faire la bringue et traîner de bar en bar, en fait. Ils entonnent des chants de Noël dévoyés, distribuent des jouets mutants, laissent libre cours à leurs penchants exhibitionnistes…

— Pardon… des jouets mutants ?

Wolfe agrémenta son café de sucre et de crème.

— Ouais ! Ils coupent de vieux jouets en morceaux avant de les recoller n'importe comment… Des G.I. Joe affublés de têtes d'ours en peluche, ce genre de délire.

— Et ça a lieu depuis une décennie ? Comment se fait-il que je n'en aie jamais entendu parler ?

Wolfe sirota une première gorgée de café.

— J'ai dit qu'ils ont lancé ce petit jeu il y a dix ans, pas que ça se passait à Miami. L'affaire a commencé à San Francisco – quelle surprise – et s'est propagée ensuite comme une tache d'huile. D'après ce que je sais, la « Menace Rouge » en question est apparue à Barcelone, à Helsinki, à Bangkok, à New York, à Londres, à Vancouver, à Tokyo… et jusqu'en Antarctique. Ça a gagné notre coin récemment seulement.

Par-dessus le bord de sa tasse de café, Wolfe dévisagea Tripp de son regard trouble.

— C'est… impressionnant, Frank. Donc, je suppose que tu t'occuperas de collecter les informations concernant cette affaire, et que j'arrêterai les mécréants ?

Tripp s'esclaffa.

— Quoi, tu crois que vous êtes les seuls, vous les experts de la criminelle, à savoir mener des recherches ? Au cas où ça t'aurait échappé, ma plaque stipule que je suis un enquêteur ! C'est marqué « INSPECTEUR ».

— OK, un point pour toi. Bon, que peux-tu m'apprendre d'autre sur notre joyeuse bande de suspects ?

— Voyons… Eh bien, en dépit de leurs niaiseries d'ivrognes, nos lascars respectent un code de conduite rudement strict.

— Tu me fais marcher, là.

— Nein. Ils appellent ça les quatre « E ». Comme Ennui, Éclate… Comme dans : « N'Emmerde pas les flics, ni les vigiles des grands magasins ni les gosses. »

— Ah, oui ? Et c'est quoi, le quatrième commandement ?

— « Ne perturbe pas le Père Noël ». Quelqu'un aura décidé de transgresser celui-là, j'imagine…

— Et maintenant, les voilà qui nous emmerdent, *nous*..., grommela Wolfe.

— Pas tous, non. En fait, ils ne sont pas bien méchants tant que tu ne viens pas gâcher leur fête.

Wolfe fronça les sourcils.

— Avons-nous parlé aux mêmes gens hier soir, toi et moi ? Ou aurais-tu interrogé un *autre* ramassis de Pères Noël complètement ivres ?

Tripp leva son verre de jus d'orange et prit une lampée.

— Eh bien, il y a ivre et *ivre*. Tu t'es peut-être colleté plus de types appartenant à la seconde catégorie que moi... Un des agents en uniforme qui a rassemblé nos suspects est un vieil ami.

Wolfe opina amèrement du chef.

— Nous y voilà... Tu as donc collecté les infos utiles, pendant que moi, je me tapais les vomissures... Génial.

Tripp engloutit son dernier bout de pain grillé.

— Eh bien, tout le monde n'a pas les relations qu'il faut...

— OK, nous savons maintenant ce que tous ces Pères Noël fichaient là. Et notre victime ?

Tripp s'essuya la bouche avec sa serviette en papier, puis s'adossa à la banquette.

— On n'a pas trouvé grand-chose la concernant. Dans le groupe qu'on a appréhendé, personne ne semblait connaître ce type... Pourtant, il a vraiment dû prendre son pied avant de mourir... Il a passé le plus clair de son temps à flirter avec les Mères Noël.

— L'une d'elles admet avoir dépassé le stade du flirt ?

— Bien sûr. Notre chaud lapin aurait joué à « touche-pipi » avec certaines, enchanté de pouvoir fesser les plus grivoises de ces dames... Un autre truc qui fait vraiment fureur chez eux : la fessée.

— Ça, je m'en serais douté, répondit Wolfe. J'ai demandé à l'une d'entre elles de me montrer sa batte. Elle en était toute fière.

— Personne n'a reconnu avoir sauté sur la victime. Nul ne connaissait sa véritable identité non plus, mais ça n'a rien de surprenant – au cours de leurs virées, ils s'appellent tous « Père ou Mère Noël » entre eux... Avec des variantes, bien sûr. Du genre « Nicolas le Fesseur » ou « Ho Père ! » pour les intimes. Notre homme répondait apparemment au sobriquet de « Père Branlant »...

— Il a eu des histoires avec des rigolos du groupe ?

— Si c'est le cas, personne n'en a parlé.

Wolfe attira l'attention de la serveuse pour avoir encore un peu de café.

— Eh bien, espérons que nous en saurons plus dès que nous aurons identifié la victime. Il se peut que sa mort n'ait aucun rapport avec les autres Pères Noël.

Tripp hocha la tête.

— Si ça se trouve, ce n'est même pas un homicide d'ailleurs. Le gars était complètement défoncé, il aura eu une attaque...

— Et sa partenaire ne l'a pas remarqué, ou elle a paniqué et foutu le camp, enchaîna Wolfe. Dans tous les cas de figure, c'est moche...

— Et sur le front médico-légal, comment ça se passe ?

Wolfe remua son café, réprimant un bâillement de plus.

— Eh bien, je vais de ce pas foncer au labo, j'ai beaucoup de matériel à examiner. Des échantillons de fibres, de barbes, des moulages de bottes... sans compter les traces de rapports sexuels. Alors il faudra que je parle ADN avec Valera. Et nous ne connaîtrons pas la cause du décès avant qu'Alexx ne pratique l'autopsie.

— Je vais examiner de plus près la liste de nos suspects, voir s'ils ont des antécédents judiciaires et si certains sortent du lot... (Tripp se leva, sortit son portefeuille et jeta quelques billets sur la table.) C'est moi qui régale. À plus tard, OK ?

— Sûr...

Et c'est moi qui vais dormir debout derrière mon microscope, songea Wolfe alors que son collègue quittait le petit restaurant.

Chester Cypress utilisa un aéroglisseur pour emmener Delko là où il avait repêché le corps.

— Je suppose que j'aurais pu le laisser là où je l'avais trouvé, admit le Miccosukee, forçant la voix pour couvrir le boucan de l'hélice. Mais... si un alligator l'avait englouti avant que je ne revienne ? Je serais passé pour un mytho.

— Vous êtes certain de pouvoir retrouver le site ? demanda Delko.

Chester Cypress se contenta de hocher la tête. L'expert de la criminelle se dit qu'il lui faudrait bien lui faire confiance.

Le canal qu'ils remontaient à travers les herbes coupantes les entraînait au milieu des enchevêtrements de graminées, les nœuds des racines de cyprès surgissant comme autant de pattes noires de crabes géants à demi immergés. Il faisait plus frais à l'ombre, mais la température dépassait largement les vingt-huit degrés, et continuait de monter.

Même sous le soleil éclatant du milieu de matinée, le marécage avait un côté hanté… De la mousse espagnole recouvrait les branches des arbres morts tels des châles de dentelle abîmée drapant des os. Le bateau fendait lentement l'eau lourde et limoneuse qui ne laissait rien deviner de ses fonds. Le raffut de l'hélice brouillait les sons naturels, produisant une sorte de bruit blanc surnaturel qui couvrait les stridulations des insectes comme les trilles des oiseaux. De brillants puits de lumière trouaient çà et là les hautes frondaisons, éblouissant le regard et accentuant par contraste les ombres environnantes.

Chester Cypress coupa enfin les moteurs. Sans le rugissement des hélices, le silence parut « assourdissant ».

Le bateau heurta du bois mort qui jonchait la rive.

— Vous voyez cette marque, juste là ? demanda Chester en désignant l'entaille qui balafrait une branche. C'est ici que je l'ai trouvé, flottant à côté de ce rondin.

Delko hocha la tête.

— OK. Je voudrais jeter un coup d'œil alentour, voir si je trouve quelque chose. Dans le cas contraire, il faudra que je plonge.

— Ah. Besoin d'un coup de main ?

— Vous avez un fusil, n'est-ce pas ?

Chester fit signe que oui.

— J'apprécierais que vous montiez la garde pendant que je serai dans l'eau – rapport aux alligators…, répondit Delko. Mes supérieurs ont tendance à être un brin contrariés lorsque l'un de nous se fait croquer…

Chester haussa les épaules.

— Ça, c'est dans mes cordes. Mais j'ai une question... Ne devriez-vous pas bosser avec un partenaire chargé de surveiller vos arrières ?

— Voulez-vous que je vous dise... Ce sont les vacances. Tout le monde est très occupé. Et sans vous offenser, tout le monde a mieux à faire que de jouer les passagers sur une barge.

D'un regard circulaire, Delko tenta d'imaginer la scène. S'agissait-il d'une décharge sauvage de cadavres encombrants ? Ou l'inconnu était-il mort là ? Si on avait amené la victime en bateau, il n'y aurait pas moyen de reconstituer l'itinéraire...

Delko déballa son équipement photo, puis s'extirpa non sans mal de la barque pour revenir sur la terre ferme. Accroupi, il inspecta la surface du bois flottant. Une empreinte de pied boueuse se distinguait à peine sur la mousse. Il en prit un cliché.

— Vous n'avez pas quitté votre embarcation en récupérant le corps, pas vrai ?

— Non, confirma Chester.

OK. Donc quelqu'un – peut-être la victime, ou peut-être quelqu'un d'autre – est venu ici... Supposons qu'il s'agissait de notre inconnu, le cou entouré d'explosifs – à moins qu'on ne les lui ait fourrés dans la bouche... Tout saute, et le cadavre bascule dans l'eau...

Il inspecta les troncs d'arbres à sa hauteur, cherchant des débris produits par la déflagration. Rien d'évident. Mais l'arbre le plus proche se trouvait à une bonne quinzaine de mètres. Une petite charge explosive n'aurait laissé aucune trace de brûlure visible...

Du shrapnel, en revanche... Ce serait une autre histoire.

Il examina minutieusement tous les troncs à proximité, élargissant toujours plus son champ d'investigation. Il ne trouverait rien dans l'eau, la boue ou les broussailles. En revanche, le bois d'un arbre vivant renfermait toujours des preuves intéressantes.

Il dénicha ce qu'il cherchait à deux mètres de hauteur environ, dans l'écorce d'un palétuvier. Il prit quelques photos avant de déloger soigneusement l'indice à l'aide d'un coutelas.

— Vous avez repéré quelque chose ? lança Chester. Une balle ?

Delko glissa sa trouvaille dans une pochette de mise sous scellés.

— Je ne sais pas trop… Ça ressemble plutôt à une incisive. Ou à une molaire.

— Une *dent* ? Pour de vrai ?

— À moins que le mec n'ait porté un dentier, oui, fit Delko en souriant.

— *Waouh !* Comment aviez-vous deviné qu'elle s'était logée là ?

— Navré, je ne suis pas autorisé à parler de cette affaire. Je n'aurais probablement pas dû vous en dire autant, d'ailleurs.

Je vais pourtant confier ma vie à ce type en le chargeant de me protéger d'énormes reptiles carnivores… Mieux vaut ne pas l'agacer.

— Simple déduction. Et disons que j'ai aussi une certaine connaissance de la dynamique des explosions, OK ?

— Ah, oui ? *Waouh !* répéta Chester, l'air impressionné.

Donc, la victime s'est fait sauter la tête ici même… Et les mains aussi ? Selon Alexx, le gars aurait des brûlures chimiques sur les bras, mais est-ce antérieur ou postérieur à la mort ? Est-ce imputable à l'explosion, ou s'agit-il d'autre chose ?

Jetant un coup d'œil à l'eau, Delko soupira. Il n'arriverait jamais à trouver quoi que ce soit au fond, mais il devait au moins essayer.

— Bon, je vais sauter dans ma combinaison, annonça-t-il.

Quelques minutes plus tard, il glissa dans l'eau. Chester avait sondé la profondeur au bâton sur environ trois mètres. La saturation de débris et d'algues privait le flic de lumière. Delko évoluait dans un univers opaque et limoneux. Quand il toucha le fond, c'était comme s'il se trouvait à trente mètres de la surface.

Des ombres et de la vase virevoltaient autour de lui telles de fines particules vivantes. Le fond était jonché de bois mort et de pierres. Delko avança prudemment, braquant sa torche, au poignet, sur chaque trou et dépression.

Il découvrit la barque à environ six mètres de la berge. Il s'agissait d'un skiff en aluminium brossé, la coque percée dans le fond d'un trou déchiqueté aux bords calcinés. Delko déduisit de son état général qu'elle n'avait pas coulé depuis longtemps.

Il ne restait plus rien dans l'embarcation, hormis une longue pagaie coincée sous un siège et des pierres – qu'on aurait dit empilées là tout exprès.

La bombe qui a pulvérisé la tête de l'inconnu a peut-être explosé à bord du skiff... Ce n'est peut-être pas un meurtre mais un accident.

À ce stade, Delko n'aurait pas pu l'affirmer. Ce qu'il savait en revanche, c'était qu'il lui faudrait transférer l'embarcation échouée au labo pour inspection.

J'espère que Chester ne verra aucun inconvénient à m'aider à la repêcher. Ce n'est pas franchement son boulot, après tout…

Mais si on allait par là, protéger les arrières d'un expert de la criminelle ne l'était pas non plus, et jusque-là, il s'était prêté au jeu de bonne grâce. Si Chester Cypress connaissait les marécages comme sa poche, Delko lui permettait de faire des découvertes. On avait beau croire tout savoir, un expert de la police scientifique pouvait toujours vous apprendre deux ou trois petits trucs…

4

Les empreintes qu'il avait laissées sur la revue constituaient l'élément le plus important à charge d'Abdus Sattar Pathan. Calleigh Duquesne le savait. En l'agitant sous l'œil de la caméra de surveillance, Pathan avait fourni la preuve visuelle qu'il l'avait bel et bien manipulée avant l'agression. Une fois qu'on aurait relevé ces empreintes, Pathan ne pourrait plus soutenir qu'il était victime d'un coup monté fomenté par quelque criminel inconnu.

Il existait différentes techniques pour les relever. La plupart du temps, la méthode employée dépendait de la surface à traiter. Pour du papier brillant hydrofuge qualité photo (celui de la revue), Calleigh savait exactement laquelle utiliser.

L'appareil qu'elle sélectionna faisait penser à une fine torche électrique en aluminium anodisé noir. Un cylindre prolongeait en arc de cercle l'extrémité élargie, à la façon d'une grosse ampoule métallique. Il contenait un puissant aimant. À l'autre bout du manche pointait un petit cône inversé.

Calleigh versa une fine quantité de Magneta Flake – une poudre magnétique composée de fer et d'acides aminés – sur un morceau de papier avant d'y passer le bout cylindrique de l'applicateur. Aussitôt, les particules de poudre se déposèrent autour du cylindre, formant un petit pinceau qu'elle frotta doucement sur l'empreinte en l'effleurant à peine. Elle replaça ensuite l'applicateur au-dessus du petit tas de poudre qui recouvrait l'indice et tira sur le cône inversé. Calleigh désactiva ainsi l'aimant et l'appareil libéra sa poudre.

Calleigh alla chercher un colloïde gel-lifter dans le frigo – on utilisait souvent ce gel sur des matériaux comme le papier imprimé, pour éviter de recourir à un adhésif plus fort qui risquait d'effacer l'encre et de détruire l'empreinte. Mais il fallait le conserver au frais. Une fois l'empreinte décalquée, la jeune femme la scannerait et l'entrerait dans le réseau informatique.

Et brusquement, sa journée s'assombrit considérablement.

— Horatio, lança Calleigh, vous n'allez pas le croire…

Il jeta un coup d'œil à son experte en haussant un sourcil.

— Quoi ? Que se passe-t-il ?

Tous deux se trouvaient dans le laboratoire principal ; ils prenaient connaissance des données dactyloscopiques de l'affaire Pathan. Calleigh les faisait défiler sur un des grands moniteurs à écran plat.

— J'ai saupoudré la revue du magasin pour relever les empreintes, j'ai visionné de nouveau la bande vidéo de surveillance où on voit clairement Pathan presser le pouce droit sur la page ouverte à cet endroit. La photo est très nette.

— Et suggestive…

— Oui, la jeune dame qui y pose ne semble pas

timide. Ce qui la rebute sûrement, ce sont les gens étroits d'esprit, le polyester et les types qui mâchouillent leurs chewing-gums la bouche ouverte. Enfin, je ne crois pas que ces détails aient motivé l'agression, de toute façon.

— Le problème ? C'est quoi ?

— Le problème, c'est que j'ai retrouvé l'image en question à la page cent soixante-trois de la revue, et relevé une belle empreinte de pouce droit à l'endroit précis où elle devait se trouver. Il n'y en avait pas d'autres sur cette page-là.

— Et ?

— Et elle ne correspond pas à celle de Pathan.

Horatio fronça les sourcils.

— Comment est-ce possible ?

— Je l'ignore. J'ai peut-être pris la mauvaise revue, sur la scène du délit.

— Non. Il n'y avait qu'une revue par terre, et la bande vidéo prouve qu'il s'agissait de la même.

— Mais on aurait pu en mettre une autre à la place après l'agression ? Les interchanger ? Tant que le magazine restait sur le sol, elle était hors champ après tout.

Horatio Caine se frotta le menton d'une main pensive.

— Donc, pendant que Pathan est inconscient, quelqu'un d'autre arrive sur les lieux et remplace un élément de preuve capital ? Ça ne tient pas debout…

— Pathan dit peut-être la vérité. Dans ce cas, il ne s'agissait pas de lui sur la vidéo.

— C'est ce que prétendra certainement son avocat… Et pour le moment, nous ne pouvons guère prouver le contraire. (Caine secoua la tête.) Quelque chose cloche vraiment dans cette histoire. Notre suspect s'oppose à ce qu'on prenne ses empreintes, puis change brusquement d'avis au moment où une empreinte, justement, lève tous les soupçons qui pesaient sur lui ?

— Oui… ça pue, pas vrai…

— En effet. Tu sais quoi, allons examiner les autres éléments de preuve, d'accord ? L'écharpe, par exemple… Elle nous apprendra peut-être quelque chose.

— OK. Mais Pathan soutient que le véritable agresseur a laissé l'écharpe sur les lieux pour l'incriminer, ça ne nous avancera donc pas forcément de l'analyser.

Caine plissa le front.

— Ne t'en fais pas pour ça. Je m'en occuperai…

— Il a repris connaissance quelques heures après son admission ici, expliqua l'infirmière à l'accueil. (De type asiatique, elle avait un visage ouvert et amical, avec des lunettes rectangulaires à monture dorée.) Fracture du nez, trachée meurtrie, légère commotion, gonflement interne des tissus cérébraux, mais pas de saignement. Le crâne est toujours en un seul morceau, pas de points de suture. Nous le gardons encore quelques heures en observation, ensuite, il pourra rentrer chez lui.

— Un agent de police est-il déjà passé prendre sa déposition ? demanda Horatio.

L'infirmière secoua la tête.

— Non. Il a reçu un appel de sa famille, mais personne n'est venu lui rendre visite.

— Merci. Je tâcherai de ne pas être long.

Horatio Caine traversa le hall en direction de la chambre de Talwinder Jhohal, le vendeur agressé dans la boutique de proximité. Jhohal occupait un lit surélevé à la tête, et un grand pansement blanc lui couvrait le nez. Il avait les deux yeux au beurre noir, et des hématomes violacés se détachaient sur la peau brune de sa gorge.

— Vous… êtes de la police ? fit-il dans un chuchotement rauque.

Caine exhiba sa plaque.

— Lieutenant Horatio Caine, monsieur Jhohal. Je me demandais si vous pourriez me parler de la nuit dernière.

Jhohal cilla, puis secoua la tête.

— J'aimerais bien vous aider… Je ne me souviens de rien.

— Vraiment ? Eh bien, il paraît que vous avez opposé beaucoup de résistance à votre agresseur. Et grâce à vous, nous avons un suspect en détention. Il suffit que vous l'identifiiez…

— Non ! coupa sèchement Jhohal. Désolé, je ne me rappelle rien. Je travaillais et puis… je me suis réveillé ici.

Il foudroya son interlocuteur du regard – regard qu'Horatio soutint calmement, avant de baisser les yeux. Il ne désirait pas se mettre son seul témoin à dos.

— Très bien, monsieur Jhohal. L'amnésie partielle n'est pas rare dans ces circonstances. Espérons qu'un peu de repos vous rendra la mémoire. Mais permettez-moi de vous mettre en garde ; parfois, quand un témoin commence à se rappeler les faits, il envisage de régler lui-même l'affaire dans laquelle il est impliqué. Ce n'est jamais une bonne idée.

Le regard que Jhohal lui lança cette fois était plus incrédule qu'offusqué.

— Vous pensez que je… ? Non ! Non, lieutenant Caine. Croyez-moi, la dernière chose que j'aie en tête, c'est bien la vengeance. Je me battrais pour défendre ce qui m'appartient – *s'il le fallait* – mais... je n'irais pas plus loin. Je ne suis pas un violent, et je ne souhaite nullement le devenir.

Sous le ton amer de la victime, Horatio discerna autre chose, de nature à altérer radicalement le fil de son raisonnement.

Talwinder Jhohal n'était pas en colère.

Mais *terrifié.*

— Monsieur Jhohal, je peux comprendre vos réticences... Pourtant, comme je l'ai dit, nous avons interpelé l'homme qui vous a agressé. Et je peux vous assurer que si vous l'identifiez, il ne sortira pas de sa cellule.

— Je sais que vous faites simplement votre travail, et je comprends votre inquiétude. Enfin, ça... (Jhohal leva une main vers son nez pansé)... ne me tuera pas. C'est sans gravité. Je dois me concentrer sur ce qui importe vraiment – ma vie, mon travail, ma famille... Vous comprenez ?

Il semblait le supplier en lui expliquant cela.

— Pas encore, conclut Caine. Mais ça viendra...

Delko fit irruption dans la salle d'autopsie en bleu de travail orange vif. Alexx se rembrunit.

— Pardon ? C'est quoi, cette tenue ?

Le jeune homme eut un sourire embarrassé.

— Navré. J'étais en train d'inspecter une barque que j'ai rapportée des marécages, dans le parking. C'est vraiment crade. Après ton coup de fil, je suis monté tout de suite, sans prendre le temps de me changer.

— Eh bien, prends-le maintenant. Un peu de respect – on n'est pas dans un garage ici.

— OK, OK.

Delko ôta sa combinaison. Sous le bleu, il portait ses vêtements de ville.

— Le défilé de mode est terminé ? lança Alexx.

Delko passa des gants neufs.

— Allons-y.

Alex tira le drap qui couvrait le corps sur la table d'autopsie – ou ce qu'il en restait. Une jambe était coupée à mi-cuisse, l'autre juste sous le tibia. Les bras étaient tous les deux tronqués au même endroit, à mi-distance de l'avant-bras. Il manquait la tête et le cou. Les chairs étaient déchiquetées et calcinées au niveau des épaules.

— Notre inconnu est probablement de type hispanique, la quarantaine environ. Disons dans les quarante-cinq ans. Pas de tatouage visible, ou de cicatrices distinctes. La cause de la mort est l'explosion, qui a pulvérisé la tête. Les extrémités ont toutes été altérées post mortem : les jambes par prédation animale, les mains par un agent chimique – un acide ou un corrosif quelconque. J'ai envoyé un échantillon à Trace.

— Tu as retrouvé des fragments de la bombe ?

— Il y avait des débris de plastique et de métal fichés dans les tissus du trapèze ; je les ai collectés pour toi.

Elle prit un petit sachet plastique sur le plateau non loin de là, et le lui tendit.

— Elle ne contenait pas beaucoup de shrapnel…

Les bombes artisanales utilisaient fréquemment des clous rouillés et autres bouts de ferraille, histoire d'aggraver les dégâts occasionnés.

— Une dose suffisante, j'imagine. Se faire exploser la tête à la bombe au beau milieu d'un marais… Quelle fin !

— Au moins, la mort fut rapide. L'heure du décès ?

— Récente. Ça remonte à quelques jours, peut-être moins. Si tu désires une estimation plus fine, adresse-toi à un entomologiste – je ne m'occupe pas des petites bêtes.

— Le test de toxicologie ?

— Je n'ai pas encore les résultats. Aucune trace probante de maladie chronique ou de dépendance aux drogues. Autant que je puisse en juger, il était en parfaite santé. Le contenu stomacal était trop dégradé pour se faire une idée à l'œil nu, mais je l'ai envoyé au labo pour analyse.

— Parfait. Les fragments de bombe devraient m'apprendre quel genre d'explosif on a utilisé. (Delko secoua la tête.) Ça ne me donnera pas la raison, évidemment. Quoique l'affaire commence à prendre une certaine tournure sud-américaine…

— Un lien avec le milieu de la drogue, tu crois ?

— Ça ne me surprendrait pas. Les guérillas colombiennes ont parfois recours aux colliers d'explosifs, on le sait. Un type impliqué dans le trafic de cocaïne a pu s'inspirer de la technique. C'est le genre de chose dont les barons de la drogue se servent volontiers pour faire passer le message.

— Mais Eric, on a retrouvé ce pauvre type au milieu de nulle part ! Nous ne savons toujours pas de qui il s'agit. Alors qui était censé capter le message… les alligators ?

— Je ne sais pas, Alexx. En tout cas, quelqu'un, quelque part, doit bien se demander où il est passé…

Elle recouvrit la dépouille.

— Oui, fit-elle doucement. Mais lorsque cette personne l'aura retrouvé, il pourra s'asseoir sur ses fêtes de Noël…

Caine composa de mémoire le numéro du bureau du procureur, puis demanda le poste approprié.

— Allô ?

— Alison ? Bonjour, c'est Horatio Caine.

Alison Schoenhauer était l'avocate générale avec laquelle il avait travaillé par le passé. Une femme compétente, dotée d'une énergie illimitée et capable d'une franchise brutale. Il baissa les yeux sur le rapport qu'il tenait, puis le balança sur le bureau.

— Vous vous occupez de l'affaire Pathan, n'est-ce pas ?

— Hum, je n'ai pas encore eu le temps de consulter le dossier. Une petite minute…

Il patienta, le temps qu'elle le retrouve.

— OK, je l'ai… Désolée, c'était la folie ici ! Je m'envole pour les Bahamas à Noël, et je tâche de mettre de l'ordre dans mes affaires avant de partir. Bref, que se passe-t-il ? Je flaire le coup fourré à tous les coups…

— Eh bien, il y a du nouveau. L'auteur du délit nie tout en bloc – à l'en croire, le véritable agresseur l'aurait assommé par-derrière, avant de truffer la scène de preuves incriminantes…

Alison gloussa.

— Ben voyons ! Le dossier stipule que la caméra de surveillance a tout filmé… Attendez ! Dites-moi que vous avez toujours la bande ?

Horatio se pinça l'arête du nez entre le pouce et l'index.

— Nous l'avons, oui, mais le visage de l'agresseur est dissimulé par une écharpe…

— … Que vous avez aussi, n'est-ce pas ?

— Oui…

— Et comme il s'agit d'une écharpe, un tas de trucs a dû s'y accrocher, non ? Des cheveux, des fibres, des miettes de repas ? Voire des brins d'ADN ?

— Il prétend qu'on la lui a passée autour du cou quand il était inconscient.

— Et alors ? Au tribunal, il peut toujours débiter n'importe quelle salade à la con… Le juge aura déjà entendu toutes les histoires cinglées possibles et imaginables, de toute façon. Allons, Horatio, je n'ai pas que ça à faire.

Il lui parla donc de l'empreinte, des réticences de Pathan et de son brusque revirement.

Il y eut un long silence, le temps qu'elle digère tout ça, puis elle soupira bruyamment.

— Ho, Dieu ! Alors, que s'est-il passé ?

— Honnêtement, je l'ignore, admit Caine. Mais j'étais présent sur les lieux du délit, et je peux vous affirmer une chose en toute connaissance de cause : aucune erreur n'a été commise dans la collecte ou le traitement des éléments de preuve.

— Dommage ! Car à la lumière des autres indices, ça m'aurait presque arrangé si on avait égaré cette empreinte-là.

— Je me refuse à falsifier les preuves, Alison.

— Naturellement. Mais si notre ami Pathan cherche à nous rouler, il comprend très certainement l'importance de cette empreinte, et il n'hésitera pas à l'utiliser devant la cour. Et si vous ne pouvez pas prouver qu'il a truqué les preuves, nous n'avons rien. Pas d'affaire à juger. En fait, c'est même pire que ça : l'empreinte prouve l'innocence de Pathan. Ce que, en dépit de l'invraisemblance de sa version des faits, je devrais prendre en considération.

— Il n'est pas innocent. J'ai parlé à sa victime, mais apparemment trop tard – le blessé hospitalisé a refusé de faire une déposition, en prétendant avoir perdu la mémoire. Quelqu'un m'a devancé, Alison – je l'ai trouvé terrifié.

— Alors même notre victime ne fera pas de déposition ? Horatio, je n'ai plus rien à soumettre à un juge ! On va se retrouver devant une cour civile en moins de temps qu'il ne faut pour le dire, ils lanceront des poursuites judiciaires pour arrestation arbitraire, et ça n'augurera rien de bon pour nos carrières respectives.

— Je sais, je sais… Mais son histoire est bancale, nous avons toujours la bande vidéo et on retrouvera peut-être même du sang sur l'écharpe…

— Ça ne suffit pas, Horatio. Si le vendeur refuse d'identifier notre homme, alors l'empreinte lui donnera le bénéfice du doute. Libérez-le.

Caine ne répondit pas.

— Vous êtes toujours là ?

— Oui, répondit Horatio à mi-voix. Passez de bonnes vacances.

Il raccrocha.

Dans le garage aménagé en sous-sol du labo scientifique, Delko inspectait minutieusement le skiff en aluminium. Le foyer de déflagration était la poupe, et l'angle du métal froissé montrait nettement que la bombe s'était trouvée à bord lorsqu'elle avait explosé.

Delko gratta la brèche calcinée pour prélever des échantillons. Ça correspondrait probablement aux explosifs utilisés contre la victime, mais mieux valait vérifier. Comme pour la première bombe, il y retrouva peu d'endroits abîmés par l'emploi de shrapnel.

La sophistication de l'engin en dirait long à Delko sur son concepteur. Une des bombes les plus simples à faire était l'artisanale (fabriquée à partir d'un morceau de tuyau). Il suffisait en effet de vider quelques cartouches de fusil de chasse dans un tuyau, de le boucher aux deux extrémités et d'ajouter une mèche. Une fois la poudre embrasée, elle dégageait rapidement un grand volume de gaz comprimé à l'intérieur du tuyau – ensuite tout s'enchaînait très vite. Dès que les parois du tuyau cédaient sous la pression, le gaz comprimé se dilatait, générant une onde de choc filant à près de onze mille deux cent soixante kilomètres à l'heure. On classait la bombe à la poudre noire dans la catégorie des explosifs à faible portée. Sa sensibilité à la chaleur et à la friction la rendait quelque peu dangereuse à transporter comme à stocker. Néanmoins, facile d'utilisation, elle restait à la portée de pratiquement n'importe qui.

Les explosifs puissants – tels que le trinitrotoluène ou TNT, le pentaerythritol tetranitrate (ou penthrite), soit le PETN, et le cyclotrimethylenetrinitramine ou RDX – pouvaient générer une onde de choc dont la vitesse atteignait près de sept mille mètres seconde. Plus difficiles à se procurer, ceux-là exigeaient la présence d'un détonateur, mais étaient en contrepartie plus fiables. Delko ne pensait pas avoir affaire à une telle puissance de feu, toutefois. Les dégâts n'étaient pas assez importants.

L'analyse chimique le lui confirmerait, d'une façon ou d'une autre. Il s'intéressait plus au dispositif d'activation, au déclencheur proprement dit. Presque tous les plastiqueurs fabriquaient leur bombe avec une légère variante, unique en son genre, qu'ils finissaient par adopter à chaque fois. On appelait ça leur signature.

Hélas, le marécage et l'explosion n'avaient pratiquement rien laissé de l'activateur. Delko devrait se concentrer sur les fragments qu'Alexx avait récupérés sur la dépouille.

En premier lieu, toutefois, il chercha des éléments d'identification ou des signes particuliers sur le bateau, quels qu'ils soient. Un skiff en aluminium était forcément fabriqué quelque part. En conséquence, il devait comporter l'équivalent d'un numéro de série.

Il dénicha le poinçon estampillé sur le plat-bord bâbord, près du tolet de l'aviron. Il ne mentionnait pas le nom du fabricant en revanche, juste un chiffre.

On dirait qu'il va me falloir entrer dans les bases de données maritimes… C'est déjà ça.

Quand Abdus Sattar Pathan passa les portes principales du Centre de détention préventive de Miami-Dade, Horatio l'attendait.

— Monsieur Pathan…, fit-il, glacial.

— Lieutenant Caine… (Pathan avait drapé son manteau sur son avant-bras.) Êtes-vous venu me présenter vos excuses ?

Le « sourire » d'Horatio valait à peine qu'on l'appelle ainsi.

— Pas vraiment, non. Je suis juste passé vous prévenir : cette affaire n'est pas encore terminée.

— Ravi de l'entendre. Quel que soit notre agresseur – le mien comme celui de ce pauvre vendeur –, il devra être traduit en justice.

— Je ne saurais trop en convenir. Pour l'instant, il

se félicite certainement d'avoir été malin. Mais ça ne durera pas.

— Non ?

— Non. Voyez-vous, je connais ce genre de personnage. Il croit s'en être tiré à bon compte. Le témoin la boucle, les preuves à charge ne tiendront pas devant la cour… En outre, ce n'est pas comme s'il y avait eu meurtre, pas vrai ? Il lui suffit de garder profil bas, le temps que le calme revienne.

— Navré de vous contredire, lieutenant… Mais tout cela me paraît résumer admirablement la situation. Le dossier est clos.

— Détrompez-vous. (Caine tira de sa poche ses lunettes de soleil, déplia une première branche puis la seconde. Il marqua une pause, tournant et retournant la monture comme s'il s'agissait d'un objet rare.) Voyez-vous, je ne suis pas satisfait. Un innocent s'est retrouvé à l'hôpital, et le criminel qui l'a agressé court toujours. Je n'ai pas pour habitude de traiter ce genre d'arrogance et de mépris pour la vie humaine à la légère.

Relevant la tête, Caine plongea les yeux dans ceux de Pathan, qui soutint son regard, indéchiffrable.

— J'applaudis votre zèle, lieutenant. Cette qualité vous servira certainement à coincer un adversaire aussi retors que ce… *criminel.*

— Ce n'est pas un adversaire, monsieur Pathan, juste un criminel de plus qui se croit capable de battre le système. À Vegas, il existe un mot bien particulier pour désigner ces gens-là.

— Lequel ?

— Des perdants, monsieur Pathan… (Horatio mit ses lunettes.) Des perdants.

Se détournant, il s'éloigna. Il avait à peine fait trois pas lorsque son interlocuteur le rappela.

— Lieutenant Caine !

Horatio se retourna à demi, jetant un coup d'œil par-dessus son épaule.

— Je suis quelque peu familier de Vegas moi-même. J'y ai joué plus d'une fois. Je ne parie jamais d'argent, bien sûr.

Caine attendit.

— Vous ne manquerez pas de me tenir au courant de vos progrès, j'en suis sûr. (Pathan déplia son manteau pour en draper ses épaules.) Vous avez mon adresse, mais pas mon numéro de portable personnel ; vous le trouverez sur ma carte de visite professionnelle.

— Ce ne sera pas nécessaire.

— Au cas où. Poche droite, précisa vivement Pathan avant de s'éloigner à son tour, descendant l'escalier.

Caine le suivit un instant des yeux avant de plonger la main dans la poche droite du veston de son costume.

La carte qu'il découvrit était noire, le lettrage argenté.

— Le « Brillant Batin », lut-il à voix haute. « Laissez-vous émerveiller par ses grands talents de magicien. Spécialisé dans les croisières… »

Il releva vivement les yeux.

Pathan s'était volatilisé.

Il s'avéra que ce type de canot à rames était fabriqué par une petite société, Effundo Enterprises. Grâce au numéro de série, Delko remonta jusqu'au chantier naval qui l'avait vendu, près de vingt ans plus tôt, à un dénommé Christopher Silverbeck. Celui-ci était décédé depuis deux mois, et ses successeurs avaient revendu le bateau par l'entremise de la marina où Silverbeck disposait d'un « pied-à-terre ». Quand Delko voulut contacter le port par téléphone, il tomba sur un répondeur. Ce qui ne l'étonna guère. Pendant les vacances, quelques entreprises fonctionnaient avec un personnel réduit au strict minimum, d'autres, surchargées de travail, ne prenaient même plus le temps de répondre aux appels. Dans une marina, les résidents comme les employés pouvaient être partis en famille, laissant l'endroit désert. Ou au contraire envahi de touristes en quête de locations exotiques pour passer Noël…

— Hum… Bonjour ?

Un jeune homme aux cheveux bruns courts se tenait sur le seuil. Il portait une blouse blanche de laborantin, le nom L. FRANKEL cousu sur la poitrine, et ouvrait de grands yeux inquiets.

Delko examinait un fragment de bombe au microscope. Il leva la tête en lâchant :

— Oui ? Que puis-je pour vous ?

Frankel entra en tendant un dossier.

— Trace m'a demandé de vous les apporter… Les résultats de l'analyse de cet explosif ?

— Merci. (Delko prit le dossier et l'ouvrit d'une chiquenaude.) Hum… C'est ce que je pensais.

— Une bombe artisanale, c'est ça ?

Delko adressa un signe de tête amical au laborantin, souriant. Frankel était nouveau, et un peu trop zélé. Mais il avait l'air d'un type bien.

— Oui, de la poudre noire toute bête. Le genre de truc que les gosses fabriquent à partir de pétards ou de munitions volées dans le bureau de leur père.

— Les munitions, c'est très intéressant, enchaîna Frankel en hochant nerveusement la tête. Quand Alfred

Nobel a inventé la dynamite en 1866, il a utilisé douze pour cent de nitroglycérine et soixante-dix-huit pour cent de nitrate de soude, ce qui n'a rien à voir avec la dynamite qui a cours de nos jours naturellement, ou plus précisément avec la gélignite plastique, ainsi appelée parce qu'il s'agit d'un gel composé de nitrate d'ammonium mélangé à de la gomme de guar, ou à une base d'hydrocarbure avec adjonction de résine, de verre ou encore de microsphères de céramique. Ça peut donner la migraine. S'il entre en contact avec votre peau…

Après cet emportement enthousiaste, Frankel redevint soudain silencieux. Les grands yeux humides qu'il riva sur Delko en battant des cils lui rappelèrent ceux d'un chien convaincu d'avoir mal agi – sans savoir en quoi, au juste.

— Oh, oui…, fit Delko, son sourire s'élargissant. Vous en connaissez un rayon sur les explosifs ?

— En effet. J'ai beaucoup travaillé pour entreprendre une carrière orientée vers le déminage, en fait.

— Ah, oui ? Et qu'est-ce qui vous a fait changer d'avis ?

— Oh, ça ne m'intéressait plus… Je ne trouvais pas ce boulot assez stimulant, finalement.

— Ah, oui… Alors qu'ici, la stimulation ne manque certes pas. Bienvenue à bord !

— Merci. Au revoir.

Frankel tourna les talons et s'éclipsa.

En comparaison, Wolfe paraît presque normal, se dit Delko.

Il en revint à son étude des fragments de bombe. Soit le détonateur s'était volatilisé dans l'explosion, soit il n'y en avait jamais eu. Quelques éclats métalliques semblaient provenir du tuyau ; Delko disposait d'un bout de ruban, ainsi que d'un éclat minuscule de plastique sans utilité apparente.

Joliment rudimentaire, tout ça... Celui qui a conçu cette bombe n'était sans doute pas un crac en explosifs.

Delko s'intéressa ensuite au résidu chimique prélevé sur les bras mutilés de l'inconnu. Il le soumit au spectromètre de masse, qui l'identifia comme un mélange d'acide d'hypochlorite et de soude caustique, avec des micro-traces de cellulose.

— De la lessive et du sel de sodium, murmura le jeune homme. Du produit d'entretien, en d'autres termes.

Là encore, facile à obtenir – et très efficace. La lessive constituait un agent assez puissant pour ronger une boîte de conserve en quelques heures, et donc capable de rogner les mains d'un cadavre. Avec toute la matière végétale présente dans un marécage, il fallait s'attendre à trouver en outre des micro-traces de cellulose.

Delko tira ensuite la longueur de chaîne enroulée autour du corps de la victime. On pouvait en acheter de semblables dans n'importe quelle quincaillerie. De toute évidence, on avait voulu maintenir la dépouille au fond de l'eau.

Des maillons ont dû glisser et lâcher lorsque les alligators se sont intéressés à la victime..., pensa Delko.

Des maillons trop petits pour porter des empreintes. Quant aux extrémités de la chaîne, là où il avait espéré noter des traces d'instrument, elles n'étaient pas abîmées du tout. Les derniers maillons avaient dû tomber d'eux-mêmes, ou bien ils se trouvaient toujours en rayon à la quincaillerie.

Delko passa néanmoins chaque maillon au crible, espérant découvrir quelque chose – n'importe quoi – susceptible de lui livrer un indice. Il trouva de la boue, des débris de végétation et trois fibres. La boue et la matière végétale correspondaient à celles prélevées sur les lieux du crime. Quant aux fibres, elles provenaient toutes des habits que le mort portait, un T-shirt ordinaire et un jean bon marché.

Pour l'instant, John Doe gardait tous ses secrets.

5

— Eh, Ryan ! le héla gaiement Calleigh en arrivant au labo. Tu t'en sors ?

Affaissé sur la table lumineuse, Wolfe releva la tête.

— Trop de… Pères Noël ! grommela-t-il.

— À ce qu'il paraît… Horatio m'a demandé de passer vous donner un coup de main. Promis, je résisterai à l'envie de commenter l'aspect comique des preuves réunies.

— Inutile de faire des promesses qu'on ne pourra pas tenir… Attention, ça ne signifie pas pour autant que je refuse le coup de main, hein… Mais jusqu'ici, *personne* n'a pu s'empêcher de blaguer avec ça ! On dirait un *virus* hautement contagieux !

— Comme l'Ebola, mais en plus joyeux ?

— Exactement… (Wolfe lui lança un coup d'œil soupçonneux.) Tu succomberas. Nul n'est immunisé.

— Pas même Horatio ? Je l'imagine mal balancer un mauvais jeu de mots sur les rennes…

— S'il s'y met, ma tête explosera ! maugréa Wolfe, lugubre.

— Eh bien, espérons qu'on n'en arrivera pas là. Sur quoi travaillez-vous en ce moment ?

— Des fibres. Entre les déguisements de Pères

Noël, les barbes postiches et autres accessoires divers et variés, j'en ai déjà quelques centaines à traiter. J'ai quasiment abattu la moitié du boulot concernant les déguisements.

— Très bien. Si tu terminais pendant que je m'attelle aux barbes postiches ? D'accord ?

— Ça me va.

Ils s'exécutèrent. Pour chaque échantillon, il s'agissait d'isoler une fibre pour les comparer ensuite. C'était un procédé long et fastidieux. Wolfe apprécia donc d'autant plus le coup de main.

— Alors, Ryan… Des projets pour les vacances ?

Armée de pinces fines, Calleigh prélevait avec soin une fibre sur un échantillon.

— Pas vraiment. Revoir la famille, ouvrir les cadeaux, se goinfrer de plats trop gras… Les trucs habituels, quoi. (Il bâilla.) Pardon…

— Je passerai les vacances avec mon père, a priori.

— A priori ? Tu ne parais pas bien sûre de ton choix.

— Eh bien… Les alcooliques ont tendance à se remettre à boire pendant les vacances notamment, vois-tu ? Alors, la perspective de passer Noël à m'interposer entre ses laits de poule et lui ne m'enchante pas vraiment.

Wolfe s'interrompit pour couler un regard à la jeune femme.

— Ça ne doit pas être facile.

Elle haussa les épaules.

— La famille… On fait ce qu'il faut.

Il y eut un silence malaisé.

— Hum… Bon sang, tous ces Pères Noël n'ont jamais entendu parler des matières naturelles ? grommela Wolfe. Je n'obtiens que du polyester et du nylon.

— Oui, j'ai aussi beaucoup de fibres artificielles. Ce serait trop demander, j'imagine, d'avoir un suspect qui porte une barbe avec de vrais poils ?

— Non, ceux que j'ai prélevés sur le corps étaient en polymère synthétique appelé Kanekalon, un modacrylique (ou copolymère synthétique) souvent utilisé pour les perruques, les jouets ou la fausse fourrure. Mais j'ai aussi trouvé des fibres de rayonne de viscose – ainsi qu'un autre élément qu'il me reste à identifier.

— Eh bien, il n'y a que vingt-sept sortes de fibres dans les tissus, rappela Calleigh. Quatre d'origine naturelle – la soie, la laine, le coton et le lin – et vingt-trois synthétiques. Si ton échantillon provient d'un article vestimentaire, ça sera forcément l'une d'entre elles.

— Oui, mais certains matériaux mélangent les vingt-sept. Ce qui nous donne un grand nombre de combinaisons possibles, dit Wolfe. Je réussirai bien à l'identifier, pas de problème – c'est juste que je n'ai pas encore eu le temps.

— Nous y arriverons. Même le Père Noël ne peut pas se permettre de faire n'importe quoi. Il sera puni.

— Je propose de le priver de cadeaux, cette année…

— Ryan !

— Désolé. J'imagine que je ne suis pas immunisé non plus…

On avait baptisé la marina Barry's Boathome, et elle se situait du côté nord de la baie de Biscayne. Delko ne trouva personne dans la remorque abritant les bureaux, mais dénicha quelqu'un à l'arrière, dans l'aire de radoub équipée d'une barrière protectrice contre les ouragans.

Des bateaux de toute taille et de toute forme y étaient entreposés, depuis les skiffs biplaces jusqu'aux bateaux de croisière d'une vingtaine de mètres. Un type trapu et grisonnant en bleu de travail crasseux glissait adroitement les pointes d'un grand chariot élévateur à fourche sous la coque d'un baleinier de Boston lorsque Delko lui lança :

— Excusez-moi !

L'employé s'interrompit, front plissé, pour toiser le nouveau venu. En voyant les traits grossiers de son visage bourru, on aurait pu croire qu'il avait eu la tête prise dans un étau quelques années plus tôt. Apparemment, la mésaventure l'avait également rendu désagréable.

— Quoi ?

— Police scientifique de Miami-Dade, annonça Delko en lui montrant son insigne. J'aimerais vous poser quelques questions.

— Ouais, ouais, une minute…

L'homme manipula les boutons de contrôle du chariot élévateur avant de couper l'alimentation. Il descendit de son siège en ôtant une paire de gants graisseux qu'il fourra dans la poche de son bleu de travail.

— Vous voulez quoi ? lança-t-il avec brusquerie.

Delko s'abstint de répliquer : « *un peu de courtoisie déjà, ce serait pas mal…* »

— J'ai appris que vous aviez récemment vendu cette embarcation, répondit-il en sortant un cliché qu'il lui tendit.

L'homme l'étudia avant de grommeler :

— Sûr, le bateau de Silverbeck… Je l'ai déchargé il y a quelques jours. Pourquoi ?

— J'essaie de retrouver votre acquéreur. Qui était-ce ?

— J'en sais rien. Un type qui a répondu à l'annonce. La seule parente de Silverbeck, c'était sa sœur, sur la côte Ouest, et elle ne voulait pas d'un vieux skiff. J'en ai tiré une centaine de biftons.

— La personne à qui j'ai parlé prétend que vous ne lui avez pas fourni de reçu.

— Et après ? Le type a payé cash. En fait, il a même refusé que je lui en donne un ! Je n'allais pas le forcer, moi.

Évidemment, songea Delko. *L'acheteur vous a probablement graissé la patte pour échapper à la paperasserie, et c'est allé tout droit dans votre poche...*

— Bon. Ça vous dirait d'apprendre un truc intéressant sur l'État de Floride ?

— Je n'ai pas le temps pour une leçon d'histoire...

— Beaucoup de gens y viennent prendre leur retraite, c'est de notoriété publique. Mais beaucoup oublient qu'il y a aussi énormément de monde qui y *meurt*. La Floride voit passer quantité d'homologations testamentaires – en conséquence, l'État a mis en place une réglementation très stricte pour éviter les abus. Vous voudriez savoir ce que vous risquez en contrevenant à une seule de ces règles ?

— Eh, je ne disais pas...

— Vous voyez, les gens ont tendance à devenir très vulnérables dans ces cas-là. Ils viennent de perdre un être cher, ils ont les nerfs à fleur de peau, et puis quelqu'un se pointe pour tirer avantage de leur chagrin ? Ça peut aller loin, croyez-moi... Je suis persuadé que vous n'avez rien fait de mal, naturellement.

Le type le foudroya du regard. Mais Delko sentit que cette façade colérique servait simplement à masquer une grande nervosité.

— Si j'avais su que ça ferait tant de salades, je l'aurais filé, ce reçu !

— Eh bien, pas d'inquiétude, répondit Delko. Tout ce qui m'intéresse, c'est de retrouver celui à qui vous avez vendu le bateau. Plus vite je pourrai lui parler, moins vous aurez de risques de me revoir.

Le type se montra nettement plus coopératif ensuite… Encore que ça n'avança guère Delko. L'employé décrivit l'acheteur comme hispanique, la quarantaine bien tassée, avec la tenue typique d'un nanti de classe moyenne. Et il avait payé cash. Sans donner de nom. Il avait pris possession du bateau en s'éloignant avec à la rame, tout bêtement. Il s'était dirigé plein sud, mais ce coin-là ne manquait pas de plages ou de marinas. Il pouvait très bien avoir débarqué l'embarcation sur un véhicule et tout ça sans que personne ne le remarque. Car elle était assez petite pour tenir à l'arrière d'un pick-up, ou même sur le toit d'une voiture.

À part ça, le conducteur du chariot élévateur lui fournit un seul élément d'information inédit, et Delko ignorait encore à quel point il s'avérerait utile.

— Il avait l'air… ailleurs.

— Ailleurs ? Vous voulez dire drogué ?

— Non, pas défoncé. C'est juste que… il n'était pas tout à fait là, vous voyez ? Comme s'il était préoccupé. Distrait, je suppose. Il avait peut-être oublié d'acheter ses cadeaux de Noël.

Peut-être…, songea Delko. *Ou peut-être qu'il manigançait quelque chose d'autrement plus sinistre…*

Horatio Caine détestait qu'on se joue de lui.

Il avait l'habitude qu'on lui mente ; ça faisait partie de son boulot. Il avait constamment affaire à des individus qui se croyaient tout permis. Mais là, c'était différent. Tous tentaient de déjouer le système. Et il se trouvait qu'il était le représentant de la loi dont ils avaient malencontreusement attiré l'attention… Son travail consistait à distinguer le factuel du fictif. Avec l'aide de son équipe, il remplissait sa mission.

Mais de temps à autre, quelqu'un commettait l'erreur de chercher à manipuler le lieutenant Caine en personne.

En règle générale, ces petits malins finissaient par échouer. Chez Horatio, seule la maîtrise de soi surpassait son intellect acéré. Essayer de le pousser à bout revenait à vouloir faire fondre la salle des coffres d'une banque, muni d'une loupe.

Mais on pouvait le berner.

Ça n'arrivait pas souvent, et jamais bien longtemps. Les preuves restaient les preuves. Tôt ou tard, son équipe ou lui les perçaient à jour. S'il y avait un principe inébranlable sur lequel Horatio Caine basait toute sa vie, c'était bien cela. On pouvait falsifier des éléments de preuve, mais détruire la vérité – jamais. Il y croyait dur comme fer.

Mais il n'était qu'un être humain. Et, au contraire de la vérité, les hommes se trompaient parfois du tout au tout.

Pathan lui avait joué un sale tour. Pire, il s'était servi des preuves pour le piéger. Le propre travail d'Horatio Caine avait libéré un homme qu'il soupçonnait à présent d'être coupable. Soupçonnait seulement… ce qui énervait – presque – le policier. En d'autres termes, Caine devait non seulement remettre en question son jugement mais aussi ses compétences – *et* celles de Calleigh.

Jeter l'ombre du doute sur Horatio était une chose.

Le jeter sur un membre de son équipe en était une autre… Infiniment plus répréhensible.

Sans parler de la carte de visite professionnelle.

Pathan avait montré son habileté en réussissant à la glisser dans la poche de Caine à son insu. Et le message implicite allait bien plus loin que de simples coordonnées…

Je suis plus malin que vous. Peu m'importe que vous en ayez conscience ou pas.

Au volant de son Hummer dont le moteur tournait au ralenti, Caine tenait la carte d'une main. Se contentant de la regarder.

Il sourit.

— D'accord, fit-il doucement.

Il la glissa dans sa poche de veston, près de ses lunettes de soleil. Il embraya puis appuya sur l'accélérateur.

Calleigh et Wolfe s'attaquèrent aux bottes en dernier, et ça ne leur prit pas longtemps. Ils en éliminèrent le plus grand nombre en vertu de la taille ou de la marque, tout simplement. Si bien qu'il leur en resta peu à inspecter.

— Et notre chanceuse Mère Noël est…, badina Wolfe.

— … Valerie… Oh, non ! Ça ne colle pas !

— Quoi ?

L'air contrit, Calleigh tendit la liste à son collègue.

— Je sais ce que tu crois, mais je *jure* que ce n'est pas une blague…

Wolfe parcourut la liste du doigt.

— Valerie… *Blitzen ?* Comme le petit renne *Eclair* ? Tu n'es pas sérieuse !

Mains tendues paumes au ciel, Calleigh haussa exagérément les épaules.

— Notre défunt Noël a été chevauché par un de ses *rennes* ? s'exclama Wolfe. Si c'est l'idée que se fait Tripp d'une bonne blague…

— Allons ! coupa Calleigh. Vous savez aussi bien que moi que Frank n'irait jamais trafiquer des éléments de preuve. Et Blitzen, ou « Eclair », est un patronyme comme un autre. La vie imite l'art, pas vrai ?

Wolfe soupira.

— Je suppose… (Étudiant de nouveau la liste, il fronça les sourcils.) Pourtant, quelque chose ne colle pas. Blitzen ne portait pas de perruque – alors qu'on a retrouvé des fibres de cheveux artificiels.

— À ce que j'ai entendu dire, répondit Calleigh, les Pères Noël sont de joyeux lurons très démonstratifs… Ils adorent s'étreindre et s'asseoir sur les genoux de leurs copains. Cette fibre peut venir de n'importe quel costume.

— C'est vrai, admit le jeune homme. J'imagine que l'étape suivante consiste à soumettre Mme Blitzen à un interrogatoire.

— Oui. Allons-y.

Wolfe lui jeta un regard soupçonneux.

— Mais oui, répéta Calleigh. Convoquons la suspecte et interrogeons-la.

— Très bien, dans ce cas.

— Et si elle a un alibi, il reste toujours Tonnerre, Danseur, Fringant et…

— Je le savais ! s'écria Wolfe, les bras levés au plafond en signe de désespoir. Personne n'est immunisé ! Excusez-moi, le temps que j'aille me dégotter une guirlande de Noël quelconque pour me pendre et je reviens !

— Et n'oublions pas Rusée surtout… À ce qu'il paraît, c'est une sacrée petite maligne… Il y a aussi Comète, Cupidon, Rudolph bien sûr… C'est probablement le meneur, lui, d'ailleurs.

Wolfe franchit le seuil alors que sa collègue les énumérait encore sur ses doigts.

Le docteur Alexx Woods entretenait une relation amour/haine avec Noël.

D'un côté, elle adorait passer du temps en famille. Elle aimait voir l'expression de ses gamins quand ils ouvraient leurs cadeaux, tout comme elle se délectait des petits rituels et traditions que son mari et elle avaient institués au fil des ans – qui se résumaient à regarder la vieille version noir et blanc d'*Un chant de Noël* pendant les fêtes, celle avec Alastair Sim… La scène où il dansait de joie, jubilant à l'idée qu'on lui ait accordé une seconde chance, ne manquait jamais de la faire rire aux éclats. Comme elle le répétait volontiers à son époux devant la scène où Scrooge – autre « Harpagon » bougon et avare – faisait le poirier, « *Voilà un homme* vraiment *heureux ! Il est peut-être cinglé mais il s'éclate comme un fou !* »

Ce à quoi son mari répondait en lui souriant et en lui passant un bras autour de la taille, avant de répliquer : « *Ce n'est rien en comparaison de mon bonheur, chérie…* »

Ce qu'elle ne supportait pas ? Le désordre. Les emballages bariolés, les aiguilles de pin, les coquilles de noix, les pelures d'orange, les miettes de cookies, les laits de poule renversés… Elle détestait une maison en bordel à peu près autant qu'elle abominait un plan de travail dégoûtant. Et les vacances pour elle, ça consistait à nettoyer, ou à demander aux autres de s'en charger. Quand janvier arrivait enfin, elle poussait toujours un petit soupir de soulagement – quitte à se faire elle-même l'effet d'un Scrooge au féminin.

Sauf qu'Ebenezer Scrooge n'avait pas su accorder de l'importance aux gens qui, dans sa vie, en avaient. Au contraire d'Alexx, qui ne perdait jamais de vue la valeur de ceux qui comptaient à ses yeux. Chaque cadavre qui passait sur sa table d'autopsie lui rappelait à quel point la vie était précieuse, et fragile. Surtout qu'elle ne tenait qu'à un fil.

Revenant à ses notes à propos de l'inconnu découvert dans les Everglades, elle prit soudain conscience de tout ce qu'il était possible de perdre. L'inconnu n'avait pas juste perdu la vie, mais aussi son identité, son expérience, son histoire ; ceux qui pleuraient sa disparition ne savaient même pas qu'il était mort. Le malheureux était aussi déconnecté de l'humanité que Scrooge avait pu l'être, un fantôme sans même une pierre tombale à contempler…

Alexx quitta son bureau, gagna le mur de tiroirs mortuaires, et ouvrit celui de John Doe. Pratiquement tout le monde aurait vu dans ce torse sans tête et ces moignons quelque chose de sinistre, mais Alexx trouvait ce spectacle… triste.

— Personne ne devrait se retrouver seul *à ce point*… Vous avez bien une famille quelque part, je parie. Non ? En ce moment, des cadeaux doivent certainement vous attendre sous un sapin… Si seulement je savais où…

Tripp et Wolfe se chargèrent de l'interrogatoire de Valerie Blitzen. C'était une jolie brunette, jeune et séduisante, avec une longue chevelure bouclée, un beau hâle et… la gueule de bois. Elle fixait les deux hommes de ses yeux injectés de sang, buvant avec une lenteur prudente au goulot d'une bouteille d'eau qu'elle serrait d'une main. En pantalon de pyjama et en sweat-shirt gris trop grand pour elle, Blitzen se pelotonnait sur sa chaise, les genoux contre sa poitrine.

— Mademoiselle…, commença Wolfe. Ça vous ennuie si je vous appelle Valerie ?

Déjà penché en avant sur son siège, accoudé à la table, Tripp qui couvait sa suspecte du regard ressemblait à un bouledogue affamé à l'arrêt devant un os.

— Appelez-moi comme vous voudrez, ça m'est égal, répondit-elle d'une voix faible. Allons-y, qu'on en finisse rapidement, OK ?

— On ne se sent pas très bien ? lança Tripp. Vous paraissez avoir un peu la nausée…

— Je vais très bien. (Elle essaya un sourire.) J'attends juste que les analgésiques fassent effet.

— Trop de liesse, et voilà ce qui arrive…, commenta Wolfe. Surtout quand on se bourre la gueule l'estomac vide.

— Oh, la nourriture ne manquait pas ! Nous emportons toujours de quoi faire une pause casse-croûte en chemin. Et nous nous sommes arrêtés dans cette grande épicerie fine… où le Père Noël était vraiment à la fête ! J'ai juste abusé des stéroïdes elfiques…

— Des stéroïdes elfiques… ? répéta Wolfe.

— Des rasades d'alcool de grain pur et de lait de poule. Petite quantité mais du costaud.

— Eh oui, fit Tripp. Quelques verres de ça dans le coco, ça vous a sûrement dégelée, pas vrai ?

Cillant, la fille donna l'impression que ses sourcils lui faisaient mal…

— On peut dire ça, oui…

— Au point de vous retrouver sur une congère avec un type mort ? lança Wolfe. Nous avons comparé l'empreinte de botte prélevée près du cadavre avec celles des chaussures que vous portiez – sans compter l'ADN fourni par des rapports sexuels. Si on le compare au vôtre, correspondra-t-il ?

Portant les mains à son visage, elle gémit. Et un « oui ! » étouffé lui échappa.

— Si vous nous en parliez ? l'encouragea Wolfe.

— Franchement…

— Vous préféreriez aller en prison ?

Elle baissa les mains.

— Écoutez, c'était juste une impulsion… Tous les Pères Noël faisaient la fiesta, nous étions à la patinoire ; Père Branlant flirtait depuis un bon moment… Il s'est ramené d'un coup en disant qu'il venait de dénicher de la vraie neige. Je l'ai donc suivi par une porte latérale. L'instant suivant, je me suis retrouvée à me rouler dedans avec lui… Il s'est arraché la veste et s'est mis à se frotter de la neige partout sur le torse… Il n'arrêtait pas de me répéter à quel point ça lui faisait du *bien* !

— J'imagine que ces costumes de Père Noël tiennent sacrément chaud, hein ?

— Oh, oui. C'est encore pire pour les types qui ont tout l'attirail. Moi au moins, je peux porter une jupe. Étendu dans la neige, son corps était si brûlant que de la vapeur s'en échappait…

— Alors, de fil en aiguille…

— Eh, oui… Mais je suppose qu'il avait beaucoup trop bu car, enfin… il a vomi… au beau milieu…

— Il a vomi en plein accouplement ? demanda Wolfe.

— Oui. S'il s'était calé au-dessus de moi, ç'aurait été… Je ne veux même pas y penser !

— Donc, vous vous êtes relevée et vous êtes partie ?

— Disons plutôt que je me suis éloignée en titubant… J'étais sacrément défoncée moi aussi !

— Et l'idée qu'il puisse s'étouffer dans ses propres vomissures ne vous a pas effleurée une seconde ? insista Wolfe.

— C'est… ce qui l'a tué ? Oh, Dieu… Il était vivant quand je l'ai quitté, je le jure ! En revenant à la patinoire, je l'entendais encore dégueuler… Je me suis dit qu'il s'en tirerait sans mal, juste un mauvais moment à passer… Je n'en ai parlé à personne parce que… c'était embarrassant, vous comprenez ? Un type ne m'avait encore jamais fait *ça* !

— À votre place, je ne le prendrais pas personnellement, répondit Tripp.

— Quant à la cause du décès, ajouta Wolfe, nous ne l'avons pas encore déterminée. Donc, personne ne savait que lui et vous étiez sortis dehors ensemble ?

— Quelqu'un aurait pu nous voir sortir, j'imagine. En revanche, je suis à peu près sûre qu'on ne m'a pas aperçue quand je suis revenue.

Wolfe et Tripp se regardèrent et ce dernier haussa les épaules.

— OK, ça résume à peu près tout pour l'instant, reprit Wolfe. Une fois qu'on aura les résultats de l'autopsie et ceux du labo, nous vous recontacterons. (Il hésita.) Une dernière chose… Pourquoi le Père Noël ?

Elle eut un regard méfiant.

— Vous voulez dire, pourquoi je… ?

— Pourquoi vous avez fait la fête ? proposa Tripp.

— Non, s'interposa Wolfe, pourquoi ces histoires de Pères Noël ? Qu'est-ce qui vous attire là-dedans ? Est-ce juste un prétexte pour enfiler un costume et se taper une cuite ?

Elle le dévisagea, jaugeant sa sincérité, et décida que la réponse l'intéressait vraiment.

— Non, pas du tout. Oh, enfin, en partie, si, sûrement. Mais ça ne se limite pas à cela. La vraie raison est plus simple : *tout le monde* adore le Père Noël…

— Vous êtes bien placée pour le savoir…, marmonna Tripp dans sa barbe.

— Mais… et les petits ? demanda Wolfe. Ça ne vous fait rien de jouer les Pères Noël complètement ivres, d'offrir cet exemple de bandes de fêtards invétérés ?

Elle soupira.

— Tout d'abord, nous ne mêlons pas les enfants à ça. Quant aux jouets mutants que nous pouvons leur offrir, aucun n'est dangereux pour eux. Ensuite, on ne commence à se lâcher véritablement que tard la nuit ou dans les bars, là où ne devrait plus traîner aucun gamin de toute façon. Et enfin… quel âge aviez-vous quand vous avez découvert que le Père Noël n'existait pas ?

La question surprit Wolfe.

— Je ne sais pas… Sept ou huit ans, je crois…

— Vous vous rappelez ce que vous avez éprouvé ?

— En fait, oui. De la colère, d'abord. Je refusais de l'admettre. Ensuite, de la tristesse.

— Voilà ce par quoi beaucoup d'entre nous sont passés. Voyez, nous transmettons tous à nos enfants un tas de petits mythes à propos du Père Noël, les grandes chaussettes en laine qui seront remplies de cadeaux, le lait et les cookies, la liste de ce qu'on voudrait... Tout cela rien que pour convaincre qu'il existe bel et bien. Alors que c'est faux ! Et il n'y a pas de rituel correspondant pour nous le faire comprendre, ni pour accepter le fait que papa et maman nous aient raconté des bobards toute notre vie... Vous ne trouvez pas ça complètement dingue ?

Wolfe fronça les sourcils.

— Je n'y avais jamais pensé en ces termes, je l'avoue.

— Eh bien, je ne dis pas que c'est l'objectif de nos sarabandes. Mais en ce qui concerne les vaches sacrées, un gros gaillard en costume rouge symbole de folles dépenses et de mensonges débités à nos enfants n'est pas une idole digne de beaucoup de respect... Naturellement, bien des païens me contrediraient. Mais ça, c'est une autre histoire de fous, et je ne rêve que d'une chose : rentrer chez moi me coucher. OK ?

— Vous êtes libre de partir, répondit Tripp. Joyeux Noël.

Se levant, elle lui adressa un sourire timide mais sincère.

— Joyeux Noël à vous aussi.

La scientifique Natalia Boa Vista était une sommité rattachée au « Projet Justice ». Il s'agissait d'un programme bénéficiant de fonds fédéraux consacrés à la réouverture d'affaires classées grâce à la découverte des preuves ADN et des nouvelles technologies. Le Projet avait son siège au Laboratoire Criminel de Miami-Dade ; les subventions gouvernementales avaient servi à restaurer l'immeuble suite à l'extension de leur domaine de compétence. Cela faisait de Natalia un personnage aussi populaire qu'impopulaire. Si les laborantins appréciaient les nouveaux équipements et les locaux flambant neufs, le laboratoire ADN jouait maintenant dans la cour des grands, prenant ses marques sur la scène de la politique interne – corollaire inévitable de toute bureaucratie. Natalia était d'un naturel sociable et expansif, mais elle était aussi très attachée à la cause qu'elle défendait, et les affrontements ne l'effrayaient pas. Dans l'organigramme du pouvoir, elle avait déjà cassé les pieds à pas mal de monde, ce qui incitait d'ordinaire Horatio Caine à la saluer d'un petit signe de tête amusé chaque fois qu'il la croisait dans le hall. Et elle avait le net sentiment qu'il appréciait sa façon bien à elle de foutre le bordel.

En revanche, Boa Vista ne côtoyait guère Alexx Woods. La légiste ne travaillait pratiquement que sur des personnes récemment décédées, alors que Natalia ne s'occupait que d'affaires non élucidées. Elle fut donc quelque peu surprise de voir Alexx venir s'asseoir en face d'elle dans la salle de détente.

— Puis-je vous parler une minute ?

Natalia sourit.

— Mais certainement. Que se passe-t-il ?

— Eh bien, je ne suis pas certaine que vous puissiez m'aider. En tout cas, j'ai du mal à identifier un corps – pas d'empreintes digitales, pas de correspondances dans le fichier CODIS. Votre spécialité au fond, ce sont les causes perdues, les cas sur lesquels tout le monde s'est cassé les dents… J'espérais que vous auriez des conseils à me donner.

Natalia prit une gorgée à sa bouteille d'eau en réfléchissant.

— Eh bien, généralement, j'utilise des techniques ADN standards pour étudier d'anciens éléments de preuves. Cela dit, j'ai chaque jour accès à plus de bases de données. Je pourrais me tourner vers des organismes qui viennent juste d'ouvrir leur site sur la Toile, dont les internationaux, d'ailleurs. Si votre victime est originaire d'un autre pays, on trouvera peut-être quelque chose.

— Eh bien, sa complexion laisse à penser que notre homme est de type hispanique, mais rien n'est moins sûr. Pour ce que j'en sais, il pourrait tout aussi bien s'agir d'un Amérindien, d'un Asiatique ou même d'un Eskimo.

— Certains marqueurs génétiques sont associés aux peuplades indigènes des Amériques. Si l'haplogroupe Q3 apparaît, on saurait au moins d'où il vient, sur le plan génétique.

— Eh bien, ce serait déjà un début. Merci. (Woods secoua la tête.) Je ne sais pas… Ce mec s'est certainement retrouvé impliqué dans un trafic de drogues, et il a fini dans les marécages… Mais pour une raison que je m'explique mal, ça me turlupine plus que d'habitude.

— C'est peut-être parce que vous vous retrouvez face à une page vierge, proposa Natalia. Quand on ignore tout sur quelqu'un, on est tenté de lui plaquer des caractéristiques. C'est un peu comme de marcher derrière un individu dont on ne voit que la nuque ; on s'imagine de quoi il peut avoir l'air, alors qu'on ne détient vraiment pas assez d'éléments pour ça.

— Peut-être. Impossible de trouver plus anonyme que ce pauvre gars. Il n'a même plus de visage, et encore moins de nom.

— Vous vous y êtes attaché, hein ? fit Natalia, intriguée.

— Ce sont mes patients. Je me sens envers eux la même responsabilité qu'envers les vivants.

— Je le conçois. C'est exactement ce que je ressens aussi pour mes affaires classées. Personne ne mérite de sombrer dans l'oubli.

— Non, en effet. Mais au moins, vos sujets bénéficient d'une seconde chance. Quand les miens m'arrivent, toutes les leurs sont épuisées.

— Oui… L'un des types dont je viens d'obtenir la libération parlait de moi comme du « fantôme du Noël passé ».

— Quoi ? s'écria Alexx, surprise.

— Vous connaissez Ebenezer Scrooge ? Revisiter sa propre histoire, avoir une seconde chance… ?

— Naturellement ! En fait… J'y pensais justement il n'y a pas très longtemps.

— Eh bien, c'est de saison, pas vrai ?

Woods se leva.

— Pour certains d'entre nous, en tout cas. Merci, Natalia. Joyeux Noël !

— Joyeux Noël, Alexx ! Je m'occuperai de cet ADN dès que possible.

6

Les croisières proposaient toutes sortes de divertissements. Pour la plupart, les bateaux comportaient plus d'un salon ou d'une salle de spectacle, et si les plus grands accueillaient souvent des revues musicales et des spectacles de variétés, les plus modestes faisaient appel à des artistes, des chanteurs et… des magiciens.

« Le Brillant Batin », alias Abdus Sattar Pathan, s'était trouvé une place de choix dans cet univers à part. Comme Horatio Caine le constata, bien des dénicheurs de talents travaillant pour les croisières connaissaient son nom, et pratiquement tous le recommandaient chaudement.

Pratiquement tous…

— Eh bien, il est très talentueux, nul doute là-dessus, reconnut un recruteur au téléphone. Son numéro en gros plan est phénoménal, son boniment bien rôdé, il est jeune, suave, présente bien, et en plus son art le passionne.

Après des années d'expérience, Horatio avait appris à déceler ce qui restait non dit dans le discours d'autrui. Par pur réflexe, il ajouta lui-même la conjonction…

— … Mais… ?

— … Mais… il y a chez lui quelque chose… de peu

engageant. L'une des règles secrètes de la magie, c'est de *ne jamais effrayer le public*. Vous trouvez sûrement ça bizarre… avec des virtuoses de l'évasion qui risquent la mort et des femmes qu'on scie en deux, mais tous ces numéros visent à donner au public le grand frisson, pas à le terrifier.

— Je ne suis pas certain de saisir la différence.

— Les sensations fortes vous font frissonner, vous donnent un avant-goût de l'aventure, un aperçu de l'inconnu, le sentiment que tout devient brusquement possible. Mais c'est un peu comme les montagnes russes – vous sentez que c'est dangereux, même si vous savez pertinemment que ça ne l'est pas. En fin de compte, vous devez vous fier au magicien, qui joue un peu le rôle des rails dans les montagnes russes. « Batin », eh bien… vous avez parfois l'impression que ses « rails » tremblent un peu.

— Êtes-vous en train d'insinuer qu'il est instable ?

— Non, non, pas du tout… Écoutez, c'est difficile à expliquer. Simplement, on dirait parfois qu'il *veut* effrayer les gens. Les secouer pour de bon. Comme s'il éprouvait envers son propre auditoire une sorte de rancœur secrète.

— Je vois… L'avez-vous déjà vu se comporter de manière violente ?

— Oh, non, non, jamais. L'homme est un professionnel jusqu'au bout des ongles, reconnaissons-lui cela au moins. C'est juste que… Eh bien, il semble toujours en représentation. Son personnage de scène, son personnage hors scène, c'est du pareil au même. Très affable, très professionnel, très calme. Quand ils travaillent, les magiciens vraiment doués ont une grande faculté de concentration, comme s'ils avaient conscience de tout ce qui les entoure, et ce dans le moindre détail. Voilà ce qu'il dégage, en permanence – en fait, je le trouve trop stable, vous comprenez ? Un véritable maniaque du contrôle.

Caine acquiesça.

— Intensité et contrôle. Je crois saisir…

Après avoir raccroché, il était resté assis à son bureau un bon moment, plongé dans ses réflexions. Truquer des empreintes digitales s'avérait possible, mais dans tous les cas qu'il avait connus, soit les éléments de preuve falsifiés avaient été dissimulés sur la scène du crime, soit utilisés pour berner les dispositifs d'identification biométrique.

La procédure était même à la portée de tous. On commençait par prélever une empreinte sur une surface – de préférence du verre ou du papier glacé de luxe – en se servant de poudre de graphite standard ou en la soumettant à des vapeurs de colle chaude extra-forte (qui déposent une pellicule blanche sur les protéines et les graisses de ladite empreinte). On la photographie alors avec un appareil numérique et, au moyen d'une imprimante laser, on l'imprime sur le genre de diapositive qu'utilisent les rétroprojecteurs. Le toner forme une image en relief, qu'on enduit d'un mélange de colle à bois et de glycérine. Une fois que c'est sec, on peut la décoller et la fixer sur des doigts humains avec de la colle de théâtre.

Mais en réalité, on ne pouvait pas berner une machine comme on dupe un être humain. Caine avait parlé à l'officier chargé des inculpations qui avait finalement pris les empreintes de Pathan, un flic du nom d'Elliot Chan ; celui-ci avait juré qu'elles n'avaient rien d'inhabituel. Pathan n'aurait jamais réussi à glisser un faux jeu d'empreintes. Impossible de déjouer le protocole consistant pour un officier à presser les doigts d'un suspect sur l'encre puis à les appliquer sur du papier.

À moins que ledit suspect soit un véritable petit génie.

Horatio se trouvait dans le labo, la carte de relevé dactyloscopique étalée devant lui. Il l'avait minutieusement inspectée au microscope, cherchant les moindres divergences révélatrices sur les bords des empreintes. Il avait aussi passé un échantillon à la chromatographie gazeuse dans l'espoir de déceler des traces de glycérine ou d'adhésif.

Jusque-là, la chance ne lui avait décidément pas souri. Si les empreintes étaient falsifiées, il s'agissait alors d'une contrefaçon parfaite, impossible à différencier de l'original. Or, Caine refusait d'y croire. Vraisemblablement, il avait simplement sous les yeux le mauvais élément à charge.

Il travailla ensuite sur l'empreinte décalquée sur la revue. Et ce à contrecœur, car Calleigh l'avait déjà étudiée avant lui. Et elle procédait toujours avec précision et minutie. D'après Caine, si les preuves figurant sur la carte de relevé s'avéraient incontestables, celles de la revue étaient forcément truquées.

Il refit tous les tests – en obtenant strictement les mêmes résultats.

Les deux jeux d'empreintes étaient authentiques.

Alexx retrouva Delko au laboratoire ; il examinait les données des explosifs.

— Eric ? Je viens de recevoir le rapport sur le contenu stomacal de notre inconnu.

Il releva la tête.

— Ah, oui ? Quelque chose d'intéressant ?

— De triste, plutôt. De la dinde rôtie, du riz, des huîtres fumées, des abricots, des noix de cajou, de la banane, du chou frisé, des pépins de citrouille, du manioc, des prunes, du bacon, de la saucisse…

— … Sacré repas !

— … Des olives, un œuf dur, des oignons, de l'ail, des tomates et du piment rouge.

Delko prit le rapport qu'elle lui tendait et l'étudia.

— OK, un vrai festin… Un peu difficile à digérer sans doute, mais… pourquoi trouves-tu ça triste ?

— Tu ne comprends pas, Eric ? C'était un repas de Noël, son tout dernier. Il devait probablement être entouré de gens qui l'aimaient, qu'importe l'endroit. Et à en juger par le parcours du bol alimentaire ou chyme dans son système digestif, il l'a sans doute dégusté quelques heures à peine avant de mourir.

— Eh bien, voilà qui pourrait nous aider à l'identifier. Certains ingrédients me rappellent quelque chose… Peux-tu me transmettre le contenu de l'estomac ? J'aimerais procéder à quelques tests supplémentaires.

— Naturellement. Tu penses savoir où il a mangé ?

— Pas tout à fait. Mais j'arriverai sans doute à découvrir qui avait préparé ce repas…

— Où en est la chasse au gros Père Noël ? lança Calleigh à Wolfe quand il réapparut au labo.

Il passa sa blouse de laborantin avant de répondre.

— Eh bien, Mam'zelle Renne a reconnu s'être fait fourré le… bas de laine…, mais affirme que le Père Noël était toujours vivant quand elle l'a quitté.

— Et tu la crois ?

— Je ne sais pas. C'est cohérent avec nos relevés,

mais je n'ai toujours pas reçu la Cause Du Décès. J'attends Alexx pour le courrier.

— Eh bien, entre-temps, voilà un petit quelque chose à te mettre sous la dent : j'ai identifié la fibre pour laquelle tu ne trouvais aucune correspondance.

— Vraiment ?

Wolfe rejoignit Calleigh, qui était perchée sur un tabouret près du microscope comparatif.

— Regarde toi-même.

Il plaça son œil sur la lunette.

— Oui, ça colle… Et c'est quoi ?

— Un mélange de polypropylène, qu'on trouve plus spécifiquement dans les moquettes d'intérieur comme d'extérieur.

— Une minute… Cette fibre était coincée dans les poils pubiens de la victime… et il n'y avait aucune moquette d'intérieur ou d'extérieur sur les lieux du crime.

— Ce qui laisserait supposer que notre ami s'est envoyé en l'air ailleurs une première fois avant de se retrouver dehors…, déduisit Calleigh.

— Eh bien, des témoins ont affirmé qu'il flirtait beaucoup. Et je n'ai pas encore vérifié auprès de Valera l'ADN des fluides sexuels que j'ai prélevés. Une petite seconde…

Wolfe sortit son portable et composa un numéro.

— Valera ? C'est Wolfe. Je me demandais, à propos de l'affaire du Père Noël… Ah, oui ? Génial ! Mouais… Vraiment… OK, je passe récupérer les résultats dans une minute. Bye.

— Tu sais, fit Calleigh, songeuse, grâce aux réaménagements du labo et à l'installation des baies vitrées, tout ça… ? J'ai vu Maxine te répondre au téléphone d'ici.

— Et alors ?

— Alors, au lieu de perdre ton temps à composer le numéro, tu aurais pu aller lui en parler directement.

Wolfe haussa les épaules.

— D'après ce qu'on m'a dit, une des réceptionnistes se jette sur tout ce qui bouge en dessous de la branche de gui… Pas question que j'aille m'aventurer là-bas si je peux l'éviter ! De toute façon, Valera m'a signalé qu'elle avait identifié l'ADN de *deux* femmes dans l'échantillon que je lui ai confié. Le premier correspond à celui de Valerie Blitzen.

— Ah. Alors qui était l'autre ? Et d'où provient-il ?

— Je l'ignore, mais je crois savoir comment le découvrir. D'après Valerie Blitzen, les Pères Noël en goguette prévoient toujours des arrêts casse-croûte en chemin.

Calleigh hocha la tête.

— Et un itinéraire, ça se reconstitue.

— Exactement. On tombera peut-être sur le même genre de fibre là où ils ont dîné. (Wolfe fit une pause.) Une minute… On dirait une pub pour les céréales All Bran !

— Tu essaies d'améliorer tes jeux de mots sur Noël ?

— Pas difficile de faire mieux !

Delko était autrefois sorti avec une femme de Rio de Janeiro, qui l'avait invité chez ses parents pour un repas de Pâques brésilien traditionnel. Une dinde rôtie marinée dans du jus de citron vert et du rhum *cachaca* puis farcie avec un mélange dense de fruits, de noisettes, de viandes et de riz avait fait office de plat de résistance. Pour l'accompagner, elle avait préparé du chou frisé et du riz aux graines de citrouille.

« *Nous appelons la dinde* el ave de los ricos », lui avait-elle dit : « *L'oiseau des riches* »...

« *Eh bien* », avait-il admis, « *pour être riche, c'est riche* ! »

Sans parler du piment... Il avait passé une soirée géniale, et s'était régalé au point de chercher ensuite à se procurer les recettes. On ne trouvait pas facilement les piments brésiliens, mais on pouvait en commander sur Internet – ce qu'il avait fait. Il en avait pioché une poignée dans son stock personnel, et en présentait maintenant un à Maxine Valera...

— C'est du piment, dit-elle.

— Très juste, approuva Delko. Plus précisément, du piment de malagueta, du Brésil. Très fort.

— Jusqu'à quel point ?

— De trente à cinquante mille sur l'échelle de Scoville. Évitez de vous gratter les yeux après en avoir touché.

— Merci du tuyau. Si vous savez déjà ce que c'est, pourquoi avez-vous besoin de moi ?

— Pour voir si l'un de ces échantillons correspond à son ADN... (Il lui tendit trois fioles.) Ça provient de l'estomac d'une victime. Le contenu était assez dégradé, mais je parierais que l'un de ces petits trucs rouges, c'est du piment.

Valera prit les tubes à essai.

— Ne me dites pas que c'est ce qui l'a tué !

Delko sourit.

— Ils ne sont pas forts à ce point, Maxine !

Ensuite, il s'intéressa de nouveau à quelques recettes

brésiliennes. Et il ne tarda pas à tomber sur celle d'une farce dont les ingrédients reprenaient à peu près tous les aliments identifiés dans l'estomac de John Doe.

Il se connecta aux pages jaunes. Une vingtaine de restaurants brésiliens environ était recensée dans le comté de Miami-Dade, et l'inconnu avait pu manger dans n'importe lequel d'entre eux… voire dans aucun. Mais s'il avait pris son dernier repas en présence de toute sa famille, quelqu'un aurait alors certainement signalé sa disparition. Or, dans les disparitions recensées la semaine passée, nulle ne répondait au signalement de la victime – ou à ce qu'il en restait, du moins.

Supposons qu'il soit allé au restaurant. On fait ce type de festin en famille d'habitude – et les endroits qui accueillent ce genre de clientèle ne sont quand même pas légion, même pendant les vacances. On parle là d'établissements haut de gamme…

Il passa plusieurs coups de fil. Quelques-uns des restaurants concernés proposaient de la dinde rôtie pour les fêtes, la servant uniquement le soir du réveillon – comme le voulait la tradition au Brésil. Or, aucun de ces établissements ne l'avait mise au menu une semaine plus tôt, et Delko commençait à se dire qu'il était dans une impasse, lorsqu'un des restaurants le rappela.

— Laboratoire médico-légal de Miami-Dade, expert Delko, j'écoute.

— Oui, bonjour… Je m'appelle Maria Arrisca. Je crois savoir que vous nous aviez contactés à propos de notre *ceia de natal* ?

La femme avait une voix aimable, et parlait avec un léger accent portugais.

— C'est exact. Vous téléphonez de quel restaurant ?

— De l'*Apimentado's*. C'est une de mes serveuses qui vous a répondu.

— Oui, elle m'a dit que ça ne figurait pas au menu avant le réveillon de Noël.

— Habituellement, non. Nous restons ouvert tard cette nuit-là, et servons ce plat après la messe de minuit. En général, le gros de la clientèle se compose de beaucoup d'hommes seuls éloignés de chez eux et auxquels leur famille manque. Pour eux, c'est une façon de ne plus se sentir si seuls à Noël. Je vous appelle à cause de l'un d'entre eux.

Delko se redressa sur son siège.

— Vous vous rappelez quelqu'un en particulier ?

— Oh, oui. Il est passé me voir il y a une dizaine de jours environ. Il voulait à tout prix un *ceia de natal*, avec toute la garniture. Quand je lui ai demandé pour combien de personnes, il m'a répondu qu'il n'y aurait que lui. Je lui ai alors signalé que ça lui reviendrait bien moins cher de revenir dîner pour le réveillon de Noël, mais il m'a assuré qu'il ne pourrait pas se libérer ce soir-là. Il était disposé à payer le prix fort, et m'a même demandé de donner tous ses restes aux pauvres.

— Quand s'est-il présenté ?

— Il y a trois jours. Il a aussi laissé un généreux pourboire.

Delko soupira.

— Et il a payé en liquide, naturellement ?

— Oh non, avec une carte de crédit. Vous voudriez voir le reçu ?

La page marquée d'une empreinte digitale avait soigneusement été retranchée de la revue. Horatio Caine récupérait à présent le reste du magazine du carton des scellés.

Si je n'arrive pas à comprendre comment il s'y est pris... je parviendrai peut-être à découvrir son mobile.

L'illustration en question montrait une jeune femme prénommée Jazeera. Elle avait une superbe plastique, un teint mat, des yeux sombres et un sourire timide – mais sa supposée timidité s'arrêtait là, puisqu'elle posait complètement nue... Et son patronyme ne figurait nulle part, bien entendu.

Une photo d'elle un peu moins osée faisait la couverture. La jeune femme n'était munie que d'un seul et unique accessoire, mais disposé de façon à couvrir des endroits bien précis.

Il s'agissait d'une écharpe de soie noire lui couvrant la tête, les oreilles et la gorge. L'accroche proclamait : « *Sous la bourka ! Notre beauté d'Arabie vous dévoile tout !* »

Le mannequin portait un *hijab*, un turban musulman. S'il n'était en réalité mentionné nulle part que la dénommée Jazeera puisse être islamique, la photo de couverture, elle, le suggérait très nettement.

Horatio commençait à y voir plus clair. Il feuilleta la revue à la recherche des coordonnées éditoriales, puis passa quelques coups de fil supplémentaires.

— Merci d'avoir accepté de me filer un coup de main, Frank, dit Wolfe.

— Pas de problème, répondit Tripp. Vous croyez vraiment que ça nous mettra sur une piste de retracer l'itinéraire des Pères Noël ?

— Si on se fie au trajet que vous avez reconstitué, j'en suis certain.

Tripp et Wolfe se trouvaient à quelques pâtés de maisons de la patinoire où on avait découvert le corps. Ils en faisaient lentement le tour, Wolfe arpentant le pourtour intérieur, et Tripp l'extérieur, tous deux balayant les abords immédiats avec leurs torches électriques.

— Eh bien, le Père Noël auquel j'ai parlé m'a assuré qu'ils fixaient toujours quelques points de chute à l'avance, reprit Tripp. Un site de ralliement initial, une destination et des lieux à marquer d'une croix blanche en chemin… Mais entre la théorie et la pratique… En réalité, ils ont la fâcheuse tendance à partir un peu dans tous les sens. Pas facile apparemment de tenir à l'œil quelque cent cinquante Pères Noël. Bref, en parlant avec quelques-uns d'entre eux, j'ai réussi à établir une liste plutôt détaillée des endroits qu'ils ont traversés, détours inclus.

— Ça remonte à moins de vingt-quatre heures. Les habitants du quartier devraient se souvenir de la procession a priori.

— C'est drôle, j'ai l'impression qu'on n'aura pas trop de mal à trouver des gens pour se souvenir de nos suspects…

Ce qui surprit Wolfe, en revanche, ce fut la diversité des réactions qu'ils obtinrent en questionnant les témoins. La joyeuse sarabande s'était déchaînée dans tous les hôtels, bars et boutiques où elle était passée, sans oublier deux clubs de strip-tease et un de bowling. Et, la pluspart du temps, le jeune homme disparu avait été accueilli à bras ouverts. Certains trouvaient pourtant à redire. Une serveuse se plaignit qu'il lui ait fait renverser un plateau de boissons ; la vendeuse d'un magasin de chaussures classe juge offensant le comportement des Mères Noël exhibitionnistes, qui avaient dévoilé leurs charmes aux passants sans pudeur…

— Quelle *horreur* ! s'indigna-t-elle. Pensez un peu aux *enfants* !

— Eh oui, glissa Wolfe en aparté à Tripp, on n'aime pas savoir des gamins exposés à des mamelles… Pas des *vraies*, en tout cas…

— Quoi ? fit la vendeuse.

— Rien, répondit Tripp. Merci de votre coopération.

En quittant le magasin, Wolfe s'attendit à une remontrance – et eut droit à un sourire.

— Vilain galopin ! le taquina Tripp. On risque des ennuis à cause de toi.

— Navré, lâcha Wolfe en souriant à son tour. Mais avoue, celle-là avait assez de silicone dans les nibards pour refaire les joints de ma douche…

— Si on se concentrait plutôt sur le boulot, d'accord ?

Le troisième hôtel qu'ils visitèrent était un peu moins chic que les autres. Père Noël avait apparemment été attiré par la décoration tape-à-l'œil de la salle de réception, avec ses rennes, ses elfes, ses bonhommes de neige en plastique et une scène de la nativité grandeur nature où figuraient un âne empaillé et les trois rois mages armés de planches de surf.

Tandis que Tripp abordait le réceptionniste à l'accueil, Wolfe inspecta les lieux. Il y avait un peu de paille sur le sol pour la scène de la nativité, mais pas de moquette d'intérieur ou d'extérieur.

C'est alors qu'il avisa la pancarte.

— … Eh bien, expliquait le réceptionniste, ils faisaient un raffut de tous les diables ! (La vingtaine, de type africain, il portait un blazer bleu marine et une cravate noire.) Mais c'était bon enfant, vous voyez ? Ils ne cherchaient pas à causer des problèmes, ils prenaient juste du bon temps. Ils ont fait la ronde autour de notre petite exposition, chanté des cantiques de Noël – enfin… en quelque sorte – puis ils sont repartis. Ils n'ont rien cassé ni volé.

— Pardonnez-moi, intervint Wolfe, d'après ce panneau, vous auriez un golf miniature dans l'hôtel ?

Le réceptionniste acquiesça.

— Oui, au deuxième étage. Un golf à neuf trous. C'est principalement destiné aux enfants, mais tous nos clients peuvent y jouer, bien sûr.

— L'un de vos joyeux Pères Noël y serait-il allé ?

Le réceptionniste fronça les sourcils.

— Je n'ai rien remarqué, mais c'est très possible. On y accède par cet escalier, juste là… (Il désignait l'autre bout de la salle.) L'accès n'est jamais fermé. L'un d'eux a pu se faufiler par là, j'imagine, avec le monde qu'il y avait.

— Ça vous ennuie si je jette un coup d'œil ? lança Wolfe.

— Du tout, allez-y.

— Une idée derrière la tête ? lui demanda Tripp en le suivant dans l'escalier.

— Peut-être… Ça vaut la peine de vérifier, en tout cas.

Les chambres d'hôtel avaient été quasiment toutes regroupées dans une tour de dix-neuf étages, mais le rez-de-chaussée était plus étendu ; un manager entreprenant avait créé une aire de détente dans l'espace dégagé du premier étage. Un mini-golf y avait été aménagé, composé de petits tapis en gazon artificiel – pour certains installés en biseau – comprenant divers obstacles pour rendre le jeu plus intéressant : des ponts, des tunnels réalisés en tuyaux de chlorure de polyvinyle (PVC), et même une maquette de moulin à vent.

Avec plein de moquette intérieur/extérieur…

S'agenouillant, Wolfe en tira plusieurs brins pour les examiner de plus près, et hocha la tête, satisfait.

— Je vais les porter au labo pour m'en assurer, mais je suis sûr que ça correspondra.

Tripp jeta un coup d'œil alentour avant de relever les yeux vers la tour.

— Alors, on a trouvé ? Sacrément exposé comme lupanar… surtout quand on est habillé tout en rouge…

— L'essentiel du périmètre, oui…, admit Wolfe en faisant le tour du moulin à vent. C'est la seule structure assez haute pour protéger des regards, provenant des fenêtres d'hôtel…

Il braqua sa torche électrique sur la zone que cachait la maquette et révéla une grosse tache blanche.

— Un préservatif usagé, fit Tripp. Et qui a servi récemment, on dirait. Tu crois que l'ADN correspondra à celui de notre victime ?

— À moins que les adolescents se donnent rendez-vous ici pour s'envoyer en l'air…

S'agenouillant, Wolfe jeta un coup d'œil par la petite ouverture aménagée dans le moulin à vent, pour permettre à la balle de golf de le traverser. Il passa la main à l'intérieur, et en retira une boule froissée de tissu rouge paré de fourrure blanche.

— Et ça, ajouta-t-il avec un sourire satisfait, devrait correspondre aux fibres que j'ai trouvées sur le corps.

— Quelqu'un d'autre titillait donc les grelots du Père Noël…

— Et puisque la personne qui portait ce costume l'a caché ici, ils n'ont pas rejoint les autres. Pourquoi ?

— Ils se sont peut-être chamaillés, suggéra Tripp. L'alcool et le sexe font parfois un mélange des plus explosifs.

— Possible. Mais pourquoi avoir planqué le costume ? Je conçois très bien que la nana soit partie furibonde en l'abandonnant derrière elle, mais là, c'est délibérément qu'on l'a fourré dans un endroit où personne ne le verrait.

— On dirait que Mère Noël tenait à ce que personne ne fasse le lien entre elle et le Père Noël…, fit Tripp.

Wolfe poussa le moulin à vent, qui se décala légèrement sous la pression. A l'évidence, la maquette n'était pas collée à la base.

— Donne-moi un coup de main, veux-tu, Frank ?

Ensemble, ils inclinèrent le moulin à vent. À l'intérieur, ils découvrirent toutes sortes de détritus, dont trois balles de golf poussiéreuses, un papier de bonbon et… une petite flasque en métal.

— On dirait que le gentil Papa Noël nous a laissé un autre cadeau…, conclut Wolfe.

Le magazine s'intitulait *Exotic Skin*, et était imprimé à Miami même. Le siège se situait dans un édifice blanc et trapu perpendiculaire à Flagler ; une petite pancarte au-dessus de la porte annonçait « PRIAPIX PUBLISHING ». Poussant la porte vitrée, Horatio Caine entra.

La réceptionniste était un stéréotype à elle toute seule. Son corps rappelait ceux qui figuraient dans la revue. Elle avait un magnifique décolleté, une taille de guêpe et des jambes interminables… Son visage en revanche était maculé d'une énorme tache de vin pourpre qui prenait naissance aux racines blondes de son cuir chevelu pour s'étendre sur un œil, couvrir pratiquement tout son nez, aborder un coin de sa bouche avant de mourir dans la région du cou. La femme était assise à un bureau en Plexiglas transparent. De toute évidence, ses employeurs tenaient à mettre en valeur ses meilleurs atouts – ce que faisaient assurément sa minijupe blanche et son top assorti qui laissait voir son nombril.

Elle leva les yeux de son ordinateur en voyant Caine entrer, lui offrant un sourire éblouissant.

— Bonjour ! Que puis-je pour vous ?

Repoussant un pan de sa veste, il dévoila son insigne et lui sourit à son tour.

— Je suis le lieutenant Horatio Caine, du laboratoire scientifique de Miami-Dade. Je souhaiterais parler à l'un de vos supérieurs. J'aurais quelques questions à poser au sujet d'un de vos mannequins.

La vue de l'insigne ne la déstabilisa pas du tout.

— Une petite seconde… Je vais voir si Johnny est disponible. (Elle décrocha le combiné d'un téléphone.) Johnny ? J'ai ici un lieutenant de police, Horatio Caine, qui aimerait vous interroger à propos d'un de nos mannequins… Non, il n'a pas précisé qui. Oui… OK. (Elle raccrocha.) Allez-y.

— Merci.

Dans la pièce d'à côté, l'homme se leva et contourna son bureau en verre opaque pour venir tendre la main à son visiteur. La trentaine à peine, il portait une chemise de bowling vert citron et un bermuda, avec des sandales aux pieds. Il avait de longs cheveux marron mal peignés, un nez proéminent couvert de taches de rousseur et des dents si blanches qu'elles semblaient fausses.

— Bonjour ! lança-t-il en serrant la main de Caine. Je suis Johnny Fieldstone, l'éditeur. J'espère qu'il ne s'agit pas de mauvaises nouvelles, au moins ?

Il l'invita à prendre place en se rasseyant.

— Non, non, rassurez-vous, répondit Horatio, les mains nouées, les avant-bras en appui sur les cuisses. En tout cas, je l'espère. Un violent incident s'est produit. Nous avons tout lieu de croire qu'un numéro de votre revue en est la cause. Plus précisément, la femme qui pose sur cette couverture.

Fieldstone fronça les sourcils.

— Quel numéro ?

— Celui-ci…

Caine en produisit une photocopie.

Y jetant un coup d'œil, Fieldstone soupira.

— Ah, oui… J'aurais dû m'en douter. (Il rendit la photocopie.) C'était notre incursion au Moyen-Orient, qui ne s'est pas avérée des plus populaires d'ailleurs…

— Oh ? Vous n'en avez pas vendu beaucoup ?

— Disons suffisamment pour renflouer la trésorerie – mais ce n'est pas tout. Nous recevons constamment des lettres d'insultes. Or, là, on nous en a envoyés trois fois plus que d'habitude. Certaines m'ont même surpris.

— Comment cela ?

Fieldstone prit un stylo sur son bureau et le fit tourner entre deux doigts.

— Je m'attendais à ce que les Musulmans offensés réagissent. Diable, l'objectif de ce numéro était bien de soulever la controverse ! Je me disais que pour chaque Musulman outré réclamant le boycott, cinq autres achèteraient le numéro. L'attrait du fruit défendu, pas vrai ? Mais ce qui m'a étonné, ce sont toutes les lettres indignées de patriotes autoproclamés.

— Les gens se sont offusqués de la nationalité supposée de la fille ?

— Ah, ça ! Quelque chose de bien, oui ! Comme si on taxait quelqu'un d'anti-américain simplement parce qu'il aurait trouvé séduisante une femme d'origine arabe… (Il secoua la tête.) Même si je ne saisis pas très bien pourquoi, je l'admets. Toutes les femmes m'attirent, moi.

— Pardonnez ma franchise, mais les illustrations de votre magazine – la diversité ethnique des filles retenues mise à part – sembleraient contredire cette déclaration.

Loin d'en prendre ombrage, Fieldstone s'esclaffa.

— Oh, *Exotic Skin* n'est pas notre seule publication. C'est la plus populaire, celle qu'on vend dans les boutiques du coin… Le catalogue Priapix comporte d'autres titres concernant les femmes de plus de quarante ans, les femmes fortes, les femmes qui ne sont pas des mannequins professionnels. Vous seriez étonné de voir le nombre de nanas ravies à l'idée que des milliers d'étrangers s'extasient devant leur nudité… Ça les renforce en les aidant à s'assumer.

— Mais pas toutes.

— Non, nous recevons plein de critiques notamment de ceux qui s'opposent au porno, qu'ils votent à gauche ou à droite – et même lorsque la fille en couverture n'est pas une américaine de type arabe.

— Serait-il possible de parler à la jeune femme concernée ? J'aimerais m'assurer que l'incident qui s'est produit n'avait rien de personnel, dans son propre intérêt.

— Je n'y vois aucun inconvénient. En général, nous prenons toutes les précautions pour préserver l'identité de nos mannequins, par mesure de sécurité. Manifestement, vous ne nous voulez pas d'ennuis. (Décrochant le combiné, il appuya sur un bouton.) Sharlane ? Mon trésor, pourrais-tu sortir les dossiers sur la fille en couverture du numéro de décembre ? Le lieutenant Caine aurait besoin de ses coordonnées pour la contacter. Non, elle n'a pas d'ennui, c'est juste une précaution. OK, merci.

Il raccrocha.

— Elle vous les apporte dans une minute.

Caine se leva.

— Merci. Serait-il aussi possible de jeter un œil aux lettres d'injures dont vous m'avez parlé ?

— Navré, mais je ne les conserve pas. Le courriel est supprimé, et le reste détruit. On élimine les ondes négatives, vous voyez ?

— Eh bien, si vous pouviez garder les messages que vous recevrez ces prochains jours, j'apprécierais.

— Certainement, comptez sur moi.

La porte s'ouvrit, Sharlane entra et s'approcha du lieutenant Caine pour lui tendre une feuille.

— Je vous les ai imprimées.

— Merci beaucoup.

Elle se tourna vers Fieldstone.

— Je ne voudrais pas vous interrompre, mais Sherry a appelé. L'entraînement au football vient d'être annulé, et il faudrait qu'on la ramène en voiture après l'école.

— OK, je m'en charge. Tu pourrais prendre des plats à emporter sur le chemin de la maison ?

— Du thaïlandais, ça te va ?

— Génial.

Elle lui sourit brièvement puis retourna dans son bureau. Tandis que la porte se refermait, Fieldstone souriait toujours.

Jetant un coup d'œil à la main de son interlocuteur, Caine ne fut nullement surpris d'y voir briller l'or d'une alliance.

— Je ne vous aurais jamais catalogué parmi les hommes mariés et comblés, monsieur Fieldstone, lui lança-t-il avec un petit rictus.

— Eh, même Hugh Hefner s'est fait passer la bague au doigt ! Il y a un monde entre ce qui est joli et beau, lieutenant – et moi, je n'ai jamais eu de mal à faire la différence.

La gérante de l'*Apimentado's* était un petit bout de femme toute menue aux allures de lutin, répondant au nom de Maria Arrisca. Elle vint à la rencontre de Delko avec un sourire éclatant.

— Oui ? Une table pour combien ?

— Je suis Eric Delko – l'expert de la Criminelle auquel vous avez parlé au téléphone, vous vous souvenez ?

— Ah bon ? Je ne m'attendais pas à voir quelqu'un de si jeune ! (Son beau sourire enlevait à sa remarque tout ce qu'elle aurait pu avoir d'acerbe.) Eh bien, je serais ravie de pouvoir vous aider. Venez, venez…

Elle le conduisit à une table, le fit asseoir, puis insista pour qu'on lui serve un café serré brésilien avant même d'entamer la conversation. Rompu aux grâces sociales ancrées dans la culture latino-américaine, Delko accepta aimablement. Le restaurant croulait sous les plantes tropicales – à tel point qu'on avait l'impression de se retrouver en pleine jungle. On avait perché des sculptures en bois de toucans aux becs colorés ;

des affiches aux couleurs du carnaval ou de la samba ornaient les murs. Toute la sensualité d'une chanteuse portugaise filtrait des haut-parleurs, son public reprenant en chœur ses refrains.

Passées les amabilités d'usage, Arrisca revint s'installer en face de Delko en lui présentant une feuille.

— Voici le reçu de la carte de crédit. Ce monsieur est mouillé dans une affaire louche ? Dans une histoire… (se penchant vers lui, elle baissa la voix)… de drogue ?

— Honnêtement, je ne sais pas encore, répondit Delko en prenant le reçu. Pour l'instant, en fait, j'ignore pratiquement tout de… (il baissa les yeux)… Hector Villanova. (*Si c'est bien votre vrai nom, et pas un alias…*) Voilà pourquoi tout ce que vous pourrez m'apprendre sur lui nous aidera déjà beaucoup.

— Je ferai de mon mieux.

Elle commença par une brève description qui parut correspondre à celle du type qui avait acheté l'embarcation : un homme de souche hispanique d'âge moyen, assez bien habillé – mais ordinaire.

— Je peux aussi vous dire qu'il était venu seul, de São Paulo, et qu'il était marié. Il a énormément apprécié le repas. (Son sourire s'élargit.) Il m'a félicitée pour notre dinde qui lui rappelait celle de sa mère.

— Comment savez-vous qu'il était marié ? Il a abordé sa vie privée avec vous ?

— Il portait une alliance, donc… Mais même s'il était plutôt aimable, il ne désirait pas parler de lui. Dès que j'essayais de lui poser des questions, il changeait poliment de sujet. J'ai compris à demi-mot que ça le mettait mal à l'aise, je n'ai donc pas insisté.

Hochant la tête, Delko but une gorgée de son café. Un excellent mélange, riche et corsé.

— Et vous l'avez trouvé plutôt aimable, n'est-ce pas ?

— Oh, oui. On aurait pu croire qu'il fêtait quelque chose, même s'il a refusé de dire quoi. J'avoue que depuis, ça me trotte dans la tête… Les intrigues m'attirent comme un aimant !

Delko sourit.

— Je vous comprends. On y prend vite goût ! Je suis ravi qu'on me paye pour les résoudre.

— Alors… puis-je vous demander pourquoi vous recherchez cet homme ? Aurait-il disparu ? Ou commis un crime, peut-être ?

Le regard perçant, la prunelle pétillante, elle se pencha vers lui.

Delko hésita.

— Je suis désolé. Hier, nous avons repêché un corps dans les Everglades. Nous ne l'avons pas encore identifié avec certitude, mais je suis pratiquement sûr qu'il s'agit bien de monsieur Villanova.

Se radossant à son siège, elle écarquilla les yeux.

— *Merda !* Quelle honte… Il semblait si sympathique… Mais on ne sait jamais, pas vrai ? Un homme qui sourit peut cacher bien des ombres dans les replis de son cœur.

— C'est très vrai. Il n'a rien laissé entendre sur ce qui pouvait l'avoir amené à Miami ?

Elle secoua la tête.

— Non, rien.

— Bon, s'il venait du Brézil, je devrais pouvoir mettre la main sur une photo de passeport. Ça ne vous dérangerait pas que je revienne avec plus tard pour voir si vous le reconnaissez ?

— Bien sûr que non. (Elle soupira.) Pauvre monsieur Villanova… Quelques jours avant Noël, en plus… Quelle triste nouvelle pour sa femme !

Peut-être, songea Delko. *Et peut-être pas…*

7

À l'heure du déjeuner, Wolfe se trouvait dans la salle de détente, en train de manger un sandwich œuf/salade. Alexx survint, classeur en main, et s'assit en face de lui.

— Je viens de terminer l'autopsie du Père Noël, annonça-t-elle – avant de froncer les sourcils. Dieu, une bien triste fête cette année !

— Je sais, je sais… À mon avis, je n'arriverai plus à regarder un programme « spécial Noël » sans revoir des images troublantes… Quoi qu'il en soit, qu'est-ce qui a arrêté son horloge biologique ?

— Une attaque. Due à de l'hypertension aiguë.

— Une pression sanguine élevée… (Wolfe hocha la tête.) Des antécédents ?

— Je ne crois pas. La Cause Du Décès n'est pas le plus intéressant cependant, mais l'heure. À en juger par la température de son foie, il est mort vers onze heures du soir.

Sandwich à mi-chemin de sa bouche, Wolfe s'immobilisa.

— Quoi ? Alexx, j'ai moi-même vu le véhicule médico-légal emporter le corps – juste après dix heures !

— Je sais. Et il gisait dans une congère, pas vrai ?

— Absolument. Ce qui aurait dû accélérer le refroidissement de son corps.

— Exact. Mais en intégrant ce facteur à mes calculs, j'ai obtenu une heure apparemment erronée puisque la température du foie était trop élevée. Notre homme était en hyperpyrexie – sa température corporelle pourrait avoir frisé les quarante degrés Celsius au moment de mourir.

Wolfe fronça les sourcils.

— D'après sa partenaire sexuelle, de la vapeur montait de son corps... Alors qu'il avait fait du patin à glace juste avant d'aller s'étendre tout nu ou presque dans de la neige ! Cela aurait dû le rafraîchir, au moins en partie.

— Oui, ça aurait dû... J'ai donc vérifié le rapport toxicologique. On a retrouvé des traces de deux antidépresseurs : l'imipramine et la phénelzine. Le premier inhibe la monoamine oxydase ou MAO, le second réagit aux monoamines oxydases. La surdose de monoamines oxydases entraîne des effets secondaires tels que vomissements et libido exacerbée ou hypertension et hyperpyrexie. Les quantités que j'ai relevées n'étaient pourtant pas assez élevées pour cela.

— Si les médicaments n'ont pas provoqué cette attaque, alors quoi ?

— Son régime alimentaire. Les docteurs sont très prudents quand ils prescrivent des inhibiteurs MAO en raison de leur interaction avec d'autres substances. La monoamine oxydase décompose les monoamines comme l'épinéphrine, la norépinéphrine, la dopamine et la tyramine. Certains types d'aliments en comportent en fortes concentrations, surtout ceux qu'on obtient suite à un processus de vieillissement.

— Comme quoi par exemple ?

— Comme ce que j'ai retrouvé dans son estomac. De la bière, des harengs en conserve, du saucisson sec très poivré de porc et de bœuf, de la choucroute, du fromage sec – d'ailleurs, on appelle parfois ce phénomène le « syndrome du fromage ». On pense qu'une consommation élevée de tyramine déplace la noradrénaline des vésicules de stockage neuronal, provoquant la vasoconstriction et une pression sanguine systolique accrue.

— Suffisamment pour provoquer une attaque ?

— Absolument. Aucun médecin ne prescrirait ces deux médicaments en même temps. Sinon, il interdirait ce type d'aliments à ses patients, l'alcool compris. Les inhibiteurs de monoamine oxydase agissent avec les dépresseurs du système nerveux central, et augmentent leurs effets.

Lorgnant son sandwich à demi mangé, Wolfe le reposa.

— Donc, soit notre Père Noël manquait cruellement d'informations, soit il était incroyablement stupide…

— … Ou alors, on l'a assassiné, conclut Alexx Woods.

En apprenant l'identité de l'inconnu, Wolfe pensait avoir fait le plus dur. Il finit par récupérer des renseignements sur Hector Villanova et son passeport grâce à l'Office National de l'Immigration, découvrant que celui-ci était entré sur le territoire à peine deux mois plus tôt, et il obtint non seulement une photo mais également l'adresse du motel où il avait séjourné. Maria Arrisca le confirma, oui, il s'agissait bien du type qui était venu manger dans son restaurant, et la gérante du motel accepta que Wolfe jette un coup d'œil dans la chambre louée par la victime. Celle-ci avait payé un mois d'avance, et ses affaires étaient toujours là.

Mais après avoir passé un bon moment à retourner la chambre 214, Wolfe dut se rendre à l'évidence.

Il ne trouverait aucun indice dans cette pièce.

Pas de vêtements, pas de valise, pas d'affaires de toilette. Le lit était fait, la corbeille vide. Wolfe appela le réceptionniste pour s'entendre confirmer qu'il ne s'était pas trompé de chambre, et l'homme jura ses grands dieux qu'il n'y avait pas d'erreur.

On aurait dit qu'elle était inoccupée. La pièce était aussi vide que la mémoire d'un amnésique…

On avait effacé toute trace du passage de Villanova.

La chambre 214 se situait au premier étage. Delko redescendit frapper à la porte du bureau de la gérante. Cette dernière, une femme corpulente aux cheveux blancs rebelles qui affichait une patience à toute épreuve, ouvrit en soupirant :

— Quoi encore ?

— Navré de vous déranger, mais quelqu'un serait-il passé par la chambre 214 la semaine dernière ?

— Non. M. Villanova tenait à sa tranquillité. Il me laissait venir donner un coup de chiffon une fois par semaine, et ça s'arrêtait là. Je n'y suis pas encore retournée cette semaine.

— De la visite ?

La gérante secoua la tête.

— Pas que je sache en tout cas. Ni femmes, ni amis, ni personne.

— Et vous ? Il vous arrivait d'engager la conversation avec lui ?

— Seulement quand il payait son loyer. Il n'était guère bavard.

— Alors vous n'avez aucune idée de ce qu'il faisait dans la vie ?

Soupçonneuse, elle lui décocha un regard noir.

— Non. Et n'allez pas me dire qu'il était trafiquant de drogue – je ne tolère pas ce genre de chose. Vous croyez que je tiens à ce que les Stups fassent une descente ici en fermant le motel ? Des types ne venaient pas frapper à sa porte à toute heure du jour et de la nuit, il payait par carte bancaire et ne conduisait pas une tire tape-à-l'œil. Alors, quel genre de dealer est-ce là, à votre avis ?

— Un genre très inhabituel, concéda Delko. Écoutez, j'essaie juste d'en apprendre un peu plus sur ce gars-là. Et pour l'instant, c'est chou blanc sur toute la ligne…

— Eh bien, vous avez une bonne idée du bonhomme, vous voyez, conclut la gérante en refermant sa porte.

Le modèle s'appelait en réalité Zenira Tariq. Horatio Caine localisa la jeune femme en passant par son agence de mannequins, qui lui apprit qu'elle était en pleine séance photos à Haulover Beach. Il s'y rendit en voiture dans le but de la rencontrer.

Haulover Beach était connu pour être un repaire gay, avec sa fameuse section au nord où les vêtements n'avaient rien d'obligatoire. Foulant le sable, Horatio ne se sentait pas discret avec son costume et ses chaussures de ville. Être mal à l'aise parce qu'il était le seul habillé lui inspira un petit sourire ironique.

Le coin de plage réservé aux prises de photos était entouré par du cordon jaune pour en interdire l'accès. Muni d'un talkie-walkie, le vigile était un type à l'improbable coiffure afro blonde et aux lunettes de soleil cerclées d'or. Son short large lui arrivait aux genoux. Il portait aussi des sandales, et une tunique hawaïenne à manches courtes couverte de flamants bleu électrique. En voyant Caine approcher, il leva une main impérieuse – Horatio s'attendit presque à ce qu'il lui lance : « *Halte ! Qui va là ?* »

— Eh, navré, mec, mais c'est fermé pour raisons privées.

— Pas pour moi, en tout cas, répondit calmement Horatio.

Il présenta discrètement son insigne. Le vigile l'autorisa à passer en haussant les sourcils.

Une centaine de pas plus loin, Zenira Tariq prenait la pose sur une grande serviette rose vif. Une couleur qui offrait un contraste saisissant avec son teint mat, des tons chauds rappelant à Horatio des noisettes et du chocolat… Elle portait des lunettes de soleil démesurées à monture en plastique blanc – rien d'autre – et maintenait un gros ballon de plage aux rayures roses et blanches en équilibre sur la plante de ses pieds.

L'érotisme de la scène était considérablement miné par les techniciens, une demi-douzaine d'hommes et de femmes, regroupés de côté avec les diffuseurs de lumière, les caméras, les nécessaires de maquillage et les divers sacs d'équipement. Ils avaient tous une impassibilité aussi clinique que s'ils avaient été en train de photographier du mobilier.

— C'est bien, Lilly, supprime la lueur sur son sein gauche. Trop d'huile.

— Écarte ses jambes, juste un peu.

— Il me faut un filtre différent. Celui-là est trop bleu.

Caine se dirigea vers le photographe, un type à la barbe noire broussailleuse doté d'énormes bras musclés. Dans ses mains énormes, la caméra avait tout juste l'air d'un jouet.

— Excusez-moi… (Le nouveau venu montra son insigne.) Lieutenant Horatio Caine, de la police scientifique de Miami-Dade. Il faudrait que je m'entretienne quelques instants avec votre mannequin.

Sous ses sourcils épais, le photographe lui décocha un regard noir.

— Ça ne peut pas attendre ? Des nuages se pointent, et je paie tous ces parasites sans exception à la seconde !

Horatio ôta ses lunettes de soleil.

— Je veillerai donc à ne pas être trop long, répondit-il d'un ton calme.

Le type barbu leva les mains au ciel en s'exclamant :

— Sacré bon sang ! OK, tout le monde, on fait une pause de cinq minutes – et pas un centième de seconde de plus !

Après avoir décoché un dernier regard assassin à Horatio, il se détourna, trifouillant son appareil photo et maugréant dans sa barbe.

Caine approcha du mannequin, qui avait lâché le ballon de plage pour se redresser en position assise. En appui sur les mains, les jambes tendues devant elle, la jeune femme lui lança un coup d'œil intrigué.

— Zenira Tariq ? Horatio Caine, police de Miami-Dade. J'aimerais vous poser quelques questions.

— À quel propos ?

Elle parlait sans accent – sinon peut-être un soupçon d'accent de Californie du sud.

— Je me demandais si vous aviez reçu des courriels ou des appels téléphoniques inquiétants concernant votre récente collaboration à la revue *Exotic Skin*.

Elle avait de longs sourcils noirs épilés pour former deux subtils traits en « *V* » inversé ; quand elle les fronçait, Horatio avait l'impression de voir deux corbeaux jumeaux virer sur l'aile l'un vers l'autre.

— La revue peut-être, mais pas moi. Je ne donne pas mes coordonnées à n'importe qui, vous savez.

— Et dans votre entourage ? Parmi vos proches, quelqu'un vous a-t-il témoigné son opposition ? Un petit ami ? Un membre de votre famille, peut-être ?

— Je n'ai pas de petit ami, j'ai *une* petite amie. Et ce que je fais ne la gêne pas du tout. Ma mère n'est pas ravie, mais je ne m'entends pas très bien avec elle de toute façon. Quant à mon père, il est mort quand j'étais petite. Pourquoi ?

Caine marqua une pause. Il ne tenait pas à l'inquiéter sans raison. Il fallait néanmoins la mettre en garde.

— Un employé a été agressé dans un magasin qui vendait ce numéro. En fait, il semble que votre photo ait déclenché l'attaque.

— Que voulez-vous dire ? Pourquoi se battaient-ils au juste ?

— C'est ce que je m'efforce de tirer au clair. Connaissez-vous un dénommé Abdus Sattar Pathan ?

— Non, je n'en ai jamais entendu parler.

— Et auriez-vous entendu parler d'organisations ou d'individus qui pourraient avoir des raisons religieuses ou bien politiques de critiquer ce magazine ?

Son visage commença à trahir une certaine inquiétude.

— Comment cela, vous voulez dire des groupes

terroristes ? Je ne connais personne dans ce milieu-là ! Je ne suis pas musulmane, d'ailleurs !

— Quand bien même, vous semblez avoir offensé quelqu'un… encore que rien ne prouve qu'il s'agisse d'un ou d'une islamiste. Il pourrait tout aussi bien s'agir de gens se situant à l'autre bout de l'éventail politique.

— Comme des cinglés fondamentalistes de droite ? Oh, ciel !

La jeune femme se redressa encore en position assise, releva les genoux et les serra contre elle.

— L'employé agressé… il va mieux ?

— Oui, il se rétablit. Il souffre d'une légère commotion, mais il est déjà sorti de l'hôpital.

Elle secoua la tête.

— Je ne sais quoi vous dire, lieutenant. Je ne dirige pas les séances photos. Vous voyez… On me dit où aller, quoi porter, comment prendre la pose et le genre d'expression que je dois avoir. Hauts talons et bas résille ou voile et anneau d'orteil… Ça ne fait pas de grande différence pour moi. Je n'ai jamais rêvé de devenir un sujet de controverse !

— Vous pourriez toujours partir.

— Et tout lâcher ? Ça ne paie pas le loyer, répliqua-t-elle d'une voix douce. Alors qu'honnêtement, *ça*, oui. Largement. Et je préfère encore m'allonger sur le sable d'une plage que dans une chambre de motel louée à l'heure… Vous comprenez ?

Caine ne répondit pas. Il tira une carte de sa poche et la lui tendit.

— Si vous recevez des menaces, ou si vous vous sentez surveillée, appelez-moi.

— Surveillée ? Comme si j'allais le remarquer… Puis-je vous poser une question ?

— Oui ?

Elle leva la carte avec un sourire espiègle.

— Où voudriez-vous que je la glisse ?

Caine remit ses lunettes de soleil, un rictus malicieux sur les lèvres.

— Il y a certaines choses, Mme Tariq, qu'on doit trouver tout seul…

— Tu me fais marcher, là ! s'exclama Tripp. (Il était au volant d'une Crown Vic, un véhicule banalisé de la police municipale, Wolfe à ses côtés.) Notre ami aurait été tué par de l'*épicerie fine* ?

— A priori. Avec les antidépresseurs et l'alcool présent dans son sang, oui, répondit Wolfe. Mais ce n'est pas l'argument décisif. Quand j'ai traité la flasque retrouvée sous le moulin à vent, j'ai découvert une empreinte qui correspond à celles de notre homme, à l'extérieur. Ainsi que des traces de phénelzine et d'alcool à l'intérieur.

— Et on ne se bourre pas la gueule à la phénelzine quand on veut faire la bringue. Quelqu'un a donc dû l'ajouter dans la bouteille à son insu.

— On dirait bien. Mais je n'ai pas trouvé de trace d'imipramine dans la flasque – autrement dit, l'assassin le lui a administrée autrement.

Tripp freina et se gara au bord du trottoir.

— Eh bien, j'ai mené ma petite enquête moi aussi. J'ai parlé aux chauffeurs de taxi qui ont déposé les Pères Noël à leur point de ralliement initial – et je pense avoir remonté la piste de notre victime jusqu'à sa résidence.

Ils sortirent du véhicule devant un immeuble qui avait connu de meilleurs jours. Sa façade vert amande s'était effritée par endroits, assombrie à d'autres, donnant l'impression que la structure tout entière avait dépassé la date de péremption depuis un bon bout de temps.

Tripp étudia les plaques nominatives, à la porte d'entrée, repéra celle du gérant, et sonna.

— Oui ? répondit une voix féminine haut perchée et hésitante.

Une femme âgée sans doute, et craintive.

— Police municipale de Miami-Dade, répondit Tripp. Pourriez-vous descendre nous ouvrir, s'il vous plaît ? J'ai des questions à vous poser.

— Quoi ? Je ne peux pas vous laisser entrer… Comment être sûre que vous êtes bien de la police ?

— Voilà pourquoi je voudrais que vous vous présentiez à l'entrée, madame, expliqua patiemment Tripp. Afin de vous montrer mon insigne. Ça ne prendra qu'une minute.

— Eh bien, je regarde mon émission… pourriez-vous repasser plus tard ?

— Je vous en prie, madame, c'est important.

— Oh, bon !

Soudain, la porte s'ouvrit avec un petit bourdonnement caractéristique. Haussant les épaules, Tripp la poussa, Wolfe chargé de la mallette d'expertise scientifique sur les talons.

— Super, la sécurité par ici, commenta-t-il. J'imagine qu'elle ne voulait rien manquer de son feuilleton mélo favori…

— Eh, on arrive probablement au point crucial de sa journée. Quand on veut travailler comme fonctionnaire à Miami, autant se préparer à gérer la population des seniors… Avec un peu de chance, sa mémoire ne sera pas trop mauvaise.

Ils localisèrent l'appartement de fonction juste après le hall d'entrée, et frappèrent à la porte. À l'intérieur, ils entendaient la bande-son du programme télévisé diurne, avec les rires préenregistrés de quelque vieille sitcom.

Quand la porte s'ouvrit, la femme était pratiquement comme Wolfe se l'était imaginée : une petite dame âgée à lunettes, ses cheveux gris relevés en un chignon sage, un sweater jaune défraichi passé sur une robe à l'imprimé fleuri et aux couleurs délayées, et des mules roses couvertes de peluches aux pieds.

En revanche, il n'avait pas prévu le pistolet à gros calibre avec lequel elle les tenait tous les deux en joue…

Selon l'ONI, l'Office National de l'Immigration, Hector Villanova était venu en Amérique en touriste. Son séjour avait manifestement eu très peu d'incidences. Ses relevés de cartes de crédit se révélaient aussi obscurs et frustrants que l'homme lui-même. Il avait dépensé de l'argent en épicerie, en restaurants ponctuels, en fringues et s'était acheté un abonnement de bus.

Une carte de bus…, songea Delko. *A-t-on déjà vu de grands criminels internationaux prendre le bus ?*

Soupirant, il se renversa sur son siège, les yeux rivés sur le moniteur, face à lui. Villanova menait peut-être une double vie, réglant cash toutes sortes d'activités illicites – mais dans ce cas, de quoi s'agissait-il ? Qu'avait-il fait pour finir ainsi dans un marécage, la tête littéralement arrachée par des explosifs, et qui l'avait éliminé ?

De retour dans la chambre de motel avec sa mallette d'expert, Delko avait soigneusement inspecté tous les recoins. Il avait récolté quelques traces de salive et des cheveux sur un oreiller – l'ADN correspondait aux restes humains à présent stockés dans un des tiroirs de conservation d'Alexx Woods, mais il n'avait aucun élément de comparaison pour les sécrétions salivaires. Il pensait savoir comment contourner la difficulté, mais pour cela, il lui fallait passer un coup de fil qui lui coûtait déjà.

Bon, ça faisait aussi partie du métier. Il décrocha le combiné et composa le numéro qui s'affichait à l'écran.

— *Olá, Solana Villanova, se faz favor.*

Wolfe se pétrifia. Tripp soupira.

— Ne croyez pas que j'hésiterai à m'en servir ! lança la petite dame.

Elle parlait avec la même voix aiguë et grincheuse que celle qui avait filtré par l'intercom, mais la main qui tenait le pistolet, en revanche, ne tremblait pas.

— Mais bon sang, madame, nous sommes de la police ! s'énerva Tripp. Si vous vouliez bien baisser ce bazooka le temps que je vous présente mon insigne…

— Oh, je ne crois pas, coupa-t-elle, nerveuse. Je connais la loi. Je peux tirer sur les gens, maintenant, vous savez ? Vous êtes de la Mafia ?

Wolfe roula des yeux au ciel. En 2005, la Floride avait promulgué une loi permettant aux citoyens d'user d'une force potentiellement mortelle pour se protéger dans leur cercle privé ou leur voiture sans craindre de poursuites judiciaires.

— Magnifique, maugréa-t-il. Au courant de l'actualité, mais dépassée par la réalité…

— Écoutez, insista Tripp, laissez-moi juste vous montrer…

— Pas si vite !

Main dans la poche, Tripp s'immobilisa. Le temps se suspendit.

— OK, allez-y, lâcha-t-elle enfin. Mais cette fois, allez-y *lentement.*

Tripp se remit en mouvement.

— Moins vite ! grinça-t-elle d'une voix stridente.

Aussi lentement que possible, Tripp tendit les doigts vers son revers de veste. Wolfe eut soudain l'impression absurde qu'ils se retrouvaient tous coincés dans une scène au ralenti quelque vieux film d'action de série B.

Quelques décennies plus tard… l'insigne apparut enfin. La petite dame l'inspecta.

— Je ne vois rien sans mes lunettes…

— Vous les *portez*, vos lunettes, lâcha Wolfe.

Elle lui décocha un coup d'œil soupçonneux.

— Comment savez-vous qu'il s'agit bien des *miennes* ? répliqua-t-elle.

Wolfe dut admettre qu'elle marquait un point.

Une voix désincarnée s'éleva derrière eux.

— Grand-mère ? Grand-mère… à qui parles-tu ?

Une autre femme apparut et gémit en comprenant ce qui se passait…

— Oh, grand-mère, ne recommence pas… !

— Darlene ? Ces garçons prétendent être de la police. Tu les connais ?

La nouvelle venue, une trentenaire rouquine à forte

poitrine, vêtue d'un survêtement blanc, prit l'arme à feu des mains de sa parente.

— Non, grand-mère, je ne connais aucun policier. Mais cette carte me paraît tout à fait authentique. (Elle lança un coup d'œil contrit à Wolfe et à Tripp.) Le pistolet n'est pas chargé.

— Ne leur dis pas, voyons ! Autant leur donner tout de suite l'argenterie !

— Madame, êtes-vous la gérante de cet immeuble ? s'enquit Tripp.

— En effet, je suis Darlene Florence. Que puis-je pour vous ?

De désespoir, la grand-mère leva les mains au ciel.

— On se rend ? Déjà ? Je vais chercher mon porte-monnaie pour que vous ne mettiez pas inutilement la maison sens dessus dessous…

Pivotant, elle s'éloigna, le pas traînant.

Tripp présenta une photo du Père Noël décédé.

— Connaissez-vous cet homme ?

Darlene Florence hoqueta.

— Oh, oui, monsieur Patrick ! Kingsley Patrick, au 419… Il a l'air…

— Oui, madame, je le crains. Vivait-il seul ?

— En effet. Dans un petit studio. Que lui est-il arrivé ?

— C'est ce que nous cherchons à déterminer, répondit Wolfe. Nous allons avoir besoin de vous pour fouiller son appartement.

— Je vais chercher mon double de clés.

— Votre grand-mère ne risquera rien toute seule ? s'inquiéta Wolfe.

— Oh, non, ça ira. (Ouvrant un cabinet, elle posa l'arme à feu sur une étagère.) Il n'y a pas de munitions de toute façon. Mais je préfère qu'elle menace les gens avec ça plutôt qu'avec un tisonnier. Une fois, un agent d'UPS a dû subir neuf points de suture à cause d'elle.

— On se croirait revenus à l'Âge d'Or…, marmonna Wolfe dans sa barbe.

— Allez venez par ici ! cria la grand-mère de Florence depuis l'autre pièce. On a des bijoux ! Je vous prépare un sac !

8

Horatio Caine le savait, les Musulmans suivaient les commandements du Coran et d'un recueil d'enseignements traditionnels, le hadith, concernant leur tenue comme leur conduite quotidienne. Le hadith stipulait qu'une Musulmane devait couvrir l'intégralité de son corps – à l'exception du visage et des mains. Elle ne devait pas porter de vêtements moulants, trop fins ou trop originaux, au risque d'attirer indûment l'attention sur elle en dévoilant ses formes.

De toute évidence, Zenira Tariq avait un avis bien différent sur la question.

En Floride, cette opinion lui permettait de gagner sa vie. Dans certains pays, son comportement lui vaudrait une peine de prison, ou même une condamnation à mort. Cela dit, devenir célèbre en Amérique – ou simplement connu – ne comportait pas que des avantages. L'éditeur du magazine avait protégé la vie privée de Zenira en la préservant des agressions des obsédés ou des types dangereux – tout en présentant aux maniaques des photos très intimes de la jeune femme…

Mais la revue n'offrait en revanche aucune protection à ses vendeurs.

Horatio Caine avait fouillé le passé du tenancier.

Talwinder Jholal affirmait n'avoir jamais rencontré Abdus Sattar Pathan auparavant. Mais si on allait par là, Jholal soutenait également n'avoir aucun souvenir de son agression.

Caine n'avait rien découvert d'intéressant. Talwinder Jholal était marié, quatre enfants ; il était propriétaire du magasin qu'il gérait depuis dix ans. On ne l'avait jamais arrêté, et on ne lui connaissait aucun lien avec une organisation criminelle. Ayant émigré de son Inde natale, il était citoyen américain depuis plus de vingt ans. Sa boutique avait été cambriolée trois fois en dix-sept ans, mais c'était la première fois que quelqu'un était blessé.

Il aurait pu poser pour promouvoir le rêve américain dans une campagne d'affichage, songea Horatio. *Jusqu'au jour où quelqu'un de moins tolérant que lui l'a attaqué…*

Telle était sa théorie, et elle lui paraissait fondée. La religion islamique fournissait un mobile expliquant la nature émotionnelle et impulsive de l'agression. Ça correspondait aussi à ce qu'il connaissait du passé de la victime et de son assaillant. Caine avait même vérifié les variantes du nom de Pathan, sachant que les noms musulmans étaient choisis pour refléter des caractéristiques particulières de leur foi. Ainsi, *Abdus Sattar* signifiait « esclave de celui qui dissimule ses fautes », et le nom de scène de Pathan, *Batin*, « invisible ».

Le caché et l'invisible…, songea Horatio. *Ça s'imposait pour un professionnel des tours de passe-passe…*

Restait juste un problème…

Pathan n'était pas musulman.

— Vous plaisantez ? s'était écrié un recruteur de talents à Horatio au téléphone, d'un ton parfaitement incrédule. Aux yeux des Musulmans, les magiciens se tiennent à la droite de Satan ! Vous voulez mettre un Musulman hors de lui, oubliez les strip-teaseuses et les filles de cabaret, essayez seulement de lui parler magie... ! Vous obtiendriez une réaction moins explosive en tentant d'organiser une Messe Noire au Vatican ! Croyez-moi, le Brillant Batin n'est pas plus musulman que Kermit la Grenouille n'est juive ! (Il marqua une petite pause.) Je vous dirais bien pourquoi Kermit la Grenouille ne peut pas être juive, mais ma femme m'interdit de continuer à raconter cette blague...

Après avoir raccroché, Caine s'était lancé dans des recherches. Et il avait fait de surprenantes découvertes.

— Trois types de personnes seront interdites au paradis : l'ivrogne invétéré, celui qui croit à la magie et celui qui ne respecte pas les liens du sang, annonça Horatio Caine.

Calleigh releva les yeux de ses dossiers en cours.

— Pardon ? lança-t-elle d'un ton neutre.

Il réalisa soudain ce qu'il venait de dire.

— Navré, c'est tiré du hadith, des enseignements musulmans traditionnels. On appelle la magie qui ne vient pas d'Allah ni des actes pieux des saints ou des prophètes : Istidraaj. Et ceux qui la pratiquaient étaient considérés comme les sorciers par l'Ancien Testament.

Calleigh se radoucit.

— Oh. Ils n'étaient pas très populaires, alors...

— Non, mais ils devaient être doués pour faire disparaître les éléments. Tout comme notre ami Pathan. Son tour de force actuel semble concerner son avocat.

— Vous n'arrivez pas à le joindre ?

— Je ne trouve aucune preuve de son existence. Le

barreau de Floride n'a jamais entendu parler de lui. Personne ne l'a jamais vu en fait.

Fronçant les sourcils, Calleigh se leva de son siège pour rejoindre Horatio, installé devant un des ordinateurs du labo.

— Eh bien, *quelqu'un* est bel et bien passé voir Pathan durant sa garde à vue en tout cas.

— Un certain Francis Buccinelli, selon le registre du point de contrôle de Miami-Dade... Il a présenté son permis de conduire. Or, je ne le trouve pas dans la base de données de l'État non plus.

— De faux papiers, donc... C'est un délit d'en produire un devant un officier de police...

— ... qui ne suffira pas à inquiéter Pathan. Qu'importe la véritable identité de Buccinelli, il a dû fournir en douce à Pathan de quoi contrefaire ses empreintes digitales.

— Contrefaçon que nous ne pouvons toujours pas prouver.

— Non. Mais si nous mettons la main sur Buccinelli, nous aurons de quoi l'inculper – et ça l'incitera peut-être à se retourner contre Pathan.

D'une pression sur une touche, il fit défiler à l'écran les séquences enregistrées par le poste de sécurité, à l'entrée du centre de détention provisoire de Miami-Dade. On y voyait un individu au teint mat en costume trois pièces avec de longs cheveux noirs bouclés et des lunettes à grosse monture, un grain de beauté proéminent sur une joue et une petite barbe noire soigneusement taillée.

— On dirait une machination..., fit Calleigh. Où commencer à chercher du coup ?

— J'ai déjà contacté les agents de recrutement qui

travaillent avec lui. Il est temps d'aller interroger ses pairs maintenant…

L'appartement où Darlene Florence introduisit Wolfe et Tripp n'avait rien de luxueux. On aurait pu croire que « Père Branlant » tenait son sobriquet de ses problèmes financiers – comme de son hygiène douteuse, d'ailleurs.

Le mobilier se réduisait à un clic-clac, une petite table et ses deux chaises, une coiffeuse et un halogène. On les devinait à peine cependant, car seuls l'halogène et la table étaient aisément identifiables. Le reste disparaissait sous des monceaux de vêtements – à tel point qu'il fallut une seconde à Wolfe pour réaliser qu'il y avait des meubles en dessous.

— Soit le type était un vrai maniaque des fringues, fit Tripp en avançant dans la pièce, soit il tenait boutique à domicile.

— C'était un acteur, annonça Darlene, restée sur le seuil. C'est ce qu'il m'a dit, en tout cas. À l'en croire, il avait tourné quelques pubs, mais je ne l'ai jamais vu passer à la télé.

En entrant, Wolfe ramassa le premier article drapé sur le dossier d'une chaise, une combinaison-pantalon de saut argentée suspendue à un cintre. Posé sur la table à côté d'un vieux modèle d'ordinateur, le casque en plastique en forme de bocal à poissons allait manifestement avec.

— On dirait qu'il conservait certains de ses costumes de scène. À moins qu'il n'ait planifié une expédition sur Jupiter…

— Vous avez besoin de moi ? ajouta Darlene. Il faudrait que je retourne auprès de grand-mère…

— Non, ça ira, assura Wolfe. Allez vous occuper d'elle…

… *Avant qu'elle ne s'aventure à la laverie pour prendre d'autres innocents en otage…*

La porte refermée, Tripp et lui se mirent au travail.

Tripp fouilla les lieux à la recherche d'éléments probants comme des documents, des armes, des drogues ou autres types de marchandises prohibées. Wolfe se chargea d'effectuer un quadrillage en règle, en quête de traces biologiques ou chimiques : des taches de sang, des fluides sexuels, ou de tout autre élément suspect.

Wolfe dégagea les vêtements empilés sur le clic-clac, puis braqua une source lumineuse sur les draps froissés.

— Je ne vois aucune trace d'activités sexuelles. Si notre homme s'envoyait en l'air, ce n'était pas ici…

Tripp, qui inspectait la pharmacie de la minuscule salle de bains jouxtant la cuisine, répondit :

— Pas d'antidépresseurs par ici. Beaucoup de produits de soins capillaires, en revanche.

— Oui, je crois que M. Patrick avait un certain ego – logique pour un acteur. Ça va de pair.

— Tu crois vraiment qu'il bossait comme acteur – qu'il ne racontait pas de bobards ?

Wolfe désigna une petite bibliothèque, de l'autre côté du lit.

— De vieux scripts, des ouvrages de comédie… Je dirais qu'il n'a pas menti. Mais apparemment, il n'arrivait pas à percer…

— Les futures vedettes ne manquent pas, commenta Tripp. La question est : Pourquoi voudrait-on le tuer ?

— Je l'ignore. Mais la réponse se trouve peut-être ici… (Wolfe pressa quelques touches, sur le clavier de l'ordinateur, qui s'éclaira aussitôt en bourdonnant.) Très bien, je vais tenter d'accéder à sa messagerie… Non, pas moyen. J'espérais qu'il avait enregistré son mot de passe… Il va falloir que je l'emporte au labo. L'un de nos techniciens réussira sans doute à en tirer quelque chose.

Tripp jeta des regards songeurs un peu partout. Soudain, il alla se camper devant la porte, pour inspecter la serrure.

— Wolfe, viens jeter un coup d'œil.

Le jeune homme s'exécuta.

— Étrange entaille, juste au-dessus de la serrure… Tu penses qu'on aurait pu essayer de la crocheter ?

— Je ne sais pas, répondit Tripp. J'ai l'impression qu'on a remué des affaires ici. Rien qui saute aux yeux, comme ça, juste quelques trucs qui paraissent déplacés… Deux ou trois tiroirs de commode tirés, la pharmacie ouverte… Le type était peut-être négligent, mais j'ai un mauvais pressentiment.

Wolfe balaya la pièce du regard.

— Eh bien, si quelqu'un s'est introduit ici, qu'est-ce qu'il a pris ?

— Je l'ignore. (Bras croisés, Tripp fronça les sourcils.) La vraie question, à mon avis, serait plutôt : qu'est-ce qui *manque* ?

— Bien sûr que je connais Abdus, répondit l'homme derrière le comptoir. (Mince, la vingtaine, il avait, dressée sur sa tête, une touffe de cheveux marron coupés en brosse.) Il vient ici pour s'approvisionner.

Horatio Caine survola du regard la boutique de magie. Des kits aux plateaux perforés bon marché étaient exposés le long d'un mur ; on avait mis en valeur les accessoires les plus onéreux en les disposant sur de petites tables couvertes d'une nappe en velours noir.

— J'ai cru comprendre que vous le connaissiez aussi personnellement, ajouta Caine. Un des recruteurs de talents auxquels j'ai parlé a précisé que vous étiez amis, lui et vous.

Matt Fresling, l'homme derrière le comptoir, se gratta les petits poils hérissés sur sa nuque.

— Eh bien, un peu, j'imagine.

— Plus qu'un peu ! Quand l'un de vous deux ne peut pas honorer ses engagements, l'autre le remplace sur scène. Correct ?

Fresling haussa les épaules.

— Parfois, oui… Mais ce sont les affaires, rien de plus. Après tout, je ne suis jamais allé chez lui, vous savez.

— Mmmh. Donc, vous ne vous fréquentez pas vraiment ?

— Eh bien… Nous sommes sortis quelquefois boire un verre après un spectacle, histoire de parler boutique. Mais Abdus est du genre tendu – il commande toujours une bouteille d'eau minérale. Il tient à rester concentré.

— Il semblerait… Vous est-il jamais arrivé d'aborder d'autres sujets que les affaires ?

— Il parlait un peu de sa famille. D'ailleurs, au début, je ne l'ai pas cru, je dois dire !

— Comment ça ?

— Le refrain classique du pauvre-petit-gosse-de-riche… Si ma famille avait une telle fortune, jamais je n'assurerais les trois parties de soirée à bord d'un navire de croisière, en compétition avec le buffet de minuit !

— Je n'avais pas réalisé qu'il venait d'un milieu aussi favorisé.

— Oh, oui ! Son vieux est une sorte de magnat arabe du pétrole. J'imagine qu'ils ne l'entendent pas très bien, le père et le fils.

— Abdus a-t-il déjà mentionné un certain Francis Buccinelli ?

Caine guetta la réaction de Fresling, mais si le nom lui disait quelque chose, le magicien n'en laissa rien paraître.

— Non, je ne crois pas. Mais je le répète, nous ne traînons pas souvent ensemble…

— Merci de m'avoir accordé un peu de votre temps, conclut Horatio.

Moins de vingt-quatre heures après la conversation téléphonique entre Eric Delko et Solana Villanova, celle-ci se présenta à l'accueil du laboratoire de la police scientifique de Miami-Dade. Elle demanda son chemin, remerciant la réceptionniste pour ses précisions.

Puis elle se dirigea droit vers la morgue.

Alexx, qui se lavait les mains, releva les yeux en la voyant entrer.

— Oui ? Je peux vous aider ?

La nouvelle venue lui jeta un regard posé avant de répondre. La quarantaine approchant, elle avait des pommettes saillantes et un menton creusé d'un sillon vertical. Elle portait une robe noire toute simple et des escarpins noirs échancrés sur le dessus du pied.

— Oui, fit-elle d'une voix sèche et mesurée, je crois qu'on a fait erreur, et je viens la rectifier.

— Je vois, répondit Alexx, sur ses gardes. Je suis le docteur Woods. Et vous êtes ?

— Solana… Villanova. Je crois savoir que vous avez ici quelqu'un qui, selon vous, pourrait être mon mari ?

Delko avait communiqué à Alexx ce qu'il avait découvert. Il lui avait aussi rapporté la réaction de Solana Villanova en apprenant la nouvelle.

— Madame Villanova, vous n'auriez pas dû parcourir une telle distance. Il est impossible d'identifier votre époux à la vue de sa dépouille…

— C'est parce qu'il ne s'agit pas de lui ! coupa Villanova. Laissez-moi voir son corps.

Alexx la dévisagea.

— Très bien, fit-elle calmement.

Elle gagna la rangée de tiroirs mortuaires métalliques et tira sur la poignée appropriée.

La visiteuse la rejoignit d'un pas vif, sans témoigner la moindre réaction en voyant le torse recouvert d'un drap.

— Voilà tout ce que nous avons retrouvé…

Alexx tira sur le drap, dévoilant la dépouille.

Impassible, Villanova, en baissant les yeux, parut devenir plus inexpressive encore.

— Ce n'est pas Hector. C'est… comment pouvez-vous donner une identité quelconque ? Il pourrait s'agir de n'importe qui.

— Vous avez raison, j'imagine. C'est donc un inconnu. On lui réservera donc le sort habituel.

— Quoi ? C'est que…

— Que vous importe ? répliqua Alexx. Vous ne reconnaissez pas votre mari, n'est-ce pas ? Ce n'est pas l'homme dont le dernier repas fut du *ceia de natal*, alors qu'il avait pourtant un problème de cholestérol. Ce n'est pas celui qui fumait énormément, et qui arrêta il y a environ un an. Ce n'est pas l'homme qui s'est fracturé le bas de la colonne vertébrale à ses vingt ans. Je me trompe ?

Toujours impassible, Solana avait cependant visiblement pâli.

— Comment… le savez-vous ?

— C'est mon métier, répondit Alexx, radoucie. Ceux qui passent entre mes mains ont une histoire à raconter, et je suis la seule à pouvoir les écouter. Je fais de mon mieux pour la comprendre.

Alors que Villanova baissait la tête, le docteur Woods surprit un changement dans son regard. La dépouille que Solana Villanova avait sous les yeux ne se réduisait plus à simple tronc glacé et inanimé. Le masque dont elle s'était prémunie commençait à se fêler. Le chagrin qu'elle tâchait de dissimuler affleurait…

— Votre interlocuteur au téléphone, Eric Delko… Il vous a demandé d'apporter quelque chose ayant appartenu à votre mari, et qui pourrait nous fournir un échantillon d'ADN…

— Oui, oui… bien sûr. (Fouillant son sac, Villanova en tira un petit paquet plat.) Voilà un chapeau qu'il portait souvent. Je l'ai trouvé dans une vieille boîte que… qu'il avait oublié d'emporter avec lui.

— Je m'assurerai qu'il vous soit rendu, madame Villanova.

— Mademoiselle, rectifia-t-elle en tendant le paquet sans détourner les yeux du cadavre. Je veux dire… Nous étions divorcés. J'ai repris mon nom de jeune fille, mais je me suis dit que ça compliquerait inutilement les choses, alors j'ai juste… juste…

Le masque volant en éclats, elle fondit soudain en larmes, puis éclata en sanglots, les bras serrés autour de sa taille comme pour ne pas tomber en morceaux.

Au lieu de ranger le tiroir, Alexx le contourna pour poser une main apaisante sur l'épaule de la veuve.

— Allons, mon poussin…, murmura-t-elle d'une voix douce. Allons… Nous allons bien prendre soin de lui.

Celle qui s'était appelée Solana Villanova ne répondit rien – et Alexx ne s'était pas attendue à ce qu'elle le fasse.

Alexx Woods n'était pas la personne à laquelle Solana avait besoin de parler.

À Miami, Pathan n'était pas un nom répandu. Horatio ne trouva en fait qu'un autre citadin de ce nom – avec une adresse qui lui fit hausser les sourcils.

Fisher Island n'était pas tant une banlieue de Miami qu'un royaume à part entière… Accessible uniquement par la voie des mers ou des airs – ou encore par sous-marin privé… On parlait là de 216 acres d'un luxe insolent, d'or et de diamants, avec ses marinas en haute mer, un parcours de golf pour les championnats, et un terrain de polo. Les célébrités comme les grands PD-G s'y offraient des résidences dont les prix démarraient à deux millions de dollars pour s'envoler très vite dans la stratosphère… Ceux qui n'avaient pas les moyens de vivre dans un paradis pareil pouvaient toujours s'offrir une balade en ferry-boat pour visiter la célèbre station thermale Internazionale, histoire de se faire chouchouter à grand renfort de bains de boue, d'enveloppements chauds et de massages.

Mais la station thermale n'était pas la destination de Caine. Il quitta le ferry au volant de son Hummer pour aborder les rues désertes et paisibles de la communauté. Perché sur une bouche d'incendie, un paon à la queue splendide rayonnant de mille feux comme un panneau publicitaire, le toisait de toute sa superbe. Horatio croisa plus de voiturettes de golf que de vraies voitures, remarquant au passage qu'au moins deux conducteurs regardaient la télé au volant.

Suite à la drague d'un passage maritime vers la baie de Biscayne, on avait construit Fisher Island en 1905. Un homme d'affaires noir, Dana Dorsey, en avait fait l'acquisition dans l'intention de transformer l'île en lieu de villégiature pour riches Afro-américains, mais il avait fini par la revendre en 1919 à Carl Fisher, qui lui donna son nom. À son tour, Fisher s'en débarrassa – sans la monnayer. Il se contenta de l'échanger contre le yacht de William Vanderbilt, qui procéda à des améliorations, installant des cours de tennis, une piscine, un parcours de golf, un manoir et une bibliothèque. Par la suite, la propriété de l'île passa encore de mains en mains, et une nouvelle rénovation eut lieu en 1979, avec la construction d'immeubles en copropriété et de restaurants chics.

Malgré ces étalages d'un luxe insolent, l'île n'était pas bien grande. Horatio ne mit pas longtemps à atteindre sa destination et présenta sa carte d'identité à une vidéo caméra encastrée dans un pylône en béton. Peu après, le grand portail en fer forgé commença à s'ouvrir.

La longue allée conduisait à une magnifique résidence massive, dont le style architectural eut fait honneur à un empereur. En forme de pyramide translucide, les quatre coins de la toiture s'ornaient de pseudo-minarets. Les ailes qui prolongeaient la pyramide de part et d'autre étaient parallèles au front de mer devant lequel se dressait l'ensemble.

Six beaux piliers en marbre flanquaient l'entrée, de style plus égyptien que grec, avec une porte qu'on eut pu croire dérobée à une sépulture pharaonique. Elle semblait taillée d'un bloc dans la pierre. Une frise hiéroglyphique y était gravée.

L'homme qui vint ouvrir alors que Caine gravissait le perron avait le teint bistre et une moustache fournie. Hormis son turban d'une blancheur immaculée, il avait la livrée traditionnelle du majordome anglais – avec les gants blancs pour parfaire le tout.

— Veuillez me suivre, monsieur, dit-il avec un accent particulier – à mi-chemin entre Calcutta et Oxford.

Caine lui emboîta le pas dans un vestibule assez vaste pour y jouer au basket. Le chandelier éclairant les lieux évoquait l'explosion d'un entrepôt de diamants qui se serait figé en pleine déflagration. Puis les deux hommes passèrent dans une pièce adjacente en franchissant de grandes portes en verre. Il s'agissait d'un bureau, du genre souvent décrit dans les romans de Sherlock Holmes : de belles étagères bondées de volumes reliés en cuir, une cheminée en pierre, une imposante table de travail avec sa bergère à oreilles… Horatio l'avait remarqué, ceux qui avaient trop d'argent confondaient souvent le bon goût avec un soin scrupuleux du détail. Comme si, plutôt que d'estimer chaque objet à sa juste valeur, ces gens-là se contentaient de prendre un catalogue, de l'ouvrir à une page et de commander une réplique *parfaitement* exacte du meuble y figurant.

Le majordome le pria de patienter. Horatio s'installa sur un sofa tendu de velours vert bouteille – une magnifique antiquité –, et inspecta les lieux, intrigué.

Une grande mappemonde dominait un angle de la pièce, tandis qu'un épais volume calé sur un lutrin en occupait un autre.

L'homme qui parut quelques instants plus tard était bien bâti, d'une belle carrure. Une couronne de cheveux gris métal entourait son crâne lisse à la peau brune. Il portait un costume en lin blanc, des pantoufles de brocart doré et une cravate en soie rouge. Il avait la barbe, la moustache et les sourcils poivre et sel, des traits anguleux et dynamiques. Khasib Pathan avait transmis bien des caractéristiques à son fils : un nez proéminent, son menton, son regard noir perçant…

… *Mais pas ses croyances*, songea Horatio.

Il se leva dès que son hôte parut.

— Monsieur Pathan… Merci de me recevoir.

Khasib hocha la tête. Le sourire qu'il offrit à son visiteur était courtois, mais circonspect.

— Lieutenant Caine, c'est bien ça ? Je ne suis pas certain d'avoir saisi le motif de votre venue – ça concernerait Abdus, apparemment ?

— Oui. Je ne voudrais pas vous alarmer, monsieur Pathan, mais votre fils serait mêlé à une violente altercation qui a donné lieu à son arrestation, l'autre homme ayant dû être hospitalisé.

Khasib eut pour seule réaction de froncer légèrement les sourcils.

— Je vois. Quelles sortes de charges pèsent contre lui ?

Horatio marqua une petite pause.

— Eh bien, pour l'instant, aucune. Nous avons rencontré quelques problèmes techniques avec les indices comme avec les témoignages.

Khasib hocha la tête.

— Ah ! Et je suppose que le responsable de la libération de mon fils vient donc solliciter un père débordant de gratitude…

Il avait adopté un ton doux, où pointait un soupçon d'amusement.

Horatio Caine sourit.

— Désolé, vous m'avez sûrement mal compris. Aucun membre de mon équipe n'a trafiqué les éléments de preuve, pas plus que je ne suis venu réclamer un pot-de-vin.

Ce fut au tour de Khasib d'hésiter. Mais quand il reprit la parole, son ton amusé teinta sa voix encore davantage.

— Eh bien, tant mieux, car vous vous seriez exposé à une amère déception. *Pourquoi* avoir souhaité me rencontrer dans ce cas ?

— Pour essayer de comprendre. L'agression, subite et violente, fut déclenchée par un élément banal : la photo suggestive d'une femme dans un magazine. D'après mes informations, votre fils n'a aucun lien avec la femme en question. Y comprenez-vous quelque chose ?

Khasib secoua la tête.

— Vous êtes bien présomptueux, lieutenant. Vous présenter sous mon toit pour accuser mon fils d'un délit tout en admettant que vous n'avez pas une once de preuve… Qu'est-ce qui vous fait dire que je ne m'en offusquerai pas ?

— Dans mon métier, monsieur Pathan, je dois fréquemment prendre ce genre de risque.

Ce que Caine se garda d'ajouter, c'est qu'on en révélait bien plus dans un accès de colère qu'en restant courtois. On le priait souvent de vider les lieux… et tout aussi souvent, il revenait. Muni d'un mandat en bonne et due forme.

— Je pourrais certainement jouer les pères offensés, reprit Khasib, glacial. Mais dans mes relations, j'accorde beaucoup de valeur à l'honnêteté – surtout vis-à-vis des autorités. Donc, je m'abstiendrai. Mon fils Abdus et moi-même ne partageons pas le même point de vue sur bien des sujets. À vrai dire, il reste un grand mystère pour moi. Alors que je me suis efforcé de lui inculquer la sagesse des enseignements de Mahomet, il ne voit pas la vérité et la gloire d'Allah.

— Donc, vous ne voyez vraiment pas pourquoi la photo d'une Arabe dénudée qu'il ne connaît pas le mettrait hors de lui ?

Ses yeux noirs ne le quittant pas un instant, Khasib secoua la tête.

— Non, en effet. Il n'a jamais respecté les traditions du hadith, que cela concerne ou non la tenue, le comportement… Si cette… femme… était d'une façon ou d'une autre liée à ce qu'il appelle son art, sa réaction pourrait s'expliquer.

— Vous faites allusion à sa carrière de magicien ?

— Oui. Ça l'aura consumé sa vie entière… J'imagine qu'il a choisi cette voie en réaction à mon autorité. Concernant l'*al-qamrah*, les enseignements islamiques sont catégoriques : quiconque pratique ou prend plaisir à la septième apostasie, comme *as-sarf* et *al-'atf*, est en rupture avec la foi. Toutes les prières sont entendues dans la quinzième nuit du Shaban, à l'exception de celle du magicien et du collecteur d'impôts.

Horatio jeta un coup d'œil autour de lui.

— Eh bien, je vois en quoi vous pourriez avoir un différend avec le collecteur d'impôts…

— … Mais pas avec un passe-temps inoffensif ? Des tours de cartes et des lapins qu'on tire des chapeaux ? (La mine ombrageuse, Khasib croisa les bras et, une seconde, Caine comprit combien le mécontentement paternel avait pu intimider un jeune garçon.) Je conçois aisément que pour les non-croyants, les traditions et les usages des fidèles puissent parfois paraître absurdes. Je suis un homme averti, lieutenant. Par essence, avoir la foi consiste à penser que des instances supérieures savent et comprennent bien plus de choses que nous n'en serons jamais capables. Moi, je m'en remets à cette sagesse comme à celle de tous les érudits islamiques qui ont su interpréter les textes sacrés au cours des âges. Mais hélas, mon fils, lui, n'a pas réussi à s'en contenter.

— Quand avez-vous parlé à Abdus pour la dernière fois ?

— Je le vois rarement – une fois tous les six mois, peut-être. Notre dernière entrevue remonte à quelques semaines, je crois. Nous avons parlé de la fête organisée en l'honneur d'une de mes épouses.

Horatio Caine haussa les sourcils, sans mot dire.

— Je suis citoyen d'Arabie Saoudite, pas des États-Unis. La polygamie y est monnaie courante. Le Coran autorise un homme à prendre jusqu'à quatre femmes pour épouses légitimes, tant qu'il est en mesure de satisfaire à leurs besoins. (Khasib sourit.) Et comme vous le constatez, ce n'est pas au-dessus de mes moyens.

— Bien sûr. Puis-je vous demander laquelle de vos épouses est la mère d'Abdus ?

Avant que Khasib puisse répondre, le majordome réapparut sur le seuil de l'étude.

— Toutes mes excuses, monsieur, votre fils Abdus est en ligne… Il dit que c'est très urgent.

Khasib leva un sourcil interrogateur à l'adresse du lieutenant Caine.

— Une bien curieuse coïncidence… n'est-ce pas ?

— Il vous contacte peut-être pour vous demander le nom d'un bon avocat…

La seule réaction du maître des lieux fut de gagner le bureau, de décrocher le combiné et d'appuyer sur un bouton.

— Allô ? Oui, je… Quoi ? (Il changea abruptement de ton et d'attitude. Le choc et l'alarme supplantèrent instantanément toute trace d'irritation parentale.) Où es-tu ? cria-t-il presque. Où ? Non, non… Laissez-moi parler à mon fils !

— Monsieur ? Tout va bien ? lança aussitôt Caine.

Tous ses instincts de flic étaient sollicités.

Khasib tint le combiné devant lui, le fixant comme s'il s'agissait d'un objet étrange qu'il ne parvenait pas à identifier. Il reprit la parole d'un ton oscillant entre confusion et peur.

— C'était Abdus… Il a dit… qu'on l'avait kidnappé. Que ses ravisseurs allaient le tuer…

9

Delko étudiait le chapeau – une casquette de baseball brodée du nom d'une équipe de football sud-américaine – que Solana Villanova avait remis à Alexx Woods. Le jeune homme parvint à extraire des cellules épithéliales du bandeau, et même un cheveu au bulbe pileux intact – dont il pourrait donc extraire l'ADN. Les échantillons furent transmis au laboratoire de génétique.

Il envisageait de parler à Solana Villanova en personne quand un coup de fil d'Horatio Caine fit basculer sa journée entière.

— Delko… Qu'y a-t-il, Horatio ?

— Eric, il faudrait que Calleigh et toi me retrouviez à cette adresse… (Delko s'empara d'un stylo pour griffonner les coordonnées.) Je vous y rejoindrai aussi vite que possible.

— Entendu. Mais j'étais censé conduire un entretien avec cette femme dans environ vingt minutes…

— … Dans l'affaire Villanova ?

— Oui, elle a pris un vol du Brésil pour venir ici.

— Navré, Eric, mais elle devra patienter. On vient de me signaler un kidnapping, et les heures sont comptées.

— J'arrive tout de suite.

Delko détestait mettre une affaire de côté – quelle qu'elle soit – mais quand il s'agissait d'un enlèvement, le temps devenait un facteur crucial. Il devrait s'entretenir plus tard avec Solana Villanova.

Il retrouva Calleigh au labo de balistique, signa le registre pour emprunter un Hummer au département et joua à pile ou face pour savoir qui conduirait. Calleigh gagna.

Tandis qu'Eric bouclait sa ceinture, elle introduisit la clé dans le contact.

— Donc, notre magicien récalcitrant s'est lui-même fait disparaître, c'est ça ?

— Ce type pratique vraiment la magie ? Avec des colombes vivantes dans les manches, ce genre de truc ?

— Eh bien, pour les colombes, je ne suis pas au courant, répondit Calleigh en sortant du parking du personnel. En revanche, il faut bien admettre que ce type a plus d'un tour dans son sac… On t'a parlé du coup des empreintes ?

— Oui. Tu penses qu'il aurait pu… ?

— *Excusez-moi !* fulmina la conductrice. (Elle ne s'adressait pas à Delko mais à une voiture un peu lente à dégager le passage.) Vouloir changer de voie ici ! En fait, je ne sais pas comment l'expliquer. Horatio a contrôlé mon travail et d'après ses conclusions, rien ne prouve qu'on aurait substitué les empreintes sur la scène du délit. Tout ce qu'on peut supposer pour l'instant, c'est que le type a trafiqué ses propres empreintes pendant sa garde à vue. Mais nous ignorons toujours comment il s'y est pris. Nous pensons que son avocat est impliqué dans la combine. Mais l'homme a utilisé une pièce d'identité falsifiée. Horatio essaie de lui mettre la main dessus.

— Et pour couronner le tout, un kidnapping… Je dois dire que ça sent le roussi.

— Ce serait un enlèvement bidon, tu crois ? Trompe-moi une fois, honte à toi, trompe-moi deux fois, honte à moi ?

— J'imagine, oui… Ton avis ?

— Attendons de voir la scène du crime, voilà mon avis. Il y a certainement anguille sous roche, mais inutile de tirer des conclusions tant qu'on ne dispose pas de tous les éléments.

— Là-dessus, tu as tout à fait raison…

— Pourriez-vous vous décaler ? Merci *beaucoup* !

Calleigh s'adressait apparemment au conducteur d'une camionnette noire.

— Ils ne t'entendent pas, tu sais ? demanda Delko avec le sourire.

Elle sourit à son tour.

— Je sais, je sais… Mais on m'a inculqué les règles élémentaires de politesse et de savoir-vivre. Ils ne peuvent sans doute pas m'entendre, n'empêche que je me sens mieux. Donner des coups de klaxon, je trouve ça tellement… grossier !

— La fameuse hospitalité du Sud…, soupira Delko. Ou les chevaux-vapeur du Sud, peut-être ?

— Peu importe, pourvu qu'ils me laissent passer…, murmura Calleigh. *Pardon*, la limitation de vitesse vous autorise à rouler à vingt kilomètre à l'heure, il suffit de lire les panneaux… Merci !

Delko sourit de plus belle et secoua la tête.

En vertu de l'article 18 du code pénal des États-Unis, sections 1201, 1204 et 1073, les kidnappings entraient dans la juridiction du Bureau Fédéral des Investigations

– le FBI. Horatio Caine n'eut donc d'autre choix que de prévenir l'office supérieur du FBI de Miami dès qu'il eut appris les faits. Non qu'il s'en réjouisse…

Ses relations avec les Fédéraux n'étaient pas franchement amicales. Et ça ne datait pas d'hier… Quoique les frictions entre le FBI et les agents du maintien de l'ordre soient si bien connues qu'elles en devenaient un cliché, Horatio n'avait rien contre le Bureau en soi. Le travail passait avant tout, et qu'importait celui qui passait les menottes aux criminels tant qu'on les arrêtait. Le FBI disposait d'effectifs, d'équipements et de ressources qui faisaient défaut au département d'Horatio Caine – lequel visait la coopération, pourvu qu'on obtienne des résultats permettant de mettre les criminels hors d'état de nuire.

Le mot clé étant *coopération…*

L'expérience avait appris à Horatio que le Bureau usait de ce vocable strictement comme d'un euphémisme pour : « *Donnez-nous tout ce que nous voulons, et nous ne vous tomberons pas dessus comme un immeuble de cent étages…* » Un euphémisme que Caine lui-même employait souvent. Notamment avec les suspects. Certains représentants du FBI en tout cas avaient une fâcheuse tendance à se servir de ce concept avec tous ceux qu'ils croisaient.

Des représentants comme l'Agent Spécial Dennis Sackheim, par exemple.

Celui-ci entra dans le bureau de Khasib Pathan avec l'allure d'un général qui arrive sur le champ de bataille : dos droit, œil périphérique… Trois autres agents – deux hommes et une femme – marchaient au pas derrière lui. En apercevant Horatio Caine, Sackheim ne changea pas d'expression – impassible et implacable comme un mur de brique…

— Lieutenant Caine…

— Agent Sackheim…

Horatio ne se leva pas du sofa, et Dennis ne présenta pas les Fédéraux qui l'accompagnaient.

Caine avait déjà eu affaire à Sackheim. Ils avaient été plus d'une fois en total désaccord tous les deux. D'après d'Horatio, l'agent privilégiait la résolution d'une affaire par rapport aux gens impliqués.

Ce n'est pas le meilleur pour une affaire de kidnapping…, songea Horatio.

Campé devant la fenêtre, la mine indéchiffrable, Khasib contemplait l'océan. Caine lui avait déjà longuement parlé, et il devrait désormais répondre aux mêmes questions.

— Monsieur Pathan, je vais commencer par mettre votre téléphone sur écoute. (Sackheim fit signe à sa collègue, qui s'en chargea aussitôt.) Je prends l'affaire en main. Il est vital que vous me communiquiez toutes les informations importantes concernant votre fils. Les amis, les liaisons amoureuses, les collègues de travail…

Caine se leva.

— Pourquoi ne lui laisseriez-vous pas quelques instants, Dennis ? J'aimerais vous dire un mot, si c'est possible ?

Il soutint le regard impavide de l'agent.

— Entendu. Si vous voulez bien nous excuser, monsieur Pathan…

Se tournant, Sackheim quitta la pièce avec ses deux collègues masculins.

— Monsieur Pathan ? ajouta Horatio. Je vous donne ma parole que vous reverrez votre fils.

— Je sais…, répondit Khasib, la voix légèrement brisée. Je sais que vous ferez tout ce qui est en votre pouvoir, lieutenant. Merci.

Caine suivit Sackheim dans le vestibule, et referma la porte du bureau derrière lui. Les deux autres agents s'étaient éclipsés – deux limiers au flair aiguisé qu'on venait de lâcher… Ils devaient déjà être en train d'interroger le personnel.

— Quel est le problème, Caine ? attaqua Sackheim.

— Il n'y en a pas, répondit Horatio, les poings sur les hanches. Mais je me disais que vous apprécieriez un début de piste, à propos de la victime…

— J'écoute.

Toujours aussi aimable…

— Abdus Sattar Pathan n'est pas ce que j'appellerais un innocent…

Il livra à Sackheim une version condensée des événements qui l'avaient conduit jusqu'au manoir de Fisher Island.

— Vous avez donc bousillé un élément de preuve, commenta l'agent du FBI. Ça ne me surprend pas, en fait… J'aurai besoin d'examiner tout ce que vous avez réuni, quoi qu'il en soit.

— Mon équipe, répliqua Caine, n'a rien « bousillé ». Et nous serions ravis de vous montrer ce que nous détenons à ce jour, Dennis, mais j'aimerais être tenu au courant en ce qui concerne l'enquête en cours.

— Écoutez, Caine, désormais ça concerne le FBI. Ma partie, mes règles. Vous n'êtes même pas fichu de prélever correctement les empreintes d'un homme en garde à vue, et vous voudriez qu'on fasse équipe ? (Il lui décocha un coup d'œil ouvertement sceptique.) Savez-vous seulement à qui vous avez affaire en l'occurrence ? Khasib Pathan tient la tête d'un clan d'Arabie Saoudite qui a plus de pétrole que de sang dans les veines. Et ses puissants amis en sont très conscients. Si je dois partager ma juridiction, ce sera avec le ministère des Affaires Étrangères ou de l'Intérieur. Vous n'avez même pas réussi à retenir ce type en cellule. Donc, à moins que vous ne soyez disposé à jouer les boucs émissaires, je vous conseille de rester en dehors de mon chemin.

Horatio croisa son regard.

— Je prends note de votre conseil. J'en ai un à vous soumettre à mon tour, agent Sackheim.

— Vraiment ?

— Vraiment. Je vous recommande de ne pas oublier que c'est un être humain que vous recherchez. Et que ce n'est pas le ministère des Affaires Étrangères ou celui de l'Intérieur qui se tiendra devant sa tombe... Mais sa famille.

Horatio franchit la porte d'entrée en remettant ses lunettes.

La principale scène de crime constituait l'endroit où on avait enlevé Abdus Sattar Pathan. Hélas, Horatio Caine ignorait où ça se trouvait... Il donna donc pour instruction à son équipe de commencer par le domicile de la victime.

Pathan vivait à Sweetwater, à l'ouest de Miami. Ses ascendances arabes auraient pu le conduire dans une ville de banlieue comme Opa-Locka, avec son style moyen-oriental et ses rues à la Shéhérazade. Mais l'homme de spectacle n'avait manifestement pas résisté à la cité de Sweetwater. Fondée en 1941, la communauté avait d'abord compté parmi ses résidents les nains de cirque russes en quête d'un endroit agréable et chaud pour finir leurs jours. Ils avaient fait construire leurs demeures sur commande, à leur taille, qui avaient valu le sobriquet de « Cité des Minus » à Sweetwater.

Le domicile de Pathan n'avait été conçu ni pour les avortons ni pour les riches. En dépit de la fortune familiale, il semblait mener un style de vie bourgeois. Le pseudo-ranch d'un étage disposait d'un garage attenant et d'une cour petite mais bien entretenue. Dans l'allée était garée une Camrie dorée de la fin des années quatre-vingt-dix. Calleigh vint se ranger derrière elle.

— Je ne vois pas le véhicule d'Horatio, dit Delko en sortant. On a dû le battre de vitesse.

Calleigh lui tendit sa mallette et prit la sienne.

— Aucune raison d'attendre, je suppose…

— Surtout si nous voulons jeter un œil avant l'arrivée des Faiblards…

Elle fronça les sourcils.

— Tu sais, je n'ai jamais aimé ce surnom. Tu ne pourrais pas parler des Fédéraux, tout simplement ?

— Eh, tous les flics que je connais les appellent comme ça ! sourit Delko. Nos amis doivent s'y être faits, depuis le temps.

— Eh bien pas moi. Et de toute façon…

Calleigh s'arrêta à mi-chemin. Un pas derrière elle, Delko s'immobilisa à son tour.

— La porte est entrouverte, reprit-elle d'un ton purement professionnel.

Mallette posée, elle dégaina, imitée par Delko – qui avait appris à ne pas douter des instincts de sa collègue.

Ils approchèrent prudemment de l'entrée.

— Bon sang, il y a une empreinte digitale sur le montant de la porte ! fit Calleigh.

— Je la vois, répondit Delko, l'air sombre.

— Police de Miami-Dade ! lança Calleigh. Il y a quelqu'un ?

Le silence lui répondit.

La jeune femme poussa la porte.

Une lutte avait apparemment eu lieu dans la belle pièce qu'elle découvrit : des sièges étaient retournés, la table basse était réduite en morceaux et une lampe dont l'abat-jour en velours était déchiré jetait sur le mur des ombres fracturées.

Sans parler du sang…

Décrivant un grand arc de cercle, il avait giclé à travers la salle et le mobilier, et éclaboussé les murs. À en juger par la couleur et la consistance, les deux experts criminalistes surent qu'il s'agissait de sang frais.

— On dirait un jet artériel, fit Delko à voix basse.

— Certainement, confirma Calleigh. Il y a assez de sang ici pour supposer que le type n'a pas survécu… Voyons si notre « donneur » est toujours sur les lieux.

Rapides, efficaces, ils passèrent de pièce en pièce, inspectant les chambres, la cuisine et la salle de bains.

— Personne dans la maison, conclut Calleigh en rengainant son arme. Mais je crois pouvoir dire que nous tenons notre scène de crime principale.

— J'avertis Horatio, proposa Delko en sortant son portable.

— Et je commence la collecte des indices avant l'arrivée du… Bureau…

Delko sourit.

L'analyse des projections de sang constituait une science hybride. Elle impliquait d'abord de solides connaissances en biologie, en trigonométrie et en physique. Savoir se servir d'un appareil photo ne faisait pas de mal non plus. Quand Horatio Caine arriva, Delko avait consciencieusement quadrillé la scène de crime en multipliant les clichés. Quant à Calleigh, elle avait prélevé l'empreinte sur l'encadrement de la porte et des échantillons des gouttes de sang sur les murs.

— Là où passe monsieur Pathan, commenta Horatio dans un murmure en contemplant la pièce dévastée, la violence semble l'accompagner… Sans parler du sang…

— Je m'apprêtais à inspecter le reste de la maison, dit Calleigh. À moins que vous ne préfériez attendre l'agent spécial Sackheim ?

Caine la gratifia d'un sourire dénué d'humour.

— Vous savez, la dernière fois que je lui ai parlé, il m'a donné l'impression d'être très occupé… Nous ferions tout aussi bien d'aller de l'avant…

Rien qu'en observant où une personne vivait et comment, il pouvait habituellement en déduire beaucoup de choses. Lorsqu'il s'agissait d'un endroit occupé par un seul habitant, les lieux donnaient bien des indications sur la personnalité de leur propriétaire. Considérant le milieu d'origine de Pathan, Horatio n'avait pas trop su à quoi ressemblerait sa demeure. Mais il ne s'attendait pas du tout à ce qu'il découvrit.

L'activité de Pathan, pour commencer, ne sautait pas aux yeux. Pas d'affiches de magiciens célèbres, pas de photos du prestidigitateur prenant la pose, seul ou avec des collègues… Rien ne signalait qu'un artiste de scène occupait la maison. Ordinaire, le décor se réclamait de la classe moyenne américaine, avec ses tentures blanc cassé, un grand écran de télévision, et une bibliothèque remplie des plus gros succès en librairie, en éditions de poche. La chambre comptait un lit double, une armoire de taille standard, une coiffeuse et une chaîne stéréo portable posée sur une table de nuit. Si Abdus Sattar Pathan avait des vices, il les cachait bien. Caine ne dénicha ni drogues, ni alcool, ni porno, ni jouets sexuels, ni sous-vêtements féminins. La seule petite faiblesse du magicien : une machine à espresso haut de gamme, dans la cuisine. Et à en juger par le contenu du frigidaire, il sortait souvent. Dans la salle de bains, il y avait un assortiment banal de pansements gastriques, d'analgésiques et de produits d'hygiène corporelle comme une brosse à dents électrique, du bain de bouche et des cure-dents. Caine préleva des échantillons d'ADN sur une brosse à cheveux et récupéra du fil dentaire dans la corbeille. Si le sang répandu dans le salon était bien celui de Pathan, il le saurait rapidement.

— Horatio, appela Calleigh, venez voir !

Il suivit le son de sa voix et déboucha dans le garage attenant converti en atelier, où on retrouvait enfin des signes de l'activité de Pathan… Contre un mur, de grandes étagères métalliques débordaient de livres relatifs à la magie de scène, tandis que deux tables croulant sous toutes sortes d'objets aussi bien ésotériques qu'usuels couraient le long de deux autres parois. Le magicien avait quasiment consacré la moitié de l'espace aux accessoires nécessaires à ses numéros : un cercueil debout avec des orifices à la place du visage et des mains, de grandes paires de menottes en acier, une malle ornée d'étoiles et de lunes fluorescentes… De plus petits accessoires pendaient à un plateau perforé ou s'alignaient sagement sur les étagères murales.

— On dirait bien qu'il préfère séparer le travail de sa vie privée..., commenta Calleigh, formulant les réflexions de Caine à voix haute.

— Oui, répondit-il, songeur. Compartimenté, tout bien rangé à sa place... Tout, sauf M. Batin lui-même...

— Je croyais qu'il s'appelait Pathan ?

— Le Brillant Batin est son nom de scène. Et ce serait là son domaine... celui où il vient élaborer ses chimères.

Calleigh saisit aussitôt le fil du raisonnement.

— Vous pensez que ce kidnapping n'est qu'une mise en scène ?

— Je ne sais pas. Mais Pathan ne serait pas le premier héritier brouillé avec un de ses riches parents à simuler son propre enlèvement. Ce que je ne comprends pas, c'est le lien avec l'agression initiale, ou comment il a réussi à substituer ses empreintes. S'il cherche véritablement à nous berner, c'est ici qu'il a tout préparé.

— Une sorte de laboratoire anti-police scientifique..., fit Calleigh. Objectif : dissimuler la vérité au lieu de vouloir la révéler.

— Auquel cas, nos talents se mesureront aux siens. Mais là où il doit se contenter d'un laboratoire de fortune, chez lui, nous disposons pour notre part de toutes les ressources du laboratoire de la police scientifique de Miami-Dade.

— Et vos assistantes n'ont pas à s'habiller en potiches..., commenta Calleigh. C'est aussi bien, j'imagine. J'aurais l'air fin en bas résille et en chapeau claque ! Et puis je ne tiens vraiment pas à voir Ryan en costume pailleté...

— Vous réalisez, cracha Sackheim, que tous les indices que vous avez collectés finiront entre mes mains quoi qu'il arrive ?

Relevant les yeux de son bureau, Caine adressa un sourire bienveillant à l'agent du FBI. Mains jointes devant lui, il répondit :

— Vous en êtes certain ?

Sackheim le foudroya du regard.

— Insinuez-vous que vous seriez prêt à entraver les progrès d'une enquête fédérale ?

— Bien sûr que non. Mais vu votre manque de respect manifeste envers les compétences de mon département, vous ne nous pensez sûrement pas capables de découvrir quoi que ce soit. N'est-ce pas ?

Digérant la logique de la remarque, Sackheim redoubla d'efforts pour se radoucir.

— Je ne voulais pas contester les compétences de votre équipe. Tout ce que vous pourrez découvrir s'avérera utile, je n'en doute pas.

— Voilà qui ressemble presque à des excuses… (Croisant le regard de son interlocuteur, Horatio ajouta à voix basse :) *Presque*…

Sackheim sembla brusquement s'intéresser à un des diplômes encadrés de Caine et détourna la tête.

— Navré si je vous ai offensé, vos équipiers ou vous-même. Maintenant, si nous arrêtions ces chamailleries pour nous concentrer plutôt sur l'affaire ?

— Je ne fais que ça. Les ravisseurs se sont-ils manifestés ?

— Pas encore. On a mis en place toutes les procédures standard. En dépit de ce que vous pourriez croire, notre première priorité consiste à récupérer la victime saine et sauve.

— Bien. Mon équipe est en train d'analyser tout ce qui a été prélevé sur la scène du crime… Dès que nous apprendrons quelque chose, nous vous le communiquerons.

— Vous réalisez que le labo de Quantico est plus qualifié et mieux équipé…

— … et qu'il se trouve en Virginie, souligna Horatio. Y envoyer du matériel augmente le risque de contamination ou celui de rompre la chaîne des éléments de preuve, sans compter que ça nous ferait perdre un temps précieux. Je pense qu'il va de l'intérêt général d'accomplir le travail ici… Et vous seriez surpris de voir l'équipement dont nous disposons. Je peux vous organiser une visite guidée, si vous le désirez…

— Ce ne sera pas nécessaire, dit Sackheim.

Penchée sur la table éclairée, le visage criblé de taches sanglantes et lumineuses, Calleigh étudiait les agrandissements des éclaboussures de sang retrouvées dans la maison Pathan quand Horatio fit irruption dans la pièce.

— Bonjour. Tu as une minute ?

— Bien sûr. Qu'est-ce qu'il vous fallait ?

— Je viens de raccrocher avec Alex. Il semble que la veuve de l'inconnu ait sagement attendu d'être interrogée, et elle s'affole un peu. La pauvre femme est venue en avion depuis le Brésil, elle aimerait vraiment qu'on en finisse.

Calleigh fronça les sourcils.

— Je croyais que c'était l'affaire de Delko.

— En effet, mais il semble avoir débouché dans une

impasse sur cette enquête. Je pense que ça l'aiderait d'avoir un regard neuf dessus.

— Alors vous m'envoyez au front, en quelque sorte ? sourit Calleigh. C'est mignon... mais Eric ne le prendra pas très bien à mon avis.

— Ça, c'est mon problème. Pour l'instant, l'affaire Pathan l'accapare trop pour qu'il se soucie encore d'une enquête au point mort. Il faut que tu descendes dans la salle d'interrogatoires deux et que tu parles à Mme Solana Villanova. (Dégageant un dossier de sous son bras, il le lui tendit.) C'est le rapport complet d'Eric. Hélas, il n'y a pas grand-chose.

Calleigh ouvrit la chemise, en survolant le contenu.

— Humm... Je vois ce qui le contrarie. La vie de ce gars est une page blanche pratiquement...

— ... et je compte sur toi pour la remplir, conclut Horatio.

Sur ces mots, il la laissa étudier le contenu du dossier. Comme tous les experts, Calleigh appréciait un bon puzzle à résoudre – avec un peu de chance, ça retiendrait assez son attention pour lui faire oublier qu'il venait tout juste de lui retirer une enquête controversée pour la mettre sur une affaire bien moins urgente... Mais mieux valait l'éloigner des altercations avec le FBI. Pour l'instant, les résultats confus du prélèvement d'empreinte dans le cas de l'agression plaçaient Calleigh sur la sellette. Sackheim pourrait se prévaloir de ces résultats pour remettre en cause la validité du travail de la jeune femme, voire reprendre toute l'affaire à son compte, en compromettant du même coup la carrière de Calleigh Duquesne de façon irrémédiable.

Et Horatio ne laisserait jamais faire une chose pareille.

— Mademoiselle Villanova ? lança Calleigh en entrant dans la salle. Ou préféreriez-vous que je vous appelle Garcia ?

Assise de l'autre côté de la table d'interrogatoire, la veuve paraissait éreintée, affalée sur son siège, les yeux rouges et gonflés.

— Appelez-moi Solana, s'il vous plaît.

Calleigh hésita.

— Je suis navrée, Solana… Nous venons de recevoir les résultats ADN… Cette dépouille est bien celle de votre ex-mari.

Les yeux secs cette fois, Solana hocha la tête. Calleigh voyait bien à son regard que cette femme avait toujours su, au fond d'elle. En le lui annonçant, elle remplissait une simple formalité.

— Vous savez, nous n'avons pas à faire cela tout de suite, ajouta Calleigh en prenant un siège. Si vous souhaitez rentrer à l'hôtel, dormir un peu, ça ne poserait aucun problème.

— Non, j'en viens justement. Je ne trouve plus le sommeil. Je vous en prie, je voudrais… qu'on en finisse.

— Très bien. (Calleigh ouvrit le dossier qu'elle avait apporté, jetant un coup d'œil à ses notes.) Pardonnez-moi si mes questions vous paraissent trop personnelles, mais toute information que vous pourrez nous fournir nous aidera à mieux comprendre ce qui s'est passé.

— Je sais.

— Tout d'abord… connaissez-vous quelqu'un qui aurait pu en vouloir à votre ex-époux ?

— Je ne crois pas, non. C'était un homme bon. Un peu réservé peut-être, mais… Il avait du cœur. Et ses intentions n'étaient jamais mauvaises.

— Il travaillait dans quoi ?

— C'est un… Il était plombier. Il avait monté sa propre entreprise à São Paulo. Mais les affaires ne marchaient pas très bien… Il manquait d'ambition. Je… le poussais à s'appliquer davantage, à viser plus haut…

— Et du côté des assurances vie ? En avait-il contracté une ?

— Pas que je sache.

— Depuis combien de temps étiez-vous mariés ?

— Sept ans. Nous avons divorcé il y a environ six mois.

La veuve marqua une pause ; sa lèvre inférieure tremblotait. Elle fouilla son sac à la recherche d'un kleenex. Calleigh attendit qu'elle se mouche et s'essuie les yeux.

— Je suis désolée… Je vous écoute.

— Pardonnez ma question, mais… quelle était la raison de votre divorce ?

Solana exhala un long soupir.

— C'est moi qui suis partie… Hector ne voulait pas que je m'en aille. Mais je… n'étais pas heureuse. Il se contentait de ce qu'il avait, alors que je désirais plus. En définitive, nous avons convenu qu'une séparation vaudrait mieux pour nous deux.

— À l'amiable, donc ?

Solana adressa à son interlocutrice un sourire triste.

— On peut dire ça, oui… Au début, du moins. Il se sentait profondément blessé, alors qu'il faisait de son mieux pour me faciliter les choses. Nous ne nous sommes pas revus souvent, mais quand ça arrivait, nous restions courtois… jusqu'à son départ pour l'Amérique, peu avant… (Elle secoua la tête.) Notre dernière entrevue n'a rien eu d'agréable. Je ne me rappelle même pas comment notre dispute a démarré, mais je ne l'avais encore jamais vu dans cet état. Furieux, il a hurlé en disant des choses… Je n'en croyais pas mes oreilles. Comme si j'avais eu un autre homme en face de moi.

— Quel genre de choses ?

— Du genre blessantes. Des insultes, des accusations. Il n'arrêtait pas de répéter qu'il n'avait pas besoin de moi, qu'il se rendait en Amérique pour accomplir de grandes choses. À ce moment-là, on aurait dit qu'il souhaitait ne jamais me revoir. Aujourd'hui, je me demande…

— Vous pensez qu'il aurait pu tremper dans des… milieux différents de d'habitude ? Il voulait montrer un peu d'ambition, c'est ça ?

À en juger par son expression misérable, Solana s'était fait les mêmes réflexions.

— Peut-être, chuchota-t-elle. Dans ce cas, puisse Dieu avoir pitié de mon âme. Je n'ai jamais souhaité qu'une telle chose arrive. Jamais. Ça n'en valait pas la peine.

— Si Hector *envisageait* de s'engager dans des activités illégales, savez-vous de quoi il pouvait s'agir ? Une petite idée ? Avait-il des amis ou associés vers lesquels se tourner ?

— Non, il ne connaissait personne dans ce genre de milieu. C'était un simple *plombier*.

— Et ici, aux États-Unis ? Avait-il des relations ?

— Un ami, oui, avec qui il était allé à l'école. Marco Boraba… Je crois qu'il vit à Miami, mais je ne l'ai jamais beaucoup vu. Quand j'ai appris qu'Hector était… quand j'ai su, j'ai cherché à contacter Marco. Mais je n'ai pas réussi à le joindre.

— Je vois. Et que fait ce M. Boraba dans la vie ?

— Je l'ignore. Je crois qu'Hector a parlé d'import/export, je ne sais plus… Il n'a jamais laissé entendre que son ami pouvait être mêlé à des affaires criminelles, en tout cas.

— Eh bien, fit Calleigh, parfois, on ne connaît pas les gens aussi bien qu'on le pensait.

— En effet, conclut Solana d'une voix douce. En effet…

— Eric, lança Horatio en enfilant une tunique de laborantin, qu'est-ce qu'on a ?

Delko lança un coup d'œil intrigué à son patron. Non que celui-ci refusât de se salir les mains en laboratoire, mais en général, il confiait à l'équipe le travail de routine. On le trouvait le plus souvent sur le terrain ou dans la salle des interrogatoires, à recueillir les témoignages ou bien à collecter de nouveaux éléments de preuve.

— Beaucoup de choses, en fait. Tout d'abord, le sang. Il correspond à l'ADN des échantillons prélevés dans la salle de bains ainsi qu'aux cellules épithéliales que j'ai découvertes dans la chambre, la cuisine et le salon. Ça provient indéniablement de quelqu'un qui vivait dans la maison depuis quelque temps.

— Et le sang lui-même ?

— Avant tout, je l'ai analysé pour y chercher des traces d'anticoagulants ou d'agents de conservation. Nada. Il s'agissait bien de sang frais, pas stocké.

— Et l'aspect des taches ?

Delko se tourna vers un panneau lumineux où plusieurs photos étaient fixées à la façon de clichés de radios rétro-éclairés. Les taches qui maculaient les murs de la maison y étaient exposées. Leur configuration évoquait une peinture grossière de têtards écarlates nageant vers la surface…

— Ça paraît authentique. Du sang qui gicle d'une artère crevée, probablement au cou… On distingue nettement les points d'impact.

Delko désignait les têtes des « têtards ». Quand une artère était coupée, chaque pulsation du cœur faisait jaillir du sang de la plaie. Une pulsation envoyait un jet qui laissait une trace courbe suivie d'une courte traînée.

— Et le ruissellement ? s'enquit Horatio.

Souvent, les gouttes de sang coulant sur une arme comme un couteau étaient projetées sur une autre surface par les mouvements violents de l'agresseur.

— Je n'en ai pas trouvé, mais ce n'est guère surprenant.

— Non. L'agresseur a tailladé sa victime, il ne l'a pas poignardée. Le coup porté à la gorge a ouvert l'artère, sans collecter assez de sang pour causer de ruissellement.

— Ce qui signifie que nous avons affaire à une lame fine, très aiguisée et maniée d'un geste vif.

— Oui, confirma Horatio en étudiant les photos. Et ça n'a pas de sens… On dirait bien plus une tentative d'assassinat qu'un enlèvement. Dans un rapt, votre prisonnier constitue votre meilleur atout ; vous avez intérêt à ce qu'il se tienne tranquille, sous votre contrôle et qu'il ne lui arrive rien. Un captif qui saigne abondamment et qui résiste, ça n'a rien de souhaitable…

— Quelque chose a dû mal tourner. Les ravisseurs étaient peut-être des amateurs, ils ont cru qu'il suffirait de menacer Pathan avec un couteau pour le mater et le contraindre à les accompagner…

— Possible, mais peu probable. Après tout, on peut facilement se procurer une arme à feu à Miami – un flingue offre une garantie de coopération bien meilleure.

— Exact, concéda Delko. Dans ce cas, ils n'ont jamais voulu le kidnapper.

— Sans doute pas. L'enlèvement a pu se présenter comme une issue, une façon de brouiller les pistes, et de permettre aux tueurs de gagner du temps. Ou alors, Pathan cherchant à sauver sa peau aura mentionné la fortune de son père, incitant ainsi ses agresseurs à changer d'avis…

— Dans un cas comme dans l'autre, nous ignorons s'il est mort ou vivant.

— En effet. Tout ce que nous pouvons tenir pour acquis, conclut Horatio, c'est que le FBI va surveiller nos moindres faits et gestes…

10

— Très bien, me voilà, dit Tripp. J'ai eu ton message, mais je n'ai rien compris. Qu'as-tu découvert au juste, et dans quoi était-ce enveloppé ?

— Pas « enveloppé », rectifia Wolfe, mais « tâté » selon le terme consacré. Viens par ici, que je te montre… (Il entraîna Tripp dans le laboratoire, jusqu'à une table sur laquelle il avait éparpillé divers éléments.) J'ai démonté la serrure de la porte de notre défunt Père Noël en l'apportant ici. J'en ai d'abord examiné la surface. Quand une serrure a été crochetée, on le repère aux petites égratignures autour du trou laissées par le rossignol ou le crochet. Le problème, c'est qu'elles peuvent aussi avoir une cause naturelle, quand quelqu'un manque le trou de la serrure et heurte le palâtre de la clé. Mais j'ai seulement relevé l'entaille que tu avais remarquée.

— Mouais. Et en la démontant ?

— Rien. Là encore, ça ne prouve pas grand-chose – un cambrioleur averti peut très bien manipuler les goupilles et les gorges d'une serrure ordinaire à tubulures sans abîmer l'intérieur. Du moins laisser des traces visibles à l'œil nu. Au microscope, c'est une autre histoire.

— Donc, tu as détecté des entailles microscopiques ?

— Non.

Face au grand sourire de Wolfe, Tripp soupira.

— OK, petit génie, grogna-t-il, je donne ma langue au chat ! A-t-on crocheté cette serrure oui ou non ?

— Pas crochetée, *frappée.*

— Pardon ?

— On appelle aussi cela le *tâtage*, et ça ne date pas d'hier. C'est bien le terme qui convient. Cette technique existe au moins depuis cinquante ans. Je vais te montrer…

Wolfe avait monté trois serrures sur trois cadres en bois, des portes miniatures dressées à la verticale et fixées à la table par des serre-joints.

— J'ai repris le même modèle de serrure que celui de l'appartement de Kingsley Patrick. Une serrure fonctionne normalement avec un bloc de goupilles et deux logements cylindriques. Le chemin de clé traverse le cylindre interne ou bloc de sûreté de la serrure. Quand la clé s'y insère, ses différents crans (ou pertuis) déplacent les blocs de deux goupilles qui s'emboîtent dans les perforations du cylindre interne comme externe. De minuscules ressorts hélicoïdaux repoussent les goupilles en position tandis que la clé continue de s'enfoncer. La hauteur des goupilles change en fonction de la longueur de ladite clé. Une fois qu'elle est insérée jusqu'au bout, l'extrémité du dernier cran – qu'on appelle museau – vient reposer contre le cylindre interne, et à l'intérieur de la serrure, tous les intervalles entre les goupilles sont alignés. À ce moment, le cylindre interne peut tourner, et la serrure s'ouvrira.

— Bien…

Tripp était passé de l'impatience à la résignation.

Wolfe supposa qu'il avait fini par s'habituer à écouter les explications interminables des experts scientifiques.

— Quoi qu'il en soit, les outils de crochetage te permettent pour la plupart de manipuler des goupilles individuelles. Puisque les blocs de goupilles ne sont jamais parfaitement alignés, certains se coincent entre les deux cylindres, et s'alignent donc avant tous les autres. Quand la serrure tourne légèrement, les goupilles qui se bloquent les premières – les périphériques – demeurent à l'extérieur du cylindre interne. Reste à aligner correctement le restant des goupilles pour que, hop ! *Sésame, ouvre-toi !*

« Ou alors, tu utilises ceci… (Wolfe prit sur la table un instrument blanc fait d'une lamelle métallique légère et flexible d'environ trente centimètres avec un bout arrondi et plombé de la taille d'un petit verre pour shot.) Ça s'appelle un tomahawk, fabriqué par un certain Kurt Zühlke spécialement à cet effet. Mais en réalité, on n'a pas besoin de se servir d'un outil aussi sophistiqué. Je me suis laissé dire qu'un couteau à beurre fixé à une lame s'avérait tout aussi efficace.

— Comment ça marche ?

— Eh bien, il faut l'utiliser avec ça… (Wolfe brandit une clé.) C'est une clé de frappe, qu'on appelle aussi un 999. Une clé ordinaire retaillée de façon à ce que tous les rouets puissent atteindre une profondeur maximale, si tu préfères. Elle a deux techniques différentes d'utilisation, reposant l'une et l'autre sur le même principe de base : la troisième loi de Newton sur le mouvement.

— Le principe des actions réciproques ? Lorsqu'un solide S1 exerce une force sur un solide S2, S2 exerce sur S1 la force directement opposée ?

Wolfe parut surpris.

— En effet. Tu suivais donc tes cours de physique…

— Eh oui, j'arrive même à mâcher du chewing-gum en marchant en même temps. Continue.

— OK, OK. Des instruments comme des pistolets de crochetage ou les crochets palpeurs (selon le principe du crochetage par vibrations) transfèrent l'énergie déployée aux goupilles en vertu de la troisième loi de Newton, les mettant dans la bonne position pendant une fraction de seconde. Donc, pour ouvrir ta serrure, tu dois tourner le loquet avant que les ressorts internes des chasse-goupilles ne repoussent lesdites goupilles.

« Les deux méthodes de tâtage recourent au même principe. La technique du va-et-vient consiste à insérer la clé de frappe puis à tirer en arrière une goupille après l'autre. Tu tâtes avec l'instrument et tu tournes simultanément la clé l'instant d'après. Difficile à réaliser, ce truc-là… Il m'a fallu une dizaine de tentatives avant de réussir.

— Et la seconde ?

— On l'appelle la méthode du mouvement minimal. Quand tu insères une clé normale dans une serrure, les goupilles entrent en contact avec le rouet le plus profond de la clé à l'endroit où le museau touche le cylindre interne. Une clé de frappe a une infime fraction de métal limée au museau et à la pointe. D'un quart de millimètre environ… La clé de frappe s'enfonce davantage dans la serrure, touche les ressorts internes qui réagiront en la repoussant suffisamment pour que les goupilles viennent s'emboîter à son rouet le plus profond.

Joignant le geste à la parole, Wolfe inséra la clé dans une des serrures. Il percuta d'un geste vif l'extrémité du tomahawk, puis tourna vivement la clé. La serrure s'ouvrit avec un petit déclic.

— Génial…, lâcha Tripp. Tu ne m'as pas fait venir pour m'épater avec tes dons d'effraction ?

— Non, voilà ce que je voulais te montrer… (Wolfe désigna un endroit, au-dessus du chemin de clé dans la serrure qu'il venait d'ouvrir.) Tu vois cette fossette, dans le métal ? C'est le museau de la clé qui, en percutant le pâlatre, l'a causé. C'est pratiquement le même que celui de l'appartement de Patrick.

— Pratiquement ?

— Poinçonne deux pièces de métal ensemble comme ça et tu as une marque d'instrument. Or, plus l'instrument est sophistiqué, plus la marque sera particulière. Les clés de frappe sont toutes différentes puisqu'elles ouvrent chacune une serrure particulière – il suffit de les limer en fonction du bon degré de tolérance. Si nous remettons la main sur celle qui a servi à ouvrir l'appartement de Patrick, je prouverai que la marque lui correspond.

— Bien joué, gamin ! badina Tripp en lui flanquant une bourrade à l'épaule. Maintenant il ne nous reste plus qu'à déterminer pourquoi on a voulu s'infiltrer chez notre victime, et pour y prendre quoi.

— Avec un peu de chance, l'ordinateur de Patrick nous fournira des indices. Jenson y travaille. Entre-temps, je me suis aussi intéressé de près au costume de Noël que nous avons déniché dans le moulin à vent du minigolf. Les fibres qui en proviennent correspondent à celles que j'avais analysées sur le corps de la victime. Mais j'ai aussi découvert une tache intéressante sur la manchette de la veste.

— De nature biologique ?

— Non, chimique. De l'électrolyte pour être exact. Du peroxyde de plomb et de l'acide sulfurique. Ou, en d'autres termes, de l'acide d'accumulateurs.

Tripp fronça les sourcils.

— Tu penses que ça viendrait du moulin à vent ?

— Non, j'ai vérifié – la maquette a bien un moteur, mais qui marche sur courant alternatif.

— Une batterie de voiture ?

— Peut-être. Le plus souvent, on en utilise pour les batteries plomb-acide, mais ce n'est pas le seul emploi. Les systèmes électriques de secours en ont besoin pour fonctionner, ainsi que d'autres types de véhicules comme les voitures de golf. Leur faible rapport poids/énergie signifie qu'on y recourt principalement pour les masses importantes – comme avec les chariots élévateurs par exemple, lorsqu'ils servent en fait de contrepoids.

— Alors notre Père Noël aurait pu se trouver dans un entrepôt, déduisit Tripp. Eh bien, figure-toi que j'ai du nouveau, moi aussi. Je crois savoir où notre Mère Noël s'est pointée pendant la soirée : le traiteur Rosemary sur la Quatrième.

— On a trouvé des traces de cuisine raffinée dans l'estomac de la victime, mais… Comment sais-tu que ça vient de là ?

— La joyeuse bande y a fait une descente pour se restaurer. Valerie Blitzen ayant mentionné une épicerie fine, j'ai vérifié la liste des points de chute qu'ils avaient choisis. Ce traiteur-là y figure, et en plus, l'heure à laquelle ils se sont pointés correspond à celle de son repas.

— Dans la flasque, nous n'avons trouvé qu'un des antidépresseurs, dit Wolfe. Elle a donc dû administrer l'autre ailleurs. Chez le traiteur, peut-être ?

— Possible. Ce produit chimique dont certains aliments regorgent… Tyrosine ?

— Tyramine.

— Ça marche encore mieux associé à un des agents chimiques décelés chez Patrick, pas vrai ?

— Tout à fait. L'alcool augmente aussi son action.

— Donc, pour améliorer l'effet de la tyramine, il est recommandé de faire ingérer les deux en même temps à la personne visée.

— Comme de la gnôle et de la phénelzine, admit Wolfe. Donc, de l'imipramine, ce qui revient à… quoi ? Du vieux cheddar ?

— On ne le saura pas tant qu'on ne l'aura pas vérifié par nous-mêmes, n'est-ce pas ? répondit Tripp. Allons, Wolfe, il est temps de quitter le laboratoire. Je me sens d'humeur à me taper du saucisson de bœuf sur pain de seigle…

Calleigh Duquesne était titulaire d'une licence en physique à l'université Tulane. Et elle avait fait des patrouilles à La Nouvelle-Orléans. Elle ne manquait ni d'expérience sur le terrain ni d'éducation, et une enfance passée entre deux parents alcooliques lui avait permis de développer une sensibilité particulière aux humeurs d'autrui. Elle avait choisi un métier où on accordait autant d'importance à une perception aiguisée qu'à l'intellect. Et elle y excellait.

Elle avait compris pourquoi Horatio lui avait subtilement retiré l'affaire Pathan – avant même que les mots ne sortent de sa bouche.

Elle ne lui en voulait pas. Au contraire même, cela la touchait. Horatio se montrait très protecteur envers ses équipiers et – elle le savait – il n'hésiterait pas à prendre sa défense si l'on prouvait qu'elle avait bel et bien commis une erreur. Naturellement, elle ne le laisserait pas faire. Elle assumait pleinement la responsabilité de ses actes. D'autant plus en cas de fautes avérées de sa part.

Mais la sagesse commandait parfois de reculer d'un pas. Et elle le comprenait. De toute façon, elle s'en remettait pleinement aux instincts d'Horatio. S'il estimait qu'elle devait s'attaquer à une autre affaire, elle lui obéissait sans rechigner, s'y consacrant sans réserve. Comme toujours.

Après son entrevue avec Solana, Calleigh essaya de localiser l'ami d'Hector, Marco Boraba. L'homme ne figurait pas dans l'annuaire de Miami, mais elle entra dans l'ordinateur son numéro de permis de conduire, et obtint une adresse à Coconut Grove. Quand elle composa le numéro de téléphone correspondant, elle tomba sur le répondeur où une voix pré-enregistrée à l'accent espagnol lui conseillait de composer un autre numéro en cas d'urgence. Elle l'appela et une voix d'homme répondit :

— Bonjour, *Ménagerie Wildside*, Roberto. Que puis-je pour vous ?

— Bonjour, je m'appelle Calleigh Duquesne et j'essaie de joindre Marco Boraba.

— Monsieur Boraba est parti déjeuner. Il sera de retour d'ici une heure, voire une heure et demie. Voulez-vous lui laisser un message ?

— A-t-il un portable ? Il faut absolument que je lui parle.

— Navré, mais monsieur Boraba n'apprécierait pas. Je peux noter votre numéro, et il vous rappellera si vous voulez.

Calleigh fronça les sourcils.

— Vous savez quoi ? Je vais venir m'entretenir directement avec lui. Merci.

Elle raccrocha. Elle aurait probablement dû laisser son numéro de téléphone, mais il valait mieux éviter d'éveiller les soupçons d'un suspect. Naturellement, elle ne savait pas du tout s'il fallait considérer Marco Boraba comme tel. Mais, dans cette affaire, les débuts de piste se faisaient désirer.

En outre, en procédant ainsi, elle verrait par elle-même où Boraba travaillait. À en juger par les bruits qu'elle avait perçus en arrière-plan, la *Ménagerie Wildside* était bien une animalerie. Ou alors, les employés adoraient bosser en mettant la chaîne Discovery Channel à plein tube…

Avant de se rendre sur place, elle chercha quelque chose. Un homme averti en valait deux… Et Calleigh se sentait toujours mieux avec son arme de service.

L'épicerie fine de Rosemary proposait des spécialités méditerranéennes. C'était le genre d'endroit à vous faire saliver sitôt que vous passiez la porte. Des jarres en verre remplies de ravioli, de fettucine et de tortellini frais, des saucisses fumées pendues au plafond, des étagères bondées de feuilles de vigne farcies à la viande et au riz parfumé, d'olives, de praires, de palourdes et de crevettes, d'autres jarres pleines d'artichauts marinés, de piments, de champignons et d'aubergines… Le rayon produits laitiers regroupait des bacs en plastique contenant de la feta en saumure, de la sauce Alfredo crémeuse ainsi que des meules d'Edam, de gorgonzola, de parmesan et de mozzarella.

La boutique faisait la taille d'une petite supérette

plutôt que d'une épicerie, avec des fauteuils destinés à la clientèle jouxtant une terrasse d'agrément. Malgré tout, on voyait mal comment le restaurant avait pu accueillir 150 Pères Noël… Compte tenu de l'affluence, supposa Wolfe, les clients en surnombre avaient patienté dehors en attendant leur tour – envisageable.

— Quelque chose me tracasse, dit Tripp alors qu'ils examinaient les lieux. Comment se fait-il que l'endroit choisi par nos amis pour manger un bout soit spécialisé dans le type d'aliments recherché par la tueuse ?

— Je me posais la même question, reconnut Wolfe. Ça voudrait dire qu'elle a contribué au choix de l'itinéraire. Qui avait la carte, déjà ?

— Une certaine Monica Steinwitz. Nous devrions peut-être aller discuter un peu avec elle après.

Tripp s'approcha du comptoir.

— Excusez-moi…

L'homme qui officiait derrière releva les yeux de la grande trancheuse à viande qu'il manipulait. Assez corpulent lui-même, ses traits bouffis semblaient proclamer au monde entier : « *Je ne suis pas gras, simplement pas assez grand !* » Il avait des cheveux noirs, courts et bouclés – et des poils drus couraient sur ses avant-bras charnus ainsi que sur le bourrelet qui dépassait de son tablier.

— Oui ? (Il continua d'aligner des tranches de jambon fines comme du papier à cigarettes.) Vous désirez ?

Tripp exhiba sa plaque.

— J'ai quelques questions à propos des Pères Noël qui sont passés ici récemment. Ça prendra une minute.

Le boucher coupa l'alimentation de la trancheuse, et sortit de derrière le comptoir.

— J'ai entendu dire qu'on en avait retrouvé un raide

mort, près de la patinoire. Oui, ils sont bien passés ici. Avant le drame, je crois.

— Savez-vous ce qui les a amenés là ? demanda Tripp. Sans vouloir vous offenser, ça ne semblait pas de saison…

Le boucher haussa les épaules.

— Ça, ça m'échappe. Tout ce que je sais, c'est que j'ai reçu un coup de fil il y a environ une semaine ; une dame m'annonçait qu'elle organisait une grande fête. Je lui ai demandé si elle désirait une livraison de repas à domicile, elle m'a répondu que non, que tout le monde viendrait sur place, déguisé en Père Noël, a-t-elle précisé, et… affamé ! J'ai alors répondu que je me fichais bien de les savoir déguisés en lapins de Pâques, du moment qu'ils ne s'attendaient pas à être servis à table ou à commander du surgelé. On n'a pas la licence pour ça.

— Ils vous ont posé problème ? s'enquit Tripp.

— Non, ils étaient réglos. Assez bourrés et forts en gueule, mais à part ça, rien d'ingérable. Faut venir au printemps pour voir les types incontrôlables qui nous tombent dessus ! Un jour, deux ou trois petits merdeux d'une confrérie ou d'une autre se sont amusés à se balancer des calamars marinés à la tronche ! J'aurais laissé couler en temps normal, mais ils n'avaient pas encore réglé l'addition !

— Comment s'appelait cette femme, au téléphone ? demanda Wolfe.

Il fronça les sourcils et son front charnu se gaufra à la façon d'un accordéon.

— Je crois que c'était… Claudia. Oui, c'est ça. Elle n'a pas donné son nom de famille…

— Et la nourriture ? enchaîna Wolfe. Des problèmes avec ça ?

— On s'est retrouvés à court de bière, à part ça… Comment aurais-je pu deviner qu'ils buvaient autant ? J'aurais pris mes précautions autrement. Et la note a déclenché un gros bordel.

— Comment cela ? fit Tripp.

— Eh bien, ils payaient tous séparément, OK ? Mais juste avant leur départ, cette femme vient me trouver en me questionnant à propos du don à l'œuvre de bienfaisance. « *Quelle œuvre de bienfaisance ?* », je fais. « *Mais oui* », dit-elle, « *vous savez, dix pour cent de ce que nous dépensons va à l'unité des grands brûlés de la Croix-Rouge…* » ou autre… Je ne me souviens pas exactement. Je lui réponds que désolé, l'argent va dans ma poche… Si on veut faire des dons, super, mais pas avec *mon* pognon. Bref, il s'est avéré qu'il y avait eu un malentendu avec cette Claudia, celle qui avait tout organisé.

— Et l'avez-vous rencontrée ? demanda Wolfe.

— Non, nous avons juste parlé au téléphone.

Wolfe avisa une immense bonbonne d'artichauts marinés.

— Les éboueurs sont-ils passés depuis cette soirée ?

— Non, ils viennent demain. Pourquoi ?

— Parce que je vais devoir les confisquer. Ainsi que tous les plats auxquels les Pères Noël auraient pu goûter.

— Vous me charriez ? s'exclama l'homme, incrédule. Quoi, vous croyez que *mes* produits auraient un rapport avec la mort de ce type ? Vous êtes fou ! Le représentant de la santé publique vient juste de m'inspecter et m'a donné son feu vert – je tiens un commerce irréprochable !

— Je n'en doute pas, assura Tripp. Mais certains – même déguisés en Pères Noël – font des coups vaches.

À Coconut Grove, la *Ménagerie Wildside* n'était pas loin du célèbre centre commercial à ciel ouvert CocoWalk. Comme bien des quartiers de Miami, Coconut Grove avait son propre style, unique, et son histoire. C'était la plus ancienne communauté de l'État; ses premiers résidents (deux familles de gardiens de phare) étaient arrivés à Cape Florida, à la lisière de la baie de Biscayne, en 1834. Et en 1873, s'y étaient ajoutés des marins noirs venus des Bahamas, des Conchs ou autochtones de Key West, et un essaim de personnalités élégantes et raffinées débarquant de la Nouvelle Angleterre. Artistes et intellectuels affluaient au Grove quand les hivers dans le nord devenaient trop rudes. La Bay View House qui proposait des chambres d'hôtes fut le premier établissement hôtelier de la région et à son ouverture, il attira les membres de la société raffinée comme les immigrés des Bahamas – des travailleurs en quête d'emploi à la peau noire. Les deux communautés avaient pris racine pour former une faune éclectique qui, dans les années vingt, se targuait d'avoir une école, une bibliothèque, une chapelle et un yacht club. Miami l'annexa en 1925. Après la Seconde Guerre mondiale, beaucoup d'artistes s'y plaisèrent et s'y installèrent. Durant les années cinquante et soixante, sa réputation ne fit que s'améliorer. Dans les années quatre-vingts et quatre-vingt-dix, l'inflation immobière entraîna le dépôt de bilan des galeries d'art. Si bien que de nos jours, Coconut Grove était connu davantage pour ses boutiques que pour son rayonnement artistique.

Calleigh aimait traverser le Grove au volant de sa voiture. Elle appréciait le côté hétéroclite, les résidences de la classe moyenne côtoyant les œuvres architecturales d'avant-garde, les manoirs au coût exorbitant accolés à de bien modestes bungalows… Les artistes faméliques sans le sou n'avaient peut-être plus les moyens d'exposer leurs œuvres dans les galeries du Grove, mais ils traînaient encore là, et avaient certainement laissé leurs empreintes.

Comme Calleigh l'avait supposé, la *Ménagerie Wildside* était bien une animalerie – mais pas n'importe laquelle. Celle-ci se spécialisait dans l'exotique, le rare et l'onéreux. Son site Internet se vantait de proposer plus de cinquante races de chiens, soixante sortes d'oiseaux exotiques et une large variété de lézards, de rongeurs, de serpents, de scorpions, d'insectes et de batraciens. Seules les fourmis semblaient manquer au catalogue – ce dont Calleigh se réjouissait, elle qui avait la chair de poule rien qu'à en voir une…

Elle se gara en double file – un privilège accordé à ceux qui conduisaient un Hummer de la police scientifique de Miami-Dade… On pouvait s'arrêter n'importe où. Puis elle sortit du véhicule et se dirigea vers l'entrée. Une entrée flanquée de deux grandes vitrines d'exposition. La première présentait un iguane d'un peu moins d'un mètre de long perché sur du bois de flottage, la seconde une dizaine de chiots réunis dans un enclos à fond en plastique. L'iguane lorgna la nouvelle venue d'un œil morne ; les chiots firent des trucs de chiots, se roulant les uns sur les autres, mâchonnant, sommeillant, tous plus mignons les uns que les autres… Alors qu'ils se pressaient vers la jeune femme, Calleigh prit le temps de leur faire risette en tapotant sur la vitre. Elle croyait fermement à une chose : chaque instant consacré à un chaton ou à un chiot était autant de gagné contre sa propre vieillesse… Mais évidemment, tous ceux qui travaillaient dans des ménageries auraient dû être immortels dans ce cas... Quoi qu'il en soit, Calleigh pensait qu'il valait mieux ne pas trop creuser ce genre de raisonnement. Sa qualité de scientifique ne l'empêchait pas forcément d'embrasser des concepts irrationnels de temps en temps. Après tout, on ne risquait rien à nourrir quelques croyances de ce type. En se comportant de manière irrationnelle, en revanche...

À l'intérieur, le brouhaha était considérable ; les chiots aboyaient, les oiseaux sifflaient, chantaient ou piaillaient, les singes babillaient... Rien d'assourdissant, mais Calleigh eut soudain l'impression d'avoir quitté la ville comme par magie. Et puis ça ne sentait pas le fauve comme on s'y serait attendu, mais le désinfectant.

Mieux vaut ça que la puanteur des déjections animales, je suppose...

Un jeune homme en chemise jaune à manches courtes, avec le logo MÉNAGERIE WILDSIDE brodé sur le torse, approcha. Il avait des favoris broussailleux, d'épaisses lunettes à monture noire et une étiquette au nom d'« ALLEN ».

— Bonjour, dit-il. Je peux vous aider ?

— Oui, répondit Calleigh d'un ton affable, mais je voudrais d'abord faire un tour.

— Bien sûr. N'hésitez pas, si je peux vous être utile.

Elle arpenta sur toute sa longueur la ménagerie qui ressemblait plus à une boutique. L'agencement, l'éclairage, les étiquettes... Tout paraissait aussi chic que n'importe quel magasin de fringues design à South Beach. Elle remarqua les aliments de gourmet pour chiens, des bijoux pour chats, et même des souris mécaniques...

Au fond se trouvait la volière : une pièce entière

cloisonnée par des grillages. Des dizaines d'espèces y voletaient, allant des minuscules ménates aux perroquets à la queue bariolée longue comme un bras.

Calleigh ne se hâta pas. Elle cherchait à prendre le pouls de l'endroit. Sur le qui-vive, elle tâchait de repérer Marco Boraba, attentive à tout ce qui pourrait sembler étrange ou insolite.

Une vingtaine de minutes s'écoulèrent. Et tout ce qu'elle avait remarqué, c'était l'affluence des moins de vingt-cinq ans venus s'acheter un petit chien. Là où Calleigh avait grandi en Louisiane, on ne trouvait pas facilement de petits animaux, hormis peut-être des limiers. Ces jours-ci, les gens ne s'intéressaient qu'à une seul type de canidé : ceux qui ne dépassaient pas la taille d'un chat.

Elle écouta une adolescente hâlée et très blonde qui soumettait un vendeur à un interrogatoire serré :

— Vous êtes vraiment certain que cette race-là ne grandira pas ? Je viens d'acheter un sac Prada, et je ne *veux pas* que mon toutou en dépasse !

Naturellement, se dit Calleigh, *la toute dernière mode : le « chien accessoire »... Bientôt suivi par le perroquet qui décroche votre portable et l'ours apprivoisé qui gare votre voiture...*

Secouant la tête, elle ramassa un article qui avait l'air d'une louche à grande poignée en plastique bleu vif.

— *Atlatl*, fit une voix derrière elle.

Calleigh pivota. L'homme qui venait de parler était élancé et bien bâti. Il avait des cheveux noirs bouclés implantés haut sur le front souvent caractéristiques des Latinos d'âge mûr. Il portait un costume en lin noir sur une chemise immaculée et un bolo tie, ou cravate western – deux lanières de cuir tressé nouées à la gorge par la figurine d'un aigle argenté et turquoise. L'un de ses yeux, nota-t-elle, était légèrement injecté de sang et gonflé.

— Pardon ?

— C'est ainsi que l'appelaient les Aztèques, précisa l'inconnu. Cette version particulière est conçue pour lancer aux chiens des balles de tennis, mais son usage traditionnel n'a rien de ludique. Il s'agit d'une des armes les plus anciennes connues de l'homme, qui apparut plusieurs millénaires avant l'arc et les flèches. Puis-je ?

Il tendit la main. Hésitant, Calleigh le lui remit.

— Le mot *atlatl* vient du nahuatl et signifie à la fois « eau » et « lancer ». On l'a baptisé ainsi parce qu'il servait à chasser le gibier d'eau. On ne le leur lançait pas des balles de tennis, bien sûr…, gloussa-t-il, s'attirant un sourire poli de son interlocutrice. L'*atlatl* permettait de projeter le *yaomitl*, une sorte de lance ou de long dard. Si vous préférez, on calait le talon du dard ici, précisa-t-il en désignant le bout arrondi, en maintenant la hampe parallèle à l'*atlatl* lui-même. Sinon, on l'utilisait en ajoutant un mouvement de lancer par-dessus l'épaule ou à hauteur de hanche. (Joignant le geste à la parole, il décrivit un arc de cercle au ralenti.) Ça permet d'ajouter comme une articulation à votre bras, en augmentant la force de frappe jusqu'à deux cents fois. Avec ça, vous pouvez lancer un dard de cent cinquante grammes à peu près à environ cent soixante kilomètres à l'heure. Le record de distance mondial actuel pour un dard d'*atlatl* frôle les vingt-huit mètres.

— Impressionnant, lâcha Calleigh. Et moi qui croyais qu'il s'agissait d'une louche… Imbécile que je suis.

Survenant, Allen s'arrêta net. Il avait la mine de ceux qui s'apprêtent à dire quelque chose, mais hésitent à interrompre une conversation en cours... Son regard vola nerveusement de Calleigh à celui qui tenait l'*atlatl*.

— Oui ? fit-elle.

— Hum... Monsieur Boraba ? Il y a un appel téléphonique pour vous.

— Prenez le message. Je parle à cette jeune femme pour le moment.

— OK, fit Allen avant de repartir d'un pas vif.

— Monsieur Boraba, je me présente : Calleigh Duquesne, de la police scientifique de Miami-Dade. Je me demandais si vous auriez quelques instants à m'accorder au sujet d'Hector Villanova.

— Hector ? Il n'a pas de problèmes, j'espère ?

— Je crains d'avoir de mauvaises nouvelles, monsieur Boraba. On a retrouvé la dépouille de M. Villanova dans les Everglades il y a quelques jours.

Elle guetta attentivement la réaction de son interlocuteur. Il lui avait d'abord paru cordial et à son aise, mais dès qu'elle s'était présentée, il s'était mis sur la défensive – de légers signes qui ne trompaient pas. Et il fallait s'y attendre. Mais quand il apprit la mort de son ami, néanmoins, elle détecta plutôt du... soulagement chez lui ? Un éclair fugace, suivi par le chagrin.

— Vous... en êtes sûre ?

— J'en ai peur, oui, répondit-elle d'une voix douce. Néanmoins, les circonstances de sa mort demeurent mystérieuses. Tout ce que vous m'apprendrez au sujet d'Hector et de ses activités à Miami pourrait nous aider.

— Je vous dirai tout ce que je sais. Mais lui et moi

ne nous retrouvions pas très souvent, vous savez. Il avait tendance à rester dans son coin – à Miami, en tout cas. Je le voyais plus fréquemment à São Paulo qu'ici.

— Vous n'étiez pas proches ? Ou vous étiez-vous disputés ?

Il soupira.

— Nous étions amis. De bons amis autrefois… Ces derniers temps, moins. Mais nous n'étions pas fâchés, ni brouillés. Vous savez comment c'est, entre amis d'enfance ? Les jeunes écoliers sont liés par leurs différences comme par leurs points communs. Ensuite, on recherche la nouveauté : on essaie de rencontrer d'autres gens, de vivre d'autres expériences. On est tous des compagnons de route, passionnés mais craintifs. On se fait des amis autant par peur de rester seul que par intérêt commun. Puis, à mesure que le temps passe, on apprend à mieux se connaître, à savoir ce qu'on aime et ce qu'on déteste, ses buts et ses limites. Et en cours de route, on perd ses amis de vue, un peu comme des bateaux qui s'écartent les uns des autres, entraînés par les courants.

— Pas toujours. Certaines amitiés durent toute la vie. Vous étiez restés en contact, n'est-ce pas ?

Il hocha la tête.

— Oui. Nous ne voyions pas la vie de la même façon pourtant. Au fond, Hector recherchait la stabilité, la sécurité, le familier. Une épouse, une famille, une maison… Alors que moi, j'ai toujours été un aventurier. (Tapotant d'un air absent l'*atlatl* contre sa paume ouverte, il fixa un point distant.) Ça explique notre amitié, j'imagine.

— Eh bien, il aura pourtant fini par répondre à l'appel de l'aventure. Il était venu à Miami pour affaires, après tout.

— Vraiment ? J'avais cru comprendre qu'il prenait simplement ses vacances ici.

— Il est resté ici deux mois. Plutôt long pour un séjour pareil.

— Tout dépend de ce qu'il vous faut oublier… Je ne lui ai parlé qu'une ou deux fois, mais il m'a semblé souffrir encore beaucoup. Sa femme l'avait quitté, vous savez.

— Oui, je suis au courant. D'après elle, il s'était rendu à Miami pour se faire beaucoup d'argent… Et la veille de sa disparition, il a paru fêter quelque chose pendant la soirée. Vous auriez une idée de ce qu'il aurait pu célébrer ?

Boraba fronça les sourcils.

— Non, aucune. Comment… est-il mort ?

— Tué par des explosifs.

En temps normal, Calleigh n'aurait pas donné ce genre d'information sur une enquête en cours, mais elle désirait voir la réaction de Boraba.

Il secoua la tête, plus perplexe que choqué.

— Une bombe ? Qui voudrait tuer Hector avec une bombe ? Ça n'a pas de sens…

— Pour l'instant, non. Mais tôt ou tard, monsieur Boraba, tout s'expliquera.

Calleigh s'engagea dans le parking du personnel à l'instant où Wolfe et Tripp sortaient de véhicule. Arrivant à leur hauteur, elle descendit la vitre de son Hummer.

— Eh, Calleigh ! la héla Wolfe.

— Salut, les garçons… Quelqu'un aurait-il vu Horatio ?

— Je crois qu'il est dans son bureau, répondit Wolfe. Juste avant que je m'en aille, il a parlé de cet agent du FBI… Il n'avait pas l'air trop content.

— Des nouvelles de Pathan ?

— Rien de mon côté, dit Wolfe. Je ne crois pas que les kidnappeurs se soient manifestés pour l'instant. Pourquoi me poser la question à moi, d'ailleurs ? Delko et toi, vous n'étiez pas censés vous occuper de cette affaire ?

— Horatio m'a mise… sur une autre. Il avait besoin de mon aide.

— Quoi, l'inconnu des marécages ? (Wolfe secoua la tête.) Ça m'échappe… J'aurais pourtant cru qu'il lui faudrait les meilleurs, à Horatio, pour un kidnapping…

— Il sait ce qu'il fait, répondit Calleigh, froidement. Il sait aussi la boucler, quand il le faut.

Relevant sa vitre, elle redémarra.

Wolfe la regarda partir les sourcils froncés.

— Quoi ? Qu'est-ce que j'ai dit ? J'aurais pu jurer que je venais de lui faire un compliment !

Tripp secoua la tête.

— Wolfe, tu es peut-être un expert génial, mais il te reste beaucoup à apprendre en matière de politique bureaucratique. Sans compter que tu marches toujours sur les plates-bandes des autres…

Horatio laissa son odorat le guider jusqu'au laboratoire principal.

— Monsieur Wolfe… On se croirait dans un restaurant grec ici ! Existe-t-il un lien avec l'affaire en cours ou le laboratoire est-il en train d'étendre ses activités à d'autres secteurs ?

Wolfe eut un sourire désabusé.

— Eh bien, c'est mieux que les odeurs de décomposition… Mais oui, l'arôme est un peu fort. Je teste des échantillons provenant d'une épicerie fine. À mon avis, notre défunt Père Noël a fini avec deux antidépresseurs dans son système sanguin au cours de son dernier repas.

— Je vois. Des suspects ? Des pistes ?

— Frank est allé chercher un des organisateurs de l'événement. Ils avaient prévu de s'arrêter à l'épicerie, mais on ignore encore si la tueuse avait préparé son coup, ou si elle a saisi la balle au bond. Les appels que le traiteur a reçus ont été passés d'une cabine téléphonique située dans le centre. N'importe qui y a accès. Et nous ne connaissons toujours pas le mobile de ce meurtre.

— Les vacances peuvent parfois s'avérer stressantes, commenta Horatio. Les problèmes familiaux refont surface, le budget est grevé… Autant de facteurs pouvant provoquer un meurtre. Avez-vous enquêté du côté de la famille ?

— Le seul parent que nous ayons découvert, c'est une sœur. Mais elle n'habite pas cet État, et n'a plus parlé à son frère depuis des années. Frank a vérifié.

Horatio hocha la tête.

— Et l'argent ? Une police d'assurance ?

— Non. Patrick était acteur – il n'avait pas souscrit d'assurance maladie, et encore moins d'assurance vie. Pour l'instant, la seule raison pour laquelle on aurait pu vouloir le tuer, c'est deux ou trois mauvaises pubs qu'il avait tournées… J'ai trouvé sa bande démo, et je l'ai visionnée. Son heure de gloire semble se limiter à une réclame pour une chaîne de supermarchés qui remonte à cinq ans. Depuis, il a joué dans quelques productions locales, et assuré un peu de doublage aussi. À peine de quoi régler les factures, d'après ses relevés.

— Eh bien, l'industrie du divertissement est bâtie sur des succès foudroyants, commenta Horatio. Et pour chaque acteur qui touche brusquement le jackpot, il y a une longue file de comédiens qui restent sur le carreau…

— Donc, si Patrick avait soudain percé, ceux qu'il aurait piétinés se seraient certainement sentis écrasés, fit Wolfe, songeur. Personne n'aime se retrouver relégué au second plan.

— Mais éliminer Patrick les remettrait en première ligne.

— En ce moment même, Jenson est en train de décrypter le disque dur de Patrick. Espérons qu'on en apprendra plus sur le projet qui l'occupait avant sa mort.

— N'oublions pas d'interroger son agent, ajouta Horatio. Et vous pourriez aussi reconvoquer quelques-uns des autres Pères Noël. S'il venait de décrocher un grand rôle, il a peut-être participé à la sarabande de Noël pour fêter la nouvelle. Auquel cas je doute qu'il ait résisté au plaisir d'en parler…

— Aucun de ceux que j'ai interrogés ne me l'a suggéré, mais il faut dire qu'ils étaient tous joliment intoxiqués. J'en reverrai quelques-uns, histoire de leur rafraîchir la mémoire.

— Entendu. Et monsieur Wolfe ?

— Oui ?

— Beau travail…

11

— Eh, Natalia, fit Calleigh, vous avez accès à autre chose que les bases de données d'ADN humain, pas vrai ?

Natalia Boa Vista posa son plateau d'échantillons près de l'autoclave.

— Bien sûr. Le projet Justice concerne avant tout le recours à l'ADN pour rouvrir de vieilles affaires classées. Mais nous échangeons des données avec toutes sortes d'autres agences, dont l'ATF, le bureau des Alcools, Tabacs et Armes à Feu, la protection de la nature et de l'environnement, et l'APHIS.

Calleigh parut perplexe.

— L'AFIS ? Je croyais que c'était une base de données dactyloscopiques.

Natalia sourit.

— Pas l'A-F-I-S, épela-t-elle, l'A-P-H-I-S… Les services d'inspection de la santé de la flore et de la faune dépendant de notre ministère de l'Agriculture. Ils supervisent notamment l'importation d'animaux et de végétaux.

— Exactement le genre de ressources qu'il me faut. J'ai un suspect qui serait peut-être impliqué dans la contrebande d'espèces animales, et je souhaiterais voir si un échantillon pourrait correspondre à des espèces protégées.

— Eh bien, on n'en manque pas – sur les trois cent trente espèces de perroquets, deux cent vingt-huit sont régulées. Et quarante-cinq sont interdites sur le marché. Pour le reste, il est nécessaire de demander un permis d'exportation des pays d'origine.

Calleigh leva les sourcils.

— Vous en connaissez un rayon, apparemment.

Natalia haussa les épaules.

— J'ai traqué un « parrothead » – comme on surnomme les fans de l'artiste Jimmy Buffet – mais au sens littéral, un vrai toqué d'oiseaux tropicaux... Quand j'ai mesuré l'envergure du marché noir existant pour les animaux, je me suis découvert un intérêt professionnel. À en croire certaines estimations, ce milieu amasserait autant d'argent que celui de la drogue.

— Plus encore que le trafic d'armes ? J'ai dû m'engager dans la mauvaise filière médico-légale...

— En tout cas, vous êtes à la bonne place. Les U.S.A. constituent le premier marché mondial en matière de vie sauvage et de végétation. Une loi promulguée en 1992 limite l'importation des psittacidés, mais à cette époque-là, nous importions cent cinquante mille oiseaux par an. Et je parle là uniquement des voies légales, car un marché parallèle fleurissait déjà à ce moment-là, et n'a jamais cessé de se développer depuis. Les oiseaux sont habituellement « blanchis » en transitant par Mexico où on se procure plus facilement les documents douaniers nécessaires à l'exportation.

— Et le Brésil ?

— Le pays de la forêt amazonienne ? Laissez-moi vous présenter les choses ainsi : les espèces exotiques sont au Brésil ce que la cocaïne est à la Colombie. Le commerce illicite d'espèces animales y génère entre six et vingt milliards de dollars par an, avec le vol et la contrebande de jusqu'à trente-huit millions d'animaux, dont les oiseaux. Piégés en forêt, ils sont ensuite transférés dans des mégalopoles telles que Rio ou Brasília.

— Ou encore São Paulo ?

— Bien sûr. Ils sont ensuite livrés en contrebande à la clientèle d'Europe, du Moyen-Orient ou d'Amérique. L'Asie consomme certaines parties animales qu'elle considère comme aphrodisiaques, l'Italie en utilise en gastronomie. Le *spiedo uccelli* est encore très apprécié des amateurs de plats raffinés.

— Oserais-je demander la composition de ce plat ?

— Ça dépend de votre attachement aux passereaux à gorge rouge, aux grives et aux pinsons… Ça signifie « brochette d'oiseau chanteur ».

— Si on ne trouve pas l'oiseau bleu du bonheur, autant se contenter d'en manger un grillé au barbecue ?

Natalia s'esclaffa.

— On peut voir ça sous cet angle… Ici, aux États-Unis, on s'intéresserait davantage aux animaux de compagnie a priori, et là aussi, ça se paye… Un oiseau d'Amérique du Sud comme l'ara de Lear ou ara cobalt – dont on ne recense plus que cent à deux cents spécimens dans le monde – se monnaye soixante mille dollars.

Calleigh siffla.

— J'espère que le piaf parle pour ce prix-là ! Il devrait même savoir danser et chanter…

— En fait, un oiseau de cette espèce aura de la chance de pouvoir encore respirer… Les braconniers utilisent de grands filets pour les attraper au vol ou bien de la colle. Sur quatre oiseaux piégés de la sorte, un seul survivra. Et parfois un sur dix seulement. Ils sont souvent drogués et entassés dans de petits espaces, voire scotchés au corps des passeurs. Et à supposer qu'ils ne meurent pas écrasés, déshydratés ou terrassés par le stress, ils sont fréquemment porteurs de maladies susceptibles de les achever après avoir infecté d'autres oiseaux.

Calleigh eut l'air songeur.

— Quelles maladies ?

— Je ne pourrais pas toutes les situer de mémoire... La pseudoparalysie de Parrot ou psittacose est la seule dont je me souvienne. D'après mon ami, c'est transmissible à l'homme, mais rarement fatal.

— Vous rappelez-vous les symptômes, par hasard ?

Dévisageant Calleigh, Natalia fronça les sourcils.

— Pourquoi ? Vous ne croyez pas que... ?

— Non, non, ma science s'arrête là malheureusement.

— Eh bien, j'ai à peu près fait le tour de la question.

— Très bien, conclut Calleigh avec un sourire. Je crois savoir à qui m'adresser maintenant.

De toute évidence, Monica Steinwitz n'était pas heureuse de se retrouver en salle d'interrogatoires, assise face à un expert de la police scientifique et à un officier. Siège reculé, bras et jambes croisés, elle avait l'air renfrogné. Sa longue chevelure tirée en arrière et retenue par une natte serrée accentuait encore les lignes anguleuses de son visage. Elle portait un jean et un ample sweat-shirt frappé d'un grand cochon de dessin humoristique affublé de lunettes de soleil. D'après Wolfe, elle n'avait pas choisi cette tenue par hasard.

— Vous faisiez partie des organisateurs de cette joyeuse réunion de Pères Noël, répéta Wolfe pour la troisième fois. Nous le savons et pouvons le prouver. Pourquoi refusez-vous de l'admettre ?

— Suis-je inculpée de quoi que ce soit ? répliqua sèchement Steinwitz. Car j'ai un avocat qui va vous *adorer*, tous les deux.

— Non, répondit Tripp.

— Pas encore, amenda platement Wolfe.

Tripp lui décocha un coup d'œil d'avertissement, avant de continuer :

— Nous aimerions simplement vous poser quelques questions sur votre groupe.

— Ce n'est pas *mon* groupe ! rétorqua-t-elle sèchement. Il n'y a *pas* d'organisation. Pas de chefs, pas de listes de membres, pas de grand plan de bataille... Rien que des gens s'envoyant des courriels sur Internet. Et nos échanges n'ont rien d'illégal.

— Bien, lâcha Wolfe. Alors, qui avait planifié votre itinéraire ? Les elfes ?

Tripp soupira.

— Écoutez, vous vous faites des idées. Intenter un procès à votre joyeuse bringue de Pères Noël pour activités illicites ne nous intéresse pas. En revanche, nous avons des raisons de penser que votre groupe a servi à couvrir un crime. Et plus tôt nous trouverons le coupable, plus vite nous vous laisserons tranquille.

Elle ne parut pas convaincue.

— Si l'un des nôtres a commis un crime, il s'est débrouillé tout seul. N'importe qui peut se joindre à notre groupe en se déguisant en Père Noël et nous suivre.

— Mais votre groupe ne s'arrête pas manger sur les ordres de n'importe qui, souligna Wolfe. C'est vous qui avez décidé de l'endroit. Autrement dit, vous êtes notre suspect numéro un.

Elle le foudroya d'un regard noir qu'il soutint, l'air aussi dur. Au bout de quelques secondes, elle détourna la tête.

— Ce traiteur n'était pas mon idée mais celle d'une certaine « Amelia Claus ». Et non, je ne connais pas son vrai nom. Je ne l'ai même jamais rencontrée en personne. Elle avait prétendu que ce traiteur reverserait jusqu'à dix pour cent de toutes nos dépenses à l'œuvre de bienfaisance de notre choix. Et puis casser la croûte chez un traiteur nous permettait de gagner du temps.

— Ce fut réellement le cas ? demanda Tripp.

— Non, reconnut Steinwitz. On n'a pas mis longtemps à tout bouffer, d'accord, mais quand j'ai parlé au traiteur de don pour une œuvre d'utilité publique, il est tombé des nues. Il n'était pas au courant. Je me proposais d'en toucher deux mots à Amelia, sauf qu'elle ne s'est jamais pointée.

Pas sous ce nom, en tout cas, se dit Wolfe.

— Il nous faudra jeter un œil à tous les messages que vous avez pu échanger avec cette femme.

— Pas sans mandat, répliqua froidement Steinwitz.

— Nous en obtiendrons un, l'assura Wolfe.

— Tous les oiseaux, des canaris jusqu'aux aigles, peuvent être porteurs de la pseudoparalysie de Parrot, dit Alexx. Quand une espèce de psittacidés comme les perruches, les perroquets ou les cacatoès est infectée, on parle de psittacose. Si la maladie atteint une autre espèce aviaire, on appelle ça l'ornithose. On l'inocule par une seule et même bactérie, la *chlamydia psittaci*.

Elle marqua une pause et ouvrit la languette des

boîtes de gants en latex qu'elle compta en silence, tapotant chacune avec son ongle manucuré, puis inscrivit un chiffre sur son bloc-notes.

— Je peux revenir plus tard si tu es occupée, proposa Calleigh en jetant un coup d'œil à la salle d'autopsie.

Aucun cadavre n'occupait la table de dissection.

— Non, non, je peux parler en même temps, assura Alexx. (Le sourcil froncé, elle sortit une boîte de gants déjà ouverte.) Mmmh…

— Et les symptômes ?

— Ceux de la grippe, je dirais : frissons, fièvre, migraine, douleurs musculaires, toux sèche… Des complications possibles sont l'hépatite, l'endocardite, des troubles neurologiques. En général, on n'en meurt pas sauf si l'infection dégénère et provoque une pneumonie grave.

Avec la boîte de gants ouverte, Alex se dirigea vers une balance numérique digitale, en sortit un et le posa sur le plateau métallique.

— Et puis il y a la maladie de Newcastle… Un sale petit germe de conjonctivite, mais qui affecte surtout la volaille. La période d'incubation est de trois à vingt-huit jours. Les porteurs ne présentent parfois aucun symptôme et peuvent donc répandre le virus pendant une durée de près d'un an à partir de leurs déjections, de leur ramage et de leur sang – voire de leurs exhalations. Le virus peut survivre longtemps sans hôte à toutes sortes d'environnements, dans les eaux lacustres ou l'humidité du terreau, sur des insectes ou des rongeurs… Il résiste à de nombreux désinfectants, se moque des températures inférieures à cinquante-six degrés Celsius côté stérilisation et, congelé, peut être conservé indéfiniment. Quand il obtempère, le taux de mortalité frôle le cent pour cent.

Alexx pesa le gant, inscrivit une annotation puis le replaça sur la balance avec la boîte pleine.

— Tu disais que ça atteint *principalement* la volaille, souligna Calleigh. Des êtres humains peuvent donc l'attraper aussi ?

— Oh, certainement. Les seuls symptômes courants sont des malaises et de la conjonctivite. Rien d'autre. Ce germe tue beaucoup d'oiseaux, mais ne menace pas les hommes.

Alexx soupesa la boîte pleine, l'ôta de la balance, et fit une autre annotation.

— Un interne ou un assistant ne pourrait pas s'en charger ? observa Calleigh.

Alexx roula des yeux au plafond.

— Bien sûr, si je me moquais des résultats… J'aime vérifier mon matériel moi-même, en sachant *exactement* où je pourrais le trouver. Tout le monde sauf moi procède à l'inventaire, on n'est jamais à l'abri d'une négligence ou d'une erreur. J'aime garder les mains sur le gouvernail, ma fille.

— Là-dessus, je ne te contredirais pas, moi qui sais avec précision combien de boîtes de munitions j'ai stockées dans le laboratoire de ballistique, et de quels types. Cela dit, même moi, je ne les pèse pas !

— Quand on en vient à traiter autant d'agents biologiques que moi, on s'habitue à tout peser. J'essaie simplement de déterminer combien il reste de gants dans cette boîte…

— Et moi de déterminer si Hector Villanova a trempé dans la contrebande aviaire. Aurait-il pu contracter la psittacose ou maladie exotique de Newcastle ?

Alexx décocha un coup d'œil acéré à sa collègue.

— Possible, oui, concéda-t-elle. Mais hautement improbable dans le cas de la psittacose, malgré tout. Quatre-vingt-dix pour cent des cas présentent des problèmes respiratoires, et les rayons X que j'avais faits de son torse sont nets. Un simple test sanguin devrait nous permettre d'être fixées.

— Génial. Je veux dire, je ne voudrais pas perturber ton inventaire...

Alex lui coula un autre regard assassin.

— Bon, soupira Calleigh. Je plaisantais...

Le docteur Woods posa la boîte de gants.

— Calleigh... ? Sans vouloir t'offenser, je croyais que Delko était sur l'affaire Villanova.

— Il l'était, soupira-t-elle de plus belle. Mais on m'a refilé le bébé. Delko s'occupe maintenant du kidnapping Pathan.

— Pourtant...

— C'est une longue histoire, Alexx. J'aimerais autant éviter d'en parler, OK ?

— OK, chérie. Je sais que tu feras du très bon travail. (Elle marqua une pause.) Comme je sais qu'une victime encore vivante compte plus qu'une morte. Mais Hector, et ceux qui l'aimaient, méritent aussi que justice soit faite. Ne l'oublie pas.

— Non, Alexx, je m'en souviendrai. On se revoit plus tard, OK ?

— Entendu.

Après le départ de Calleigh, elle se posta devant les tiroirs mortuaires en acier où reposaient les restes mortels d'Hector Villanova.

— Navrée..., chuchota-t-elle. Même les morts doivent patienter, parfois...

Un des avantages que présentait le métier d'expert pour le département Anti-Virus de la police scientifique de Miami-Dade était d'échapper au port de la blouse du laborantin. En général, Tyler Jenson en profitait pleinement, accordant sa préférence à des chemises à manches courtes aux motifs tapageurs. Mais ce jour-là, il portait un sweat-shirt beige décoloré. Et lui qui avait une mine d'ordinaire enjouée, il faisait pâle figure, le nez tout rouge. Il éternua à l'instant où Wolfe passait la porte.

— Gesundheit !

— Merci, répondit Jenson. Dieu, il faut toujours que je tombe malade juste avant Noël ! Tous mes souvenirs de vacances ou presque sont associés au goût du sirop contre la toux !

— Je crois avoir vu Delko se moucher, tout à l'heure. Lui avez-vous refilé vos germes ou est-ce l'inverse ?

— Qui sait ? soupira Jenson. Un rhume, c'est comme un gâteau aux fruits secs, ça se refile si facilement que plus personne ne sait qui l'a eu en premier... Vous venez pour l'ordinateur de Patrick, c'est ça ?

— Exact. Vous avez réussi ?

— Parfaitement. Notre homme n'avait rien d'un pirate informatique – il avait choisi comme mot de passe *Hamlet*... Il m'a suffi de lancer un programme de dictionnaire sur la page de connexion. Quiconque utilise un mot simple comme celui-là n'attache pas assez d'importance à la sécurité.

— Eh bien, ce n'était pas James Bond. Même s'il

aurait sans doute aimé tenir son rôle… Qu'avez-vous trouvé ?

Jenson brandit un disque informatique.

— J'ai transféré tous ses fichiers là-dessus. En dehors de sa messagerie, il y a des scripts, de la pornographie vulgaire, un essai de roman, je pense.

Non sans hésiter, Wolfe prit le disque du bout des doigts.

— Vous savez, le tout premier mode de propagation des germes, ce sont les mains, qu'on ne lave jamais assez…

Souriant, Jenson inhala bruyamment par le nez, produisant une sorte de gargarisme proche du barrissement de l'éléphant.

— Les ennuis ne viennent jamais seuls… Mieux vaut que vous y alliez, avant que je ne contamine toute la salle. Une fois de plus.

Wolfe s'éclipsa.

Il ne lui fallut pas longtemps pour étudier les fichiers. Les scripts dataient tous d'au moins deux ans, et semblaient rédigés par des amateurs. Il vérifia en se connectant à Internet, mais aucun d'eux ne paraissait être en préparation non plus. Quant au roman, qui ne faisait que deux chapitres, il traitait d'un acteur fauché de Miami. Il se composait de longues scènes de rapports sexuels ponctuées par les crises d'anxiété symptomatiques de l'artiste incompris.

Les courriels s'avéraient plus intéressants – pour un voyeur. Sous le glamour qu'on prêtait aux métiers de la scène et du spectacle, la vie de Kingsley Patrick pouvait en réalité se résumer à une série de petits boulots à temps partiel, de liaisons à temps partiel elles aussi et de fêtes – du moins lorsque ses finances le lui permettaient. S'il avait décroché un grand rôle récemment, il n'y faisait aucune allusion sur le Net. Il n'avait même plus d'agent – depuis qu'il avait viré l'ancien neuf mois plus tôt, il en cherchait un autre.

C'est alors que Wolfe tomba sur les courriels d'Amelia C.

Elle l'avait donc contacté. Elle affirmait connaître ses prestations pour la télévision, et se présentait comme une de ses fans. Douteux… d'après Wolfe. Patrick, lui, avait mordu à l'hameçon. Aguicheurs de nature, les messages avaient graduellement débouché sur une invitation à rejoindre les Pères Noël en goguette, comme chaque année.

Elle l'avait donc attiré là…, songea Wolfe. *Au minigolf puis au traiteur, vraisemblablement… Mais pourquoi ? S'agissait-il d'une admiratrice déjantée ? D'une ex-petite amie ? Ou de tout autre chose ?*

— Madame Blitzen, dit Wolfe, vous vous sentez mieux ?

— Oui, merci.

Vêtue de manière moins provocante que la dernière fois, Valerie Blitzen portait un haut moulant et une jupe courte. Son teint paraissait moins pâle, mais avec son maquillage, c'était difficile à dire.

— Vous allez m'annoncer que je suis en état d'arrestation, hein ? fit-elle, nerveuse. Oh, Dieu… J'ai tué cet homme en ayant des rapports sexuels avec lui, n'est-ce pas ?

Wolfe gloussa.

— Non, non ! Concernant les crimes sexuels, vous n'avez rien à vous reprocher. La cause du décès touche à autre chose. Je désirais simplement vous revoir une fois rétablie, comme aujourd'hui. Parfois, avec un peu de recul, certains détails nébuleux paraissent plus clairs.

Yeux clos, elle laissa échapper un énorme soupir.

— Oh, Dieu ! Quel soulagement, si vous saviez…

— Je sais que vous étiez… distraite, dirons-nous… Mais vous avez passé plus de temps avec le défunt que n'importe qui d'autre. Vous avait-il parlé de ce qu'il comptait faire pour Noël, ou le soir du réveillon ?

Elle réfléchit.

— Maintenant que j'y repense… c'est possible. Je me rappelle vaguement qu'il m'a proposé d'aller à une fiesta géante le 24 au soir… Ça devait se passer dans un hôtel hyperchic, mais il pouvait s'arranger pour me faire entrer avec lui. Je lui ai alors demandé s'il y travaillait, et ma question l'a amusé.

— Le nom de cet hôtel ? Vous vous en souvenez ?

— Non. Je ne crois pas qu'il l'ait précisé, d'ailleurs. Quoi qu'il en soit, je lui ai expliqué que j'étais déjà prise – pour le réveillon. Je le passe en famille.

— D'accord. Vous disiez que la victime avait aussi flirté avec d'autres… Mais qui ? Quelqu'un serait-il longuement resté près de lui avant de se volatiliser ?

Elle secoua la tête.

— Non, pas vraiment. En fait, je n'avais pas spécialement remarqué ce type jusqu'à ce qu'il vienne me draguer… Et je commençais à ne plus voir trop clair, vous savez ?

Wolfe la remercia de s'être déplacée, en lui recommandant de le contacter si un détail lui revenait en mémoire. Elle promit de le faire, et il la regarda partir en se disant, morose, qu'il allait se trouver à court de pistes.

Secouant la tête à son tour, il chercha à se recentrer. *Allons, Ryan... Il te reste toujours le courriel de l'énigmatique Amelia Claus à analyser. Il est temps de retourner cuisiner Jenson.*

Cette fois cependant, il se munit de gants en latex. Et de mouchoirs.

— C'est quoi la bonne nouvelle, Wolfe ? demanda Tripp en souriant devant l'étalage d'échantillons provenant de l'épicerie fine. C'est l'heure de déjeuner, peut-être ?

— La bonne nouvelle, c'est le hareng saur. Du hareng saur mariné pour être exact. (Wolfe désignait une grande bonbonne remplie de rollmops argentés lovés sur eux-mêmes.) J'ai testé la saumure dans laquelle ils baignent, et j'y ai trouvé de l'imipramine – en très faible quantité. Elle a dû en injecter dans un ou deux harengs saurs, et la substance chimique aura contaminé tout le liquide.

— Comment savait-elle lesquels il mangerait ?

— Elle les lui a peut-être apportés elle-même à table ? Les Pères Noël sont si généreux, n'est-ce pas ? L'imipramine est soluble dans l'alcool et l'eau. Elle avait donc pu se munir simplement d'une fiole remplie de cette composante diluée, qu'elle aura vidée pardessus... Il suffisait d'une petite dose pour que ça se répande dans le bocal, sans risque de nuire à d'autres qu'à l'homme visé.

— Ouais, enfin, le premier servi risquait gros, au contraire, fit Tripp, l'air sombre. Et dans la confusion, qui aurait remarqué qu'on ajoutait un petit quelque chose dans le pot, histoire de pimenter la fête ?

— J'ai saupoudré le couvercle et le verre pour y

déceler des empreintes – en vain, précisa Wolfe. Guère surprenant : beaucoup de Pères Noël portent des gants, ça fait partie de leur déguisement. Je m'attendais à trouver au moins les empreintes du personnel, mais tout doit être nettoyé régulièrement.

— Donc, le propriétaire disait vrai à propos de l'hygiène irréprochable de son commerce. Je m'en souviendrai la prochaine fois que j'aurai des envies de salade grecque..., ajouta Tripp. Mais où tout cela nous mène-t-il ?

— Il faut que nous retrouvions cette Amelia Claus. Jenson cherche son adresse IP dans l'ordinateur de Patrick.

— Bien. Le mandat pour les archives informatiques de Monica Steinwitz vient juste d'arriver, ajouta Tripp en sortant de sa poche une feuille pliée. Entre son ordinateur et celui de Patrick, nous devrions pouvoir mettre la main sur cette femme.

— Allons-y, conclut Wolfe en quittant sa blouse de laboratoire.

Monica Steinwitz vivait au-dessus d'un entrepôt au nord-ouest de la Vingt-troisième rue. Le hangar en question abritait une galerie d'art avec des sols en béton et d'épais conduits carrés en étain gris galvanisé fixés au plafond très haut. La pièce principale embaumait la peinture à l'huile, avec ses effluves âcres caractéristiques, et renvoyait des échos caverneux. Les rangées de néons fournissant jadis l'éclairage n'étaient plus que des coquilles vides, leur fonction étant désormais assurée par de petits spots, des halogènes suspendus à des filets de pêche, et orientés de façon à inonder les murs de lumière.

Un poing sous le menton, se tenant le coude de l'autre main, Tripp étudiait la sculpture qui se dressait juste à droite de l'entrée : un bloc de lucite transparente qui faisait penser à une grosse larme, et renfermait un conteneur métallique froissé et calciné semblable à ceux qui servent au gaz blanc. Y dansaient tout autour, en suspens, des mouchetures de rouille et de cendre, leurs contours aussi complexes et raffinés que des flocons de neige.

— *Hydrocarbures fossilisés*, lut Wolfe, sur la plaque du socle. Je vois… La lucite est une forme de plastique dérivé du pétrole, qui provient à son tour des dinosaures – d'où le titre *hydrocarbures fossilisés.*

— Oui, c'est évident, commenta Tripp. Je ne sais pas encore si ça m'évoque plus l'œuvre de Jeff Koon ou celle de Brian Jungen.

Les yeux ronds, Wolfe cilla.

Tripp fronça les sourcils.

— Quoi ? On n'a pas le droit de s'y connaître quand ça ne concerne pas le football et la bière ? Miami regorge de grandes œuvres artistiques !

— Oui, mais… tu viens du Texas…

Tripp renifla de dédain.

— Et alors ? Tu n'es jamais allé à Austin, pas vrai ?

— Eh bien…

— Bon. Allons récupérer l'ordinateur de Mme Steinwitz avant qu'elle n'en fasse une planteuse ou autre.

Le conservateur les orienta vers une volée de marches en bois ; les bureaux de l'entrepôt avaient apparemment été convertis en espace habitable. Et de la musique forte en filtrait – à mi-chemin entre l'orchestre militaire russe et la techno de dance club… L'un se préparant à un assaut frontal de l'autre… Sur le palier,

Tripp martela à coups de poing le métal bosselé de la porte.

— Police de Miami-Dade ! cria-t-il. Ouvrez la… !

On coupa brutalement la musique. Un battant fut tiré en arrière et la porte ouverte révéla une Monica Steinwitz en pantalon de pyjama et en T-shirt large couvert de taches de peinture, les pieds nus.

— Ça va, ça va ! Que voulez-vous *encore* ?

Tripp exhiba le mandat.

— Votre ordinateur, madame Steinwitz.

Elle le foudroya du regard.

— Eh bien, j'imagine que je ne peux pas vous en empêcher. Mais si vous endommagez un seul câble, on se reverra au tribunal !

— Oui, il y a des chances, dit Wolfe en entrant. Tout dépend de ce que nous découvrirons…

L'appartement de Steinwitz était vaste, mais désordonné. L'art y était à l'honneur sous toutes ses formes, et à divers stades de création, couvrant les tables, les caisses, les murs et les sols. Des silhouettes aux proportions exagérées y étaient souvent représentées, depuis la maigreur squelettique jusqu'à l'obésité morbide.

Sous le lit-mezzanine, l'ordinateur trônait sur un bureau aménagé dans un coin. S'assurant qu'il était bien débranché, Wolfe entreprit de déconnecter les câbles.

— Je ne peux pas croire que vous ayez le culot d'empiéter ainsi sur ma vie privée ! tempêta Steinwitz. Je vous l'ai dit, je n'ai jamais rencontré cette Amelia en personne, je n'ai aucune idée de qui il s'agit. Tout ce que mon ordinateur vous donnera, c'est son adresse e-mail, et elle pourrait avoir ouvert un compte anonyme de n'importe où.

— Ça, c'est notre problème, dit Tripp.

Wolfe se redressa, manquant se cogner la tête au sommier du lit.

— Hum… Je ne voudrais pas abuser, mais j'ai bu beaucoup de café aujourd'hui. Pourrais-je utiliser vos toilettes ?

Elle le foudroya du regard.

— Vous savez quoi ? Pas question ! Je dois vous donner accès à ce qui se trouve sur ce mandat. Or, ma salle de bains n'y figure pas !

Elle fonça à grandes enjambées vers l'évier de la cuisine – à part la salle de bains, séparée, tout l'appartement occupait en fait une seule et même pièce – et ouvrit le robinet d'eau.

— J'espère que ça ne vous ennuie pas ! ajouta-t-elle d'un ton acide.

— Wolfe ? fit Tripp.

— Hum, ça ira… En fait, c'était moins pressant que ce que je croyais. Nous repartons.

Il retourna se mettre au travail…

… en souriant.

Calleigh retrouva Marco Borabas chez lui. Il vivait dans un des immeubles Art déco chic qui faisaient la renommée de Miami Beach. Mais quand il vint répondre à la porte, il n'avait pas l'air en état d'apprécier son environnement. Les yeux rouges et gonflés, il ne désirait visiblement qu'une chose : retourner au fond de son lit… Sa posture et son expression étaient assez éloquentes. Comme la dernière fois, il était pourtant impeccablement vêtu, dans son costume gris anthracite avec une cravate en soie pourpre.

— Miss Duquesne… Quel plaisir de vous revoir. Avez-vous découvert ce qui est arrivé à Hector ?

— C'est précisément de cela dont j'aimerais vous parler. Puis-je entrer ?

— Certainement.

Il l'invita à l'intérieur, l'introduisant dans une salle de séjour aux tapisseries et aux tapis sud-américains hauts en couleur. Un divan et des fauteuils en cuir blanc immaculé offraient un contrepoint bienvenu à ces explosions de couleurs. Boraba s'assit précautionneusement sur un des sièges, Calleigh se perchant au bout du divan sur l'accoudoir.

— Vous semblez un peu patraque aujourd'hui, monsieur Boraba… Vous ne vous sentez pas bien ?

— Un peu grippé. C'est la saison, je suppose.

Il se frotta d'une main lasse le coin d'un œil injecté de sang.

— C'est la saison de beaucoup de choses, en fait. Par exemple, chez les oiseaux sauvages, les éclosions commencent tôt en janvier et durent jusqu'à la mi-mai. La haute saison pour les braconniers, pourrait-on dire…

Son expression inchangée, Boraba cilla toutefois à plusieurs reprises avant de répondre :

— Vraiment ? Je ne le savais pas.

— Je voudrais vous remercier pour toutes les précisions que vous m'aviez données sur ce jouet canin… Vous ne le saviez sûrement pas, mais il se trouve que les armes m'intéressent beaucoup. Et je n'ai encore jamais enquêté sur un meurtre commis à l'*atlatl*, mais un jour, qui sait… En attendant, l'*atlatl* que j'ai acheté dans votre boutique devra être mis sous scellés comme pièce à conviction.

— Pièce à conviction ? Pourquoi ?

Il se massa nerveusement l'autre œil.

— C'est le problème avec la conjonctivite, pas vrai ? Je me souviens de l'œil rose quand j'étais gamine… On se frotte l'œil sans arriver à se soulager. Ça gratte encore plus, mais on ne peut pas s'en empêcher. Inévitablement, le virus passe de l'œil aux mains et des mains à tout ce qu'on touche… J'avais rapporté le jouet au laboratoire en espérant, avec un peu de chance, y relever une de vos empreintes. Mais après avoir parlé à une amie, j'ai effectué un prélèvement que j'ai testé au neurotropique vélogénique de la MEN. Résultat positif… Vous avez contracté la Maladie Exotique de Newcastle, monsieur Boraba.

Croisant son regard, il soupira.

— Je sais.

— La maladie exotique de Newcastle, enchaîna Calleigh, doit obligatoirement être déclarée aux autorités lorsqu'on sait en être affecté, si on en croit la réglementation de l'USDA, le département des affaires agricoles américain. Chaque transgression est passible d'une amende pouvant aller jusqu'à vingt mille dollars, et d'une peine de prison de cinq ans. Le ministère de l'Agriculture dépense un million de dollars par an pour éradiquer la maladie exotique de Newcastle – c'est pris très au sérieux.

Une sonnerie de téléphone retentit.

— C'est probablement la *Ménagerie Wildside*, reprit Calleigh. En ce moment même, elle est fermée au public et ses locaux font l'objet d'une fouille en règle. J'ai bien peur que votre stock entier d'oiseaux soit détruit, monsieur Boraba. La maladie Newcastle est bien trop dangereuse pour courir le moindre risque. Au début des années soixante-dix, une recrudescence de l'épidémie dans le sud de la Californie a entraîné la destruction de douze millions de poules pondeuses et coûté la bagatelle de cinquante-six millions de dollars. Nul ne tient à ce que ça se reproduise.

— Je comprends, répondit Boraba d'une voix adoucie. Que devrais-je dire à mes employés ?

— Conseillez-leur de coopérer. Ça vaudra mieux pour tout le monde.

Il décrocha le combiné.

— Oui, oui, je sais… Quelqu'un est avec moi en ce moment même… Non… Montrez-leur juste où sont entreposés les oiseaux. Oui. Non, ne vous inquiétez pas de ça. Oui, je m'en occuperai…

Il raccrocha.

— Donc… me voilà démasqué. J'imagine que vous avez monté toute cette histoire à propos d'Hector pour me faire baisser ma garde ? Il est vivant, en pleine forme, et se demande probablement à quoi rime tout ça ?

— Non, monsieur Boraba. Hector Villanova ne vous a pas dénoncé.

Il hocha la tête.

— Non, bien sûr que non. Qu'aurait-il raconté, du reste ? Il ne savait rien. Juste que son vieil ami Marco gagnait plein de fric, alors que lui était un plombier divorcé loin de chez lui… Pauvre Hector… Il n'a jamais eu d'ambition. Et voyez où ça m'a conduit, moi ? Hector est peut-être le plus malin de nous deux, après tout… Mieux vaut être un plombier libre qu'un millionnaire en cage.

— Désolée, monsieur Boraba, mais je vous ai dit la vérité. Hector Villanova est mort. Je vous ai d'abord cru impliqué dans sa disparition, mais vous venez tout juste de rentrer après plusieurs semaines passées à Mexico. Or, le sang d'Hector Villanova ne montrait aucune trace de psittacose ou maladie de Newcastle. Il n'avait aucune idée de vos petits trafics, pas vrai ?

— Non, non… Il n'était pas comme ça. Hector, un criminel ? Si vous l'aviez connu, vous ne l'auriez pas pensé une seconde. C'était un chic type. (Les yeux rouges, Marco Boraba eut un sourire triste.) Un homme bien meilleur que moi, ajouta-t-il à mi-voix.

— Tu sais, dit Wolfe, ça fait trois fois en une heure que tu te laves les mains. Je suis un fervent adepte de l'hygiène moi-même – surtout après être repassé dans le labo Anti-Virus de Jenson – mais justement, moi qui en connais un rayon sur les TOCS, je dois dire que tu commences à m'inquiéter…

Tout en se séchant les mains, Calleigh le toisa d'un sale œil.

— Très bien, très bien… J'imagine que je réagis un peu trop… Je ne veux pas finir en quarantaine. Marco Boraba va passer les vacances tout seul, et manger son repas de Noël à l'hôpital… Très peu pour moi, merci.

— Ah, oui, les vacances… Quand les gens se gavent de toutes sortes d'aliments trop riches… Mais certains visent plus à débourrer qu'à bourrer…

Calleigh rejoignit Wolfe.

— Que veux-tu dire ? Tu parles d'un fichier informatique ?

— Ça, c'est le domaine de Jenson. Son sale domaine truffé de germes… Désolé ! Non, je parlais nourriture. Et du moyen le plus rapide de la servir avec un « avis d'expulsion ».

— OK, je ne te suis plus du tout. Quel rapport y a-t-il avec l'affaire de notre défunt porteur de cadeaux ?

— L'une des Mères Noël est une artiste. Quand Tripp et moi sommes allés chez elle avec un mandat pour réquisitionner son ordinateur, j'ai remarqué que son art était avant tout orienté vers des images exagérées du corps, ou très maigre, ou très gros. Et je me suis rappelé qu'une des substances utilisées pour empoisonner la victime, la phénelzine, servait aussi au traitement de certains désordres psychiatriques – dont la boulimie.

— « Émétique et purge »… As-tu jeté un coup d'œil à son armoire à pharmacie ?

— J'ai tenté le coup mais le mandat concernait uniquement l'ordinateur, et elle m'a interdit l'accès à sa salle de bains.

— Ça paraît plausible. Les boulimiques sont secrets, et pour la plupart, ils ont un radar très développé dès qu'ils sentent leur vie privée menacée d'intrusion. Une de mes camarades de chambre à l'université était boulimique, mais je ne m'en étais jamais doutée jusqu'à ce que je tombe sur sa planque de laxatifs – elle substituait aux confiseries sous emballage des comprimés dragéifiés Ex-Lax au chocolat… Et je ne l'aurais certainement jamais découvert si la gourmandise ne m'avait pas poussée à taper dans sa cachette de douceurs…

— Voilà de quoi vous dissuader de fureter dans le frigo des autres… Enfin, j'espère que Jenson trouvera quelque chose de probant dans ce disque dur. À moins d'obtenir un nouveau mandat, je n'arriverai pas à prouver qu'elle avait accès à de la phénelzine.

— Tu t'en sors toujours mieux que moi. Boraba représentait ma seule piste dans l'affaire Villanova. Et me voilà de retour à la case départ… Je me retrouve au même point que Delko.

— Vraiment ? Les deux enquêteurs géniaux du labo qui sèchent ? C'est…

— … Irritant ? Frustrant ? Déprimant ?

— Non ! sourit Wolfe. En fait, c'est plutôt agréable de constater que vous autres, vous n'êtes pas infaillibles.

— Oh ? Tu crois que tu pourrais mieux faire ?

Il haussa les sourcils.

— Me lancerais-tu un défi ?

— Ça dépend. Si ça pouvait relancer mon affaire, alors, oui. Sinon, considère ça comme une simple blague entre collègues de travail…

— Entendu. On va dire que ce sera un cadeau de Noël en avance.

— Pour qui ? Moi ou ton ego ?

— Ça dépend si j'arrive à faire avancer ton affaire ou pas, j'imagine… Mais j'y mets une condition.

— Un échange de bons procédés ? À quoi pensais-tu ?

— C'est *toi* qui traiteras avec Jenson.

Calleigh soupira.

— Pas moyen que j'échappe aux germes, c'est ça ? Très bien, marché conclu. Mais si j'attrape une saloperie, c'est vers *toi* que je me tournerai pour éternuer.

— L'affaire Pathan a pris une tournure quelque peu… inattendue, dit Sackheim.

Adossé au siège de son bureau, Horatio Caine lança un regard intrigué à l'agent du FBI. La mine impavide, les bras croisés, Delko se tenait près du bureau. Sackheim avait demandé à parler à Caine en privé ; se contentant de secouer la tête avec un sourire, Horatio avait répondu à l'agent de parler en toute liberté.

— Inattendue… dans quel sens ?

— Les ravisseurs se sont manifestés. Cette galette nous est parvenue il y a deux heures. (Il leva un DVD, la surface prismatique happant les rayons du soleil déclinant qui filtraient par la fenêtre.) Mes agents l'ont examiné en détail – pas d'empreintes ni de traces, naturellement. Le contenu se limite à un fichier word.

— Avec une liste d'exigences, j'imagine.

— Il n'y en a qu'une. Les kidnappeurs insistent pour traiter avec un intermédiaire et un seul… (Sakheim laissa choir le disque sur le bureau d'Horatio avec un son mat.) Vous.

12

— Le truc qu'il faut retenir au sujet de Kingsley Patrick, dit la femme chauve songeuse, c'est que c'était un *enfoiré*.

— Qu'est-ce qui vous fait dire ça ?

Changeant de position sur son siège en cuir, Tripp posa son bloc-notes en équilibre sur un genou, en tenant son stylo de l'autre main. Dans le petit bureau planait l'arôme d'un excellent café, et il se surprit à regretter d'en avoir refusé une tasse.

— J'étais son agent, j'étais bien placée pour le savoir ! Je ne suis peut-être pas le meilleur agent qui soit au monde, ou même de cet État – d'accord – mais au moins je lui décrochais des contrats, de quoi régler le loyer. Vous voulez savoir pourquoi il m'a laissée tomber ? Je ne lui dégottais pas de rôles assez importants. J'ai essayé de lui expliquer que c'était à lui de faire ses preuves. Moi, mon travail consistait à obtenir des entrevues et à arranger des déjeuners d'affaires. Beaucoup de déjeuners…

Stella Ragosa rappelait à Tripp un écureuil – petite, débordante d'énergie, des incisives d'une blancheur confondante… Son crâne complètement chauve accentuait la ressemblance – de quelle façon au juste, Tripp n'aurait su le dire. Peut-être à cause de ses oreilles dégagées ?

— Le cancer…, lâcha Ragosa.

— Je vous demande pardon ?

— Mes cheveux, ou plutôt ma boule à zéro… Les gens me jettent toujours des regards… J'ai l'habitude. Je les ai rasés après la chimio, mais je hais les chapeaux. Depuis toujours. J'ai essayé les perruques, ça me gratte.

— Je… hum…

— Vous êtes désolé ? Ne vous en faites pas. Le cancer m'est tombé dessus en 86, je l'ai vaincu à grand renfort de médicaments et de volonté – *ça*, je n'en manque pas. Et depuis, j'ai la paix. J'ai conservé ce look parce ça permet d'engager la conversation plus facilement, et qu'on se souvient de moi. Mon époux trouve ça sexy, mais c'est le pire des enfoirés… Naturellement, je l'ai épousé. Ce qui fait donc de moi… ?

Tripp n'essaya même pas de répondre à cela.

— Patrick a-t-il jamais été mêlé à des activités criminelles ?

— Son jeu d'acteur était assez « criminel » comme ça ! Non, désolée, ça m'a échappé… On ne devrait pas dire du mal des morts. (Elle poussa un soupir théâtral – tout à fait conforme à son personnage.) Il ne jouait pas trop mal. Son ego était plus gros que son talent, mais Dieu sait que c'est courant dans ce métier… ! Des combines illicites ? Il n'aurait pas refusé une ligne de coke, mais je ne vois rien d'autre. De ce que je sais, du moins. Depuis qu'il a quitté mon agence, nous ne sommes pas franchement restés en contact. Il a juste dû rappeler une fois pour récupérer ses photos.

— Très bien, madame Ragosa. Merci de m'avoir accordé un peu de votre temps.

— Tout le plaisir était pour moi, officier. Si le métier d'acteur vous dit, passez-moi un coup de fil. (Alors qu'il se levait, elle le toisa ouvertement de pied en cap.) Avec un chapeau de cow-boy vissé sur le crâne, vous pourriez vendre n'importe quoi, de la sauce barbecue jusqu'aux Range Rovers…

— Merci, fit Tripp, mais je préfère laisser ça aux professionnels.

Jenson avait établi une liste de contacts à partir de la messagerie de Kingsley, et la remit à Wolfe. Pendant que Tripp s'entretenait avec les associés de Kingsley, Wolfe tentait de trouver le lien entre Monica Steinwitz et une source de phénelzine.

Ou du moins aurait-il dû s'y mettre. Mais comme Jenson examinait l'ordinateur de Steinwitz, Wolfe pouvait profiter de l'occasion pour se pencher sur l'affaire Villanova. Il relut attentivement les notes de Delko et de Calleigh, puis sortit les pièces concrètes de l'armoire à séquestre. Il n'y avait pas grand-chose : la chaîne entourant la dépouille, les quelques fragments ayant résisté à l'explosion, les échantillons que Delko avait collectés dans la chambre de motel de Villanova… Le bateau se trouvait toujours sur cale, au garage du laboratoire. Wolfe prit l'ascenseur pour descendre y jeter un coup d'œil.

Delko l'avait calé sur deux chevalets de sciage en plastique bleu. Wolfe en fit le tour, notant la brèche aux bords déchiquetés qui l'avait fait couler, les tolets vides et l'aviron posé à côté. Il tenta de se représenter le déroulement de la scène…

Hector Villanova venait de se régaler avec un somptueux repas de Noël avant l'heure, qu'il avait payé cash et au prix fort parce qu'il ne serait plus disponible le soir du 24 décembre… Il célébrait quelque chose… un fabuleux contrat, probablement. Avec un voyage à la clé peut-être, alors même qu'il n'avait réservé aucun vol, aucun bateau, aucun train – pas sous son vrai nom, en tout cas…

Mais ça tourne mal. Et quelqu'un l'emmène faire un tour de barque au milieu de nulle part… Hector devait ramer, sans doute tenu en joue par une arme à feu. Une fois en plein marécage, on s'est débarrassé de l'aviron du rameur. Le tueur avait déjà dû attacher une bombe au cou d'un Hector contraint d'obéir.

Wolfe secoua la tête.

Non… Pas possible. Dans ce cas, le meurtrier aurait déclenché la bombe à distance en y ajoutant un détonateur spécifique, du genre on-allume-et-on-se-débine… Alors où était passé le tueur, dans ce cas-là ? Delko n'a trouvé qu'une empreinte de pied aux abords immédiats, sur un rondin…

Wolfe remonta à l'étage fouiller le paquet de clichés que Delko avait pris. L'empreinte de pied correspondait à la pointure d'Hector Villanova. Quant au fragment de dent que Delko avait extrait de l'écorce d'un arbre, il paraissait évident que Villanova s'était tenu à cet endroit quand la bombe avait explosé. Le tueur avait dû rester dans la barque.

Il s'agissait sans doute d'une longue amorce. Delko en a décelé des traces sur le chatterton. On avait peut-être scotché les yeux de Villanova pour qu'il ne voie pas ce qui allait lui arriver…

Ensuite, le tueur avait mis la chaîne autour du

cadavre, utilisé du nettoyant sanitaire pour dissoudre la pulpe de ses doigts…

Non, ça ne colle pas ! Si Villanova se tenait sur le rondin, son corps aurait basculé dans l'eau après la détonation. Le tueur aurait donc commencé par l'entourer de la chaîne.

Plus plausible… sauf que dans ce cas, Villanova se serait retrouvé au fond du marais les mains intactes.

Donc, après l'explosion, le corps n'avait pas sombré, restant en surface assez longtemps pour que le tueur s'occupe des mains de Villanova – et même avec un agent chimique puissant comme l'hydroxyde de sodium, ça prenait du temps. Ensuite…

— Ensuite, marmonna Wolfe, le tueur coule la barque et quitte les lieux sans laisser de traces derrière lui… En nageant jusqu'à la terre ferme, assez loin de la scène de crime pour ne pas attirer l'attention. Puis il aurait quitté les Everglades à pied, de nuit, ou un tiers l'aurait récupéré, non loin de là.

Les deux scénarii, l'un comme l'autre, ne lui plaisaient guère. Deux embarcations ? Ça paraissait compliqué et inutile. Sans compter que ça supposait un tueur follement sûr de lui et connaissant les environs comme sa poche – assez pour braver les alligators, les serpents et les sables mouvants en s'y risquant de nuit…

Wolfe étudia attentivement les photos de la scène de crime. C'était encore moins compréhensible : si Villanova s'était tenu sur le rondin à l'endroit où on avait retrouvé son empreinte de pied, il serait à coup sûr tombé dans l'eau après l'activation de la bombe – à moins qu'on l'y ait maintenu, d'une façon ou d'une autre.

Wolfe eut une inspiration subite. Vérifiant de nouveau les clichés, il étudia ensuite la chaîne, maillon par maillon. Delko survint au moment où il terminait son inspection.

— C'est la chaîne de l'affaire Villanova ?

— Oui… (Wolfe lui fit part de ses toutes dernières déductions.) Alors, je me suis dit que la chaîne entourant Villanova était accrochée à un arbre, empêchant le cadavre de sombrer au fond de l'eau après l'explosion.

— Bonne théorie. Mais je suis allé sur place… Il n'y avait pas en surplomb de branches assez longues ou robustes pour supporter le poids d'un corps.

— Je ne pouvais pas me prononcer en me basant uniquement sur les photos. Mais la chaîne aurait dû rester sur le site de détonation. Je l'ai donc observée de plus près, en cherchant des zones calcinées ou soufflées. Rien.

— Pourquoi travailles-tu là-dessus, d'ailleurs ? Je croyais qu'Horatio avait mis Calleigh sur le coup ?

— Je pensais lui filer un petit coup de main, voilà tout.

Delko sourit.

— Ben voyons ! Et en échange de quoi ?

— Elle traite avec Jenson. Les techniciens de la section Anti-Virus sont apparemment autorisés à travailler quand ils sont porteurs de maladies infectieuses… À propos, ne t'ai-je pas vu refouler un éternuement, tout à l'heure ?

— Moi ? Non ! J'ai une santé de fer. Une petite réaction allergique à un truc qui flottait dans l'air.

— Bien… Peu importe. Quelque chose ne colle pas dans l'affaire Villanova. Et je n'arrive pas à mettre le doigt dessus.

— Bonne chance. Le kidnapping Pathan va m'occuper à plein temps.

— Ah oui ? Les Fédéraux te laisseraient vraiment jouer avec leur ballon ?

— Ils n'ont pas le choix. Les ravisseurs se sont enfin manifestés, en réclamant Horatio comme unique intermédiaire. Ils ne veulent personne d'autre.

Wolfe écarquilla les yeux.

— Vraiment ? *Étrange*, non ?

— Ça, tu peux le dire. J'ai cru que Sackheim allait faire une attaque…

— Comme quoi, après la pluie vient toujours le beau temps, j'imagine…

— Bonjour, Tyler, lança Calleigh d'un ton enjoué, vous n'avez pas l'air si mal en point…

Sourcils levés, Jenson lui rendit son sourire.

— Waouh ! C'est le truc le plus gentil qu'on m'ait dit aujourd'hui… ! C'est donc que tout le monde me hait… Et je ne vois pas trop pourquoi, vu ma personnalité éblouissante…

— Eh bien, d'après Ryan, vous étiez à l'article de la mort… Vous me paraissez en pleine forme pourtant !

— On peut dire que vous autres, les gens du Sud, vous savez y faire pour charmer votre monde… Continuez comme ça, et je vais tomber dans les pommes !

— Allons donc ! Il faut des *années* pour apprendre à s'évanouir avec grâce – sans parler d'une garde-robe hautement spécialisée… Vous pourriez avoir vos vapeurs, mais l'évanouissement gracieux, ça, ce n'est pas dans vos cordes !

— Très bien, madame, je me le tiendrai pour dit. D'autant que là, je suis assis. En quoi puis-je vous être agréable ?

— Eh bien, pour un supposé malade, je vous trouve un tantinet survolté.

— Les médicaments, voilà le secret. Vous connaissez les « inducteurs de somnolence » et les « non-inducteurs de somnolence » ?

— Vous avez dû prendre les non-inducteurs.

— J'en ai pris plusieurs, en effet. « Non-somnolent » est devenu mon nouvel euphémisme favori. Comme dans « Je suis tellement "non-somnolent" que je vais aller faire un petit tour à 3 heures du matin. Ou un jogging. Ou, soyons fous, je vais piquer un sprint sur quelques kilomètres, histoire de voir si un agent de la police municipale de Miami va m'arrêter… » « Pardon, fiston, vous avez bu ? » « Mais non, monsieur l'officier, j'ai juste pris un léger *excitant*… Je me sens un peu survolté d'ailleurs. » Je dois admettre que je le suis complètement, en fait !

— Vous me rappelez le jour où j'avais inhalé de la poussière de cocaïne par accident… Ne me dites pas que vous buvez du café en plus !

— Pas besoin, pas besoin… Bon, de quoi parlions-nous déjà ?

— Ryan m'envoie. Il voudrait savoir si vous avez réussi à percer les secrets de l'ordinateur Steinwitz.

Jenson désigna le moniteur, devant lui.

— Oui, j'étais justement en train de scanner les données. Vous cherchez quelque chose en particulier ?

Elle se pencha par-dessus son épaule pour scruter l'écran.

— Ryan s'intéressait d'abord aux courriels d'une certaine Amelia Claus – c'est du moins ainsi qu'elle se fait appeler. Mais tout ce qui aurait un rapport avec une substance comme la phénelzine pourrait aussi s'avérer important.

— Je vais lancer une recherche, je verrai si je trouve quelque chose. (Jenson pressa quelques touches, étudia les résultats, puis en activa d'autres.) On dirait que la chance vous sourit… La phénelzine apparaît dans deux ou trois fichiers.

— Pouvez-vous les regrouper dans un dossier pour moi ?

— C'est fait et… Alors, que me vaut l'honneur d'une visite de la Femme Cartouche en personne plutôt que du Grand Méchant Loup ?

Elle haussa un sourcil.

— Grand Méchant Loup ?

— OK, personne ne l'appelle comme ça en réalité, ça vient juste de me venir à l'esprit. Mais bref…

— Je lui rends service, c'est tout.

— Vraiment ? Je croyais pourtant que vous veniez de lui sonner les cloches !

Elle fronça les sourcils.

— Qui vous l'a dit ?

— Quand vous perdez votre calme dans le parking, ça n'échappe à personne.

Elle croisa les bras.

— Je n'ai pas perdu mon calme. C'était une simple divergence d'opinion professionnelle.

— Et le crissement des pneus sur l'asphalte ? Les commères de bureau adorent ce genre de détails…

— Et vous en savez quelque chose, n'est-ce pas ? répliqua-t-elle, le regard noir.

— Humm. Apparemment, l'emballage du médicament aurait dû préciser « risque non-pensant » au lieu de « non-somnolent ». Et me mettre en garde contre l'activation de toute machinerie lourde – comme ma bouche, par exemple.

Calleigh se radoucit.

— Mettez ces fichiers sur disquette pour moi, d'accord ? Le Grand Méchant Loup voudra les consulter au plus vite. Et… Jenson ?

— Quoi ?

— Quand vous retomberez malade, tenez-vous-en à l'aspirine.

— Si tu m'expliquais en quoi une barque trouée concerne notre affaire ? fit Tripp, les poings sur les hanches.

Wolfe avait retourné l'embarcation sur le chevalet bleu de sciage et, accroupi dessous, l'inspectait à la torche électrique.

— En rien. Pendant que tu parlais avec les associés connus de Kingsley, je me suis dit que j'allais faire une faveur à Calleigh.

— Eh bien, c'est fort généreux de ta part, mais de mon côté, j'ai fini. Aucun des amis ne s'imagine Kingsley mêlé à des activités dangereuses. Je pensais que tu allais voir ce que tu pouvais tirer de son ordinateur ?

— Jenson y travaille. Entre-temps, j'envisageais de jeter un coup d'œil à notre propre *S.S. Minnow*[1] échoué ici… et je crois justement avoir déniché quelque chose d'intéressant.

Accroupi, il passa la tête sous le bateau renversé.

1. Allusion à *L'île aux naufragés* (*Gilligan's Island*), comédie américaine des années 1960 basée sur les mésaventures des passagers du *S.S. Minnow* qu'une tempête fait s'échouer sur une île déserte. *(N.d.T.)*

— Qu'est-ce que tu as trouvé ?

— Rien justement, voilà qui devrait nous mettre sur une piste…, précisa Wolfe, sa voix prenant des consonnances caverneuses. Les mains de la victime ont été rongées au détergent, un puissant corrosif. L'ingrédient actif de ce produit est de l'hydroxyde de sodium ou lessive – et la lessive réagit à l'eau comme à l'aluminium. Si le tueur en avait renversé un peu dans la barque, ce qui serait vraisemblable, je pourrais le voir. Or, il n'y en a aucune trace, et Delko n'en a pas décelé non plus autour du lieu où fut découvert le corps… Alors, où les mains ont-elles été mutilées ?

— Ne me le demande pas ! grommela Tripp. Bon sang, je ne travaille même pas sur cette affaire ! Et toi non plus, *compadre*.

Wolfe s'extirpa de sous la barque, et se redressa.

— Je sais, je sais… Je vais voir si Calleigh a récupéré les données de l'ordinateur.

— Calleigh ? Je croyais que Jenson s'y était collé ?

— Quelle importance ?

— Aucune, tant que tu préserves l'intégrité des éléments de preuve. Certains juges sont très pointilleux sur la question, et c'est toujours à moi qu'ils s'en prennent comme par hasard.

Tripp sur les talons, Wolfe se dirigea vers l'ascenseur.

— Ne t'inquiète pas. Calleigh et moi on est des pros.

— Je sais. Mais même les pros commettent des erreurs. Regarde Calleigh et ces empreintes.

Wolfe fronça les sourcils.

— Quoi ? Celles de l'affaire Pathan, c'est ça ?

— Oui. Votre gars s'en est tiré à cause d'une

empreinte, pas vrai ? Il paraît qu'Horatio n'est pas très content d'ailleurs.

La porte de l'ascenseur s'ouvrit, et ils entrèrent dans la cage.

— Tu es en train de me dire qu'on lui a retiré l'affaire à cause de ça ? Pas étonnant qu'elle se soit emporté contre moi quand j'y ai fait allusion.

— Oui, eh bien, à ta place, je ne m'en ferais pas trop. Elle s'en sortira très bien, et Horatio veille sur les siens. Il serait capable de prendre une balle pour sauver la peau de n'importe qui dans son équipe. Même si le coup partait de son propre camp. Elle ne risque rien.

— Je n'en doute pas. Parce que s'il y a une chose dont je suis sûr concernant Calleigh Duquesne…

Les portes s'ouvrirent, révélant Calleigh en personne.

— Oui, monsieur Wolfe ?

— Eh bien, c'est qu'elle possède une excellente ouïe… Bonjour !

Elle le gratifia d'un sourire qui le fit déglutir involontairement. Horation lui avait-il enseigné ce fameux rictus ? Ou était-ce l'inverse ?

— J'ai les informations que tu attendais, enchaîna-t-elle en lui tendant le disque optique. Certains fichiers comportent bel et bien le mot phénelzine. Du nouveau de ton côté ?

Il lui communiqua ses découvertes – ou plus exactement ses observations sur ce qu'il manquait.

— Je ne sais pas encore ce qu'il faut en conclure, mais au moins, c'est un début.

— Merci, j'y travaillerai.

Calleigh tourna les talons et s'éloigna.

— Tu penses qu'elle me laissera la vie sauve ? demanda Wolfe.

— Trop tôt pour le dire. Mais dans l'immédiat, je ne prévoirais rien pour l'année à venir…

Il s'avéra que la phénelzine n'était pas le plus important. Grâce au FAI, le Fournisseur d'Accès à Internet, Jenson avait réussi à remonter à la source des courriels : une société Internet locale qui donna l'adresse de leur suspecte sans sourciller.

— Ces gens-là ne tenaient vraisemblablement pas à ce qu'on obtienne un mandat pour aller fouiner dans leurs dossiers, commenta Tripp. Ce qui n'est pas plus mal, puisque nous allons demander un mandat pour l'endroit qu'ils nous ont indiqué.

— En pleine zone de stockage, on dirait, ajouta Wolfe en lisant l'adresse à l'écran. Pas loin du loft de Mme Steinwitz, en fait.

— Tu veux obtenir un mandat d'un second juge ? Ce devrait être faisable.

— Laisse-moi d'abord étudier ces fichiers.

— Très bien. Je vais me chercher un café dans la salle de repos.

— OK, fit distraitement Wolfe, déjà concentré sur autre chose.

Apparemment, Steinwitz avait lancé des recherches poussées sur la phénelzine, mais ça ne prouvait pas pour autant qu'elle en prenait. Elle avait mis un raccourci informatique vers les sites concernant la substance, dont celui qui dressait la liste des effets indésirables susceptibles de survenir en cas d'interaction avec d'autres antidépresseurs.

Il n'y avait qu'un seul moyen de savoir si elle s'en était tenue à la lecture sans passer à l'acte. Wolfe se dirigea vers la salle de repos.

Il retrouva Tripp assis seul à une table, en train de souffler sur son café d'un air pensif.

— Qu'en dis-tu ? lança-t-il avant que Wolfe n'ait ouvert la bouche.

— Eh bien, à mon avis que nous devrions demander à un juge l'autorisation d'aller jeter un coup d'œil dans l'armoire à pharmacie de Monica Steinwitz.

— Je lance la procédure. (Tripp posa sa tasse et se leva.) Le café est dégueulasse, de toute façon…

— Madame Steinwitz ? fit Wolfe, opposant à son regard hostile un charmant sourire. Je passais dans le coin, et je me demandais si vous accepteriez de me laisser visiter votre salle de bains cette fois ?

— C'est quoi, une plaisanterie ?

— Si vous voulez… (Il lui tendit le mandat.) Mais je vous laisse deviner la chute de la blague…

Elle s'écarta de l'entrée, les yeux rivés sur le document tandis que Wolfe franchissait le seuil.

— Madame Steinwitz ? ajouta Tripp. Je vais vous demander d'attendre dans le hall, s'il vous plaît.

— Vous… vous !

Ne trouvant plus ses mots, elle rougissait à vue d'œil. La parole lui reviendrait bien assez vite, jugea Wolfe en se dirigeant droit sur la salle de bains et en laissant Tripp gérer la situation.

Il ne mit pas longtemps à terminer l'examen. Le mandat autorisait l'inspection de l'ensemble de l'appartement, et Wolfe poursuivit donc ses recherches dans la pièce principale.

Ce n'était pas nécessaire ; il procédait par simple acquit de conscience.

— Je l'ai ! annonça-t-il à Tripp en brandissant un flacon de pillules.

— En quoi ces médicaments vous intéressent-ils ? protesta-t-elle. J'ai une prescription pour ça !

— Vous allez devoir nous suivre, madame Steinwitz, répliqua Tripp. Nous avons d'autres questions à vous poser.

— Pas *croyable* ! cracha-t-elle.

— Je ne le dirais pas comme ça, lâcha Wolfe. Peu appétissant, peut-être…

Une voiture de patrouille conduirait Monica Steinwitz au poste de Miami-Dade. Quand Wolfe et Tripp se seraient acquittés de leur tâche, elle les attendrait. Sûrement avec son avocat.

Ils s'arrêtèrent trois pâtés de maisons plus loin, entre un parking et un débit de boissons. À en croire l'auvent délabré de l'entrée, il s'était jadis agi du bureau d'un prêteur sur gages. La devanture crasseuse était couverte de journaux jaunis que l'on avait collés de l'intérieur, et le rebord jonché de cadavres de mouches et de papillons.

— Ça paraît à l'abandon, dit Tripp.

— En tout cas, quelqu'un est venu là récemment, fit observer Wolfe en désignant un angle de la vitrine masquée qui semblait moins sale que les autres. Ce journal-là date de deux semaines seulement. Les autres remontent à trois ans ou plus.

— L'original a dû tomber…

— Et quelqu'un a pris soin de le remplacer. Sans doute une personne qui tenait à préserver l'endroit des regards indiscrets…

— Eh bien, si nous jetions un coup d'œil à l'intérieur du « paquet » ? (Joignant le geste à la parole,

Tripp tambourina à la porte.) Police de Miami-Dade ! Ouvrez !

Il n'y eut pas de réponse.

Tripp dégaina, imité par son collègue.

— Je devrais peut-être frapper plus fort…

Prenant de l'élan, Tripp fit sauter la porte d'un coup de pied au-dessus de la poignée ; elle céda sous une pluie d'échardes.

Les deux hommes investirent les lieux avec prudence. Tripp s'annonça de nouveau, mais sa voix résonna dans une pièce vide et poussiéreuse. Une fouille rapide leur permit de découvrir une remise déserte, dans l'arrière-boutique, et une salle de bains aux robinets arrachés.

Tripp rengaina.

— Personne à la maison…

— Non, mais quelqu'un est bien passé par ici il y a peu de temps… Le plancher est balayé et nettoyé car je sens du Pine-Sol.

Le seul mobilier était une table pliante en bois de deux mètres cinquante de long environ. Wolfe l'examina, jetant un coup d'œil par en dessous.

— Prise de courant électrique et prise téléphonique murale… On a pu brancher un ordinateur ici.

— Le propriétaire homologué de cette propriété vit à Hong Kong, précisa Tripp. On n'a pas réussi à le joindre, mais je parierais qu'il ne se doute de rien. La serrure de la porte de derrière comporte une légère fossette identique à celle de l'appartement de Kingsley Patrick.

— Eh bien, il y avait du courant ici et un accès Internet. Je vais voir ce que je trouve de ce côté… (Penché, Wolfe inspecta de plus près le plateau de la table.) Des grains de poudre blanche…

— De la cocaïne ?

Songeur, Wolfe acquiesça.

— Je crois, oui. Et à en juger par la taille des granules et leur disposition en grappe, je peux déjà te dire d'où ils proviennent : ils ont été récoltés sur des plantes de coca d'environ un mètre, un mètre cinquante de haut, poussant au sud... non, au sud-ouest des montagnes.

— Vraiment ? Tu es en mesure de l'affirmer ?

Wolfe soupira.

— *Bien sûr que non*, Frank ! Il s'agit juste de grains de poudre blanche ! Tu t'imagines que j'ai un microscope dans l'œil ou quoi ?

Tripp secoua la tête.

— C'est parfois l'impression que tu me donnes. Dès que je pose une question à l'un de vous autres, experts criminalistes, j'obtiens un descriptif détaillé qu'on jurerait sorti tout droit d'une encyclopédie.

— Et je ferai de mon mieux pour t'en fournir un. Mais pas avant d'avoir rapporté un échantillon de cette poudre au labo.

— Très bien, fit Horatio, comment voulez-vous procéder ?

Occupant un fauteuil bien rembourré, Sackeim le fixa. L'agent du FBI avait installé un poste de commandement temporaire dans la résidence de Khasib Pathan, là où les ravisseurs le recontacteraient selon toute vraisemblance. Horatio quant à lui soupçonnait plus justement le Bureau d'apprécier le luxe et le confort, ainsi que l'excellent café et les pâtisseries que le cuisinier de la maison fournissait.

— Nous attendrons qu'ils prennent contact. Vous serez équipé d'un transpondeur GPS et d'un micro qui nous maintiendra en liaison constante. À part ça, vous suivrez leurs instructions. Monsieur Pathan veut revoir son fils sain et sauf, se déclarant prêt à verser la rançon qu'on lui demandera.

— Et si les kidnappeurs ne veulent pas d'argent ?

— Nous aviserons en temps voulu.

Une façon de dire « *Nous l'ignorons mais refusons de l'admettre* »... typique du FBI...

Horatio n'insista pas. Si les exigences des ravisseurs s'avéraient inacceptables, comme la libération de prisonniers politiques, l'affaire deviendrait très dangereuse. Selon toute probabilité, ça signifierait qu'Abdus Pathan était déjà mort, et que ses geôliers tenaient simplement à exprimer une opinion.

— Dans ces conditions, répondit Horatio, vous devez me tenir au courant. Je ne veux pas de surprise alors que je serai en première ligne.

— Naturellement, fit Sackheim avec l'ombre d'un sourire. Nous prenons soin de nos hommes sur le terrain.

Un téléphone sonna. C'était la ligne du domicile de Khasib, que les criminels avaient déjà appelée. Horatio décrocha calmement.

— Oui ?

Il écouta attentivement, conscient que d'autres agents l'imitaient. L'interlocuteur se contenta de dire une seule phrase à peine, puis raccrocha.

Horatio jeta un coup d'œil à Sakheim.

— Nous y sommes.

13

L'unique phrase lâchée par le ravisseur – qui avait pris soin de modifier sa voix – devait orienter le lieutenant Caine vers un site informatique. L'unité de Sackheim s'y était connecté avant même qu'Horatio eut raccroché.

— Il s'agit d'un site de géocaching, annonça le jeune homme à l'allure soignée flanqué d'un portable.

Horatio connaissait le géocaching : un loisir doublé d'un sport récent qui associait des talents d'orientation à une chasse au trésor moderne en recourant à une technologie de pointe. Des gens dissimulaient des objets dans divers sites, sauvages ou urbains, puis lançaient sur un site Internet des coordonnées correspondant à un géopositionnement par satellite. Les chercheurs de trésor utilisaient des unités GPS portables pour localiser les cachettes, avant de rendre compte de leur succès sur ledit site. Les cachettes pouvaient contenir tout et n'importe quoi, depuis d'importantes sommes d'argent jusqu'à des colifichets futiles qu'on était censé transférer dans d'autres planques.

— Lancez une recherche en rentrant le mot *Caine*, dit Horatio.

Le jeune homme hésita.

— Faites ce qu'il dit, Caldwell, intervint Sackheim.

— Oui, monsieur. Une nouvelle cachette vient juste d'apparaître sous le nom de Caine. Au cœur de Miami, on dirait.

— Mieux vaut s'y rendre sans tarder, dit Horatio. Avant que d'autres nous prennent de vitesse.

— Nous vous équiperons en quelques instants, assura Sackheim.

La porte s'ouvrit, et Delko entra. Simultanément, Horatio sourit et Sakheim se rembrunit.

— Bien, ça me laissera juste le temps d'informer Eric de la situation. Il me surveillera sur le terrain.

— Nous nous en chargeons déjà..., commença Sakheim.

— Je n'en doute pas, coupa Horatio. Néanmoins, je sais que l'assistance de monsieur Delko pourra s'avérer inestimable... pas vrai, Eric ?

— Eh, je sais bosser en équipe, répondit Delko, couvant Sakheim d'un regard impavide. Demandez à n'importe qui.

— Bien, concéda Sackheim.

Comme Wolfe s'y attendait, Monica Steinwitz avait exigé une assistance juridique avant même de faire une déposition. Son avocate s'était installée près d'elle dans la salle d'interrogatoires, une Noire trappue, les cheveux hérissés par des nattes ornées de perles.

Assis en face, Tripp s'efforçait d'afficher une mine plus butée encore que les deux femmes. Après avoir jaugé la situation d'un regard, Wolfe se dit qu'il obtiendrait de meilleurs résultats en adoptant une approche moins hostile.

— Bonjour, je suis Ryan Wolfe, expert de la police scientifique, annonça-t-il à l'avocate.

— Et moi Maître Scapello, répondit-elle froidement. J'aimerais savoir pour quelle raison on retient ma cliente.

— Parce qu'on a trouvé chez elle un produit ayant servi à assassiner un homme, répondit Tripp.

Scapello riva sur lui un regard glacial.

— Dans ce cas, pourquoi n'a-t-elle pas été inculpée ?

— Nous aimerions lui laisser d'abord une chance de s'expliquer, intervint Wolfe.

— D'expliquer quoi ? lança sèchement Monica Steinwitz. Je vous l'ai dit, ce médicament m'a été prescrit.

— Ça ne signifie pas que vous ne l'avez pas utilisé pour empoisonner quelqu'un, souligna Tripp.

— Eh bien, *non* !

— Écoutez, nous avons trouvé des courriels dans votre ordinateur provenant de celle qui se faisait appeler Amelia Claus, et ils semblent confirmer votre version des faits, enchaîna Wolfe. Mais vous auriez aussi bien pu les fabriquer de toutes pièces. Ce que nous vous demandons, c'est un échantillon ADN – la personne qui a fait ingérer de la phénelzine à la victime a également eu des rapports sexuels avec lui.

— Et c'est *tout* ? s'exclama Steinwitz. Pas de problème. Allez-y.

Se levant, Wolfe déballa un petit kit de prélèvement.

— Dites : « *Ah !* »

S'il y avait un immeuble qui représentait le cœur de Miami mieux que les autres, c'était bien la tour de la Liberté – la Freedom Tower. Construite en 1925, la tour haute de quinze étages avait abrité le *Miami News & Metropolis* durant les trois décennies suivantes. Au sommet de l'édifice érigé sur le modèle méditerranéen, la lumière éclairait la baie et symbolisait l'éclat de la vérité. En 1955, le journal avait déménagé, laissant la tour vide jusqu'à ce qu'en 1962, l'administration des services généraux des U.S.A. prenne possession des lieux. La lumière que dégageait la tour ne symbolisait plus la vérité mais la liberté. C'était la réponse de Miami à Ellis Island, qui introduisait dans le pays des milliers de réfugiés cubains fuyant le régime de Castro.

Mais dans les années soixante-dix, à l'instar du journal avant lui, le gouvernement abandonna également l'immeuble. Les décennies suivantes, la Freedom Tower passa de main en main, sans jamais recouvrer sa gloire d'antan. Il devint même un squat pour les SDF et les hors-la-loi, rempli de détritus et de seringues usagées. En 1987, le ravalement de façade entrepris par un promoteur d'outre-Atlantique ne parvint pas à lui donner un nouveau souffle commercial, comme le confirma l'évaluation immobilière de 1997 : le béton utilisé pour l'ensemble de la structure était abîmé par l'air marin chargé en chlorure de Miami, et les piliers d'acier rouillaient. Une rénovation majeure fut entreprise afin de transformer la tour en un musée américano-cubain. Mais à l'instar de tant d'autres projets grandioses de Floride, cela s'avéra difficilement réalisable. Huit ans plus tard, le musée n'avait toujours pas ouvert ses portes, et l'édifice fut remis en vente. Cette fois, les nouveaux propriétaires envisagèrent d'y adjoindre une tour d'habitation de soixante et un étages en démolissant une partie des structures d'origine mais en conservant intacte la Freedom Tower, petite épingle architecturale comme cernée par deux ailes géantes incurvées. La communauté ne vit pas le projet d'un très bon œil – jusqu'à ce que, sacrifiant à la mode de la Floride, les promoteurs fassent don de la tour elle-même à l'université de Miami-Dade, avec la promesse de laisser intacte la structure entière. Peu après, les plans du projet immobilier en copropriété furent approuvés.

Horatio avait conduit son Hummer sur place, et obtenu de l'agent de sécurité en poste de le laisser entrer dans l'immeuble. Il arpenta lentement l'asphalte, entre les vastes colonnes blanches qui soutenaient la toiture de style méditerranéen, tout en jetant un coup d'œil à son unité GPS portative. La technologie du positionnement global recourait à trente unités de Navigation Satellite Timing & Ranging (ou Synchronisation & Alignement) pour fournir des coordonnées territoriales précises. Chaque satellite tournait en orbite autour de la Terre une fois toutes les douze heures, couvrant le même territoire une fois toutes les vingt-quatre heures. Une horloge atomique intégrée transmettait à la Terre la position du satellite à un instant T ; en comparant les données simultanées de plusieurs satellites, une unité GPS pouvait calculer sa propre position. Cette technologie était précise à quinze mètres près. Horatio était équipé en outre d'un système d'augmentation à grande échelle qui affinait encore les signaux par l'intermédiaire de vingt-cinq stations terrestres de référence. Un signal NAVSTAR – OU NAVIGATION PAR SATELLITE, PAR HORAIRE ET DISTANCE – envoyé par un WAAS (ou SYSTÈME DE RENFORCEMENT DE COUVERTURE ÉTENDU) pouvait localiser un site à trois mètres près.

En cet instant même, le signal indiquait qu'Horatio se tenait quasiment à l'endroit qu'ils cherchaient. Il regarda autour de lui, mais il n'y avait rien à voir.

Et puis il leva les yeux.

Suspendu dans les airs, tournant lentement au gré de la brise, un petit dinosaure en plastique rouge vif…

— Mignon…, murmura Horatio.

— Vous voyez quelque chose, Caine ? souffla la voix de Sackheim à son oreille.

— En effet, agent Sackheim. Un petit objet suspendu à environ trois mètres cinquante du sol, avec du fil de pêche. Je vais voir ce que je peux faire pour le descendre.

— Quel genre d'objet ?

— Un dinosaure en plastique, qui porte quelque chose autour du cou. On dirait deux objets métalliques. Ça brille. Une minute…

Il n'y avait pas d'escabeau en vue, mais Horatio avisa une planche de bois d'environ deux mètres cinquante de long appuyée contre un mur. Il tira de sa poche un couteau suisse pour plier un clou rouillé fiché à une extrémité et en faire un crochet. Il ne lui fallut ensuite qu'une seconde pour brandir la planche et atteindre le dinosaure.

Il marqua une pause avant de l'attraper et de le descendre. Pour avoir travaillé dans la brigade de déminage, il connaissait les risques : ce ballon pouvait très bien s'avérer être chargé d'explosif. Toutefois, le fil de pêche semblait accroché au plafond par du scotch transparent, sans disparaître dans un trou visible. Et apparemment, le plafond lui-même n'avait pas été trafiqué. A priori, il ne s'agissait donc pas d'un détonateur. Retenant son souffle, Horatio tira.

Le dinosaure tomba au sol avec un cliquetis.

Horatio se pencha et le ramassa.

— Très bien. J'ai récupéré les objets en question.

L'un m'a tout l'air d'être une clé USB, et l'autre une pièce de monnaie.

— Une clé USB ? Que… Une minute ! Votre associé m'informe que c'est probablement un flash drive. Ce serait la grande mode du moment de les planquer dans des trucs fantaisie en plastique.

Horatio sourit.

— Remerciez M. Delko pour moi, voulez-vous ? Je vais brancher la clé USB et voir ce qu'il y a dessus.

Son unité GPS était en fait un assistant numérique personnel modifié, avec possibilité de connexion informatique grâce à la technologie Bluetooth. Le mini-ordinateur portable était également pourvu des ports USB ; Caine brancha la clé « du dinosaure » dessus.

La mémoire flash contenait un dossier numérique, une vidéo. Horatio l'ouvrit.

Le visage qui apparut à l'écran était celui d'Abdus Sattar Pathan. Il avait un épais pansement ensanglanté sur le cou, et sa chemise, déchirée, était également tachée de sang. Il avait les mains liées dans le dos – et l'air épuisé, terrifié… Derrière lui, rien d'autre qu'un rideau noir.

— *Lieutenant Caine*, déclara-t-il, *je vous transmets ce message de la part de mes ravisseurs. Vous devrez suivre toutes les instructions à la lettre. Personne d'autre ne devra emprunter l'itinéraire indiqué. L'otage sera puni pour chaque transgression.*

Horatio sonda le regard du prisonnier ; celui-ci lisait manifestement un écriteau – à en juger par sa façon de se pencher en avant et de plisser de façon presque imperceptible les yeux.

Un écran d'ordinateur, peut-être ?

— *Vous vous demandez pourquoi nous vous avons*

fait venir ici, continua Abdus. *C'est parce que nous voulons que vous voyez ce que nous voyons. Regardez autour de vous, monsieur Caine. Cet endroit n'est-il pas l'incarnation même de Miami ? Débordant de promesse et d'espoir, mais si souvent victime de la décrépitude et de la corruption. Un symbole brillant qui s'offre à tous les regards, mais parfaitement creux à l'intérieur.*

Abdus parlait d'un ton monocorde, son débit dépourvu de toute inflexion conférant aux propos un poids singulier.

— *Un homme qui lèverait les yeux vers la tour pourrait se rappeler la lueur bienveillante qui l'avait accueilli le jour de son arrivée dans sa nouvelle patrie et sa nouvelle vie. Dans la même rue, un autre pourrait se souvenir des moments qu'il a vécus à l'endroit où vous vous tenez à présent, cerné par la crasse et la misère, assailli par les divagations incohérentes de pauvres fous. Il se rappellerait avoir assisté au lent suicide de ceux qui se shootaient au crack…*

« Réfléchissez, monsieur Caine. Pensez à ce que ça signifie, car c'est important.

« Nous avons placé une pièce de géocaching autour du cou du dinosaure. Au revers, vous trouverez un code. Entrez-le sur le site Internet pour obtenir la suite des instructions.

L'écran redevint blanc.

— J'ai les résultats que vous désiriez, annonça le technicien du labo.

— Oh, bien, répondit Wolfe. Vous êtes Frankel, c'est ça ?

L'homme qui tenait le dossier hésita. La confusion

se lut dans ses grands yeux humides, et il jeta un coup d'œil nerveux sur son sein droit, là où on lisait le nom « L. FRANKEL ».

— Oh, bien, lâcha-t-il à son tour, fébrilement. J'ai cru que j'avais encore passé la blouse d'un autre laborantin par mégarde.

— Euh, non, a priori, vous avez mis la bonne, le rassura Wolfe. Les résultats ?

— Ah, oui...

Frankel lui tendit vivement le dossier comme s'il allait bientôt exploser. Sourcils haussés, Wolfe le prit, l'ouvrit et parcourut la première page en diagonale.

— Mmmh...

— Un échantillon intéressant, avança Frankel. On rencontre rarement des échantillons de terre aussi rares que celui-là. L'oxyde d'yttrium est couramment employé dans la fabrication des phosphores d'europium – c'est ce qui produit la couleur rouge dans les tubes cathodiques. Par ailleurs, son chiffre atomique est le trente-neuf, et il tient son nom d'un bourg suisse qui s'écrit avec un « y ».

— Je... vois ça.

— Oh. Bien sûr. Au revoir.

Tournant les talons, Frankel s'éclipsa.

— Et ils disent que je suis fêlé..., marmonna Wolfe.

— Donc, lança Tripp, tu penses avoir identifié cette poudre blanche ?

Wolfe leva les yeux du tirage papier qu'il étudiait.

— Salut, Frank. En fait, la CG/mass-spec, la chromatographie gazeuse/spectromètre de masse, vient d'arriver. Les résultats étaient... eh bien, élémentaires.

— Pour toi peut-être, Sherlock. Moi, je suis encore dans le noir.

— Désolé. Ce que je voulais dire, c'est que la poudre est un élément… un composé, plus précisément. De l'oxyde d'yttrium.

— Ça ne m'avance pas trop, fit Tripp, croisant les bras.

— On le trouve souvent dans des minéraux rares. Et dans certains autres aussi.

— Pardon ?

— On a découvert que des échantillons de roche lunaire rapportés par la mission Apollo contenaient de l'yttrium à haute dose.

Tripp soupira.

— Génial. Donc, nous cherchons maintenant une Mère Noël venue du cosmos, c'est ça ?

— Pas exactement. On trouve de l'yttrium extrait du sable de monazite et de bastnasite sur le marché – nul besoin d'aller sur la lune pour en obtenir. Et on en utilise dans… (Wolfe s'arrêta.) Eh bien, beaucoup d'usines s'en servent.

— Hum. Aurais-tu déjà, en digne expert de la police scientifique, un moyen brillant de faire le lien avec les gros types en costume rouge ?

— Pas encore… Mais associé à l'acide d'accumulateurs, on peut penser à une procédure industrielle.

— Bien sûr. Nous avons découvert l'atelier secret du Père Noël, maintenant, nous retournons tous ses jouets et ses pierres de lune…

— Frank, tu me parais un peu stressé.

Tripp se passa une main de la taille d'un gant de baseball sur son crâne en forme de cartouche.

— Navré, gamin. Je déteste qu'on se paye ma bobine, et dans cette affaire, j'ai comme l'impression que le monde entier est dans le coup, excepté moi.

— Je connais ce sentiment. Mais tu avais décidément raison à propos d'une chose…

Tripp se renfrogna.

— Ah, oui ? Laquelle ?

— Au sujet des experts qui donnent des réponses encyclopédiques…

Malgré lui, Tripp sourit.

— Je compte donc au moins *un* fait bien établi à mon actif…

— Vous vous moquez de moi, là… ! maugréa Horatio, les yeux rivés sur l'écran de son micro-ordinateur.

— Espérons que vous avez apporté vos cuissardes imperméables, fit une voix familière à son oreille.

— Eric ?

— Oui. Je les ai persuadés de me brancher sur votre fréquence, répondit Delko. Sackheim et son équipe réunissent toutes les données possibles sur votre prochaine étape. Ils tentent de remonter à la source des instructions laissées sur le site de géocaching – ils en ont localisé trois –, mais les recherches ne donnent rien. Ces messages ont rebondi partout sur Internet au préalable avant de nous parvenir, et sévèrement codés avec ça… Nous ne parviendrons pas à les décrypter – pas moyen.

Se dirigeant vers la sortie, Horatio chaussa ses lunettes de soleil.

— Alors j'imagine que je devrai m'en tenir aux ordres… pour l'instant. Je file vers ma prochaine destination.

— Y a-t-il quelque chose que je puisse faire en attendant ?

Horatio émergea en plein soleil, adressa un petit signe de tête à l'agent de sécurité et gagna son Hummer.

— Pas encore. Reste connecté et tiens-moi au courant dès que tu auras du nouveau.

Ce qu'il voulait dire – et Delko le comprit – c'était : « *Gardez Sackheim à l'œil, et veillez à ce qu'il reste sur le droit chemin…* »

Horatio n'avait nullement l'intention de se laisser doubler en allant sur le terrain. Delko assurerait ses arrières – il le savait.

— Entendu, répondit le jeune homme. Ne vous en faites pas.

Caine braqua le volant plein sud, en évitant les embouteillages de Biscayne Boulevard du mieux qu'il put, et aborda l'autoroute 1, s'éloignant de la cité.

— Vous savez où ils veulent nous emmener ? ajouta Delko.

— Vers trois sites au moins, si l'on s'en tient à la logique de leurs exigences. Mais ce n'est pas le plus préoccupant.

— Aucune demande de rançon…

— Précisément. Soit ils ignorent encore ce qu'ils veulent, soit ils nous réservent une très mauvaise surprise…

— Oui. Moi-même, je n'y vois pas bien clair pour le moment. La plupart des kidnappeurs préparent des plans sophistiqués avant de passer à l'acte, et ces messages de géocaching indiquent indubitablement la préméditation. Pourtant, la scène de crime initiale et l'absence de demande de rançon indiquent que nos preneurs d'otage cherchent à gagner du temps.

— La vérité se trouve probablement entre les deux, Eric. Mais au moins, nous savons que Pathan est toujours vivant.

— Du moins l'était-il au moment de l'enregistrement.

— Je ne crois pas qu'ils le tueront, pour l'instant. Ils doivent le garder en vie pour s'en servir de monnaie d'échange. Et tôt ou tard, ils finiront bien par nous dire ce qu'ils veulent.

Wolfe fixa la feuille de papier qu'il tenait.

— Je ne le crois pas !

Valeria haussa les épaules.

— Que voulez-vous que je vous dise ? J'ai vérifié trois fois. Les échantillons que vous m'avez remis ne correspondaient pas.

— Donc, Monica Steinwitz n'a pas couché avec Kingsley Patrick.

— Ça, je n'en sais rien. Mais si c'est le cas, je ne peux pas le prouver.

— Merci, Valera. J'annoncerai la nouvelle à Frank.

Wolfe quitta le laboratoire de génétique, réfléchissant aux implications de tels résultats. Si Steinwitz n'avait pas fricoté avec Patrick, alors il devait s'agir de la mystérieuse Amelia Claus. En conséquence, celle-ci avait aussi envoyé les courriels de la boutique abandonnée, où elle avait également utilisé de l'oxyde d'yttrium pour faire… quoi ? L'yttrium servait parfois à la fabrication des composants laser ; voulait-elle créer un rayon de la mort… ?

— Je commence à réfléchir comme Frank, marmonna-t-il.

— Bonjour, Ryan, lança la réceptionniste aux cheveux gris qui se tenait devant lui.

Il s'immobilisa et réalisa qu'elle attirait son attention au plafond…

… sur une branche de gui, qui pendait juste au-dessus de sa tête.

Se basant sur la description du site de géocaching, Horatio s'était douté de ce que lui réservait la suite de son parcours. Mais avoir des soupçons était une chose, la réalité, une autre.

Les alligators… Pas un, dix, vingt, trente, ou même cinquante… mais des centaines, étendus sur une langue de sable blanc comme s'ils s'étaient assoupis au soleil en faisant la queue à la billetterie d'un concert reptilien… Immobiles dans la torpeur de Floride, à peine frémissaient-ils parfois, d'un spasme de leur queue ou d'un battement de paupières fripées. Dans le vaste étang couvert d'une épaisse mousse verte, d'autres flottaient, inertes, ou nageaient lentement dans l'eau saturée d'algues. Tous faisaient à peu près la même taille, dans les deux mètres à deux mètres cinquante de long.

— Impressionnant, non ?

Celle qui venait de lancer cette remarque portait un short khaki et une chemise à manches courtes. Elle avait des cheveux bruns frisés dépassant de sous un casque colonial blanc frappé du logo PARADIS DES ALLIGATORS. Un badge épinglé à son sein droit indiquait son prénom : « BETH ».

Horatio regardait les crocodiles se dorer au soleil derrière le grillage, à quelques mètres à peine de distance.

— En effet, répondit-il en sortant de sa poche son assistant personnel.

— Il existe trente fermes d'élevage d'alligators en Floride maintenant, continua Beth. Ces exploitations produisent cent cinquante mille kilos de viande et plus de quinze mille peaux par an. En outre, des élevages comme celui-ci ouverts au public alimentent la manne du tourisme.

Une grande pancarte fixée au grillage avertissait : « VEUILLEZ NE PAS NOURRIR LES ALLIGATORS ». L'attention d'Horatio fut attirée par un panneau plus petit, une feuille de papier plastifiée agrafée en bas de la pancarte, un cliché représentant un tas de bouts de métal rond corrodés. Sous la photo, on pouvait lire :

« LES ALLIGATORS MANGERONT À PEU PRÈS N'IMPORTE QUOI. BIEN DES GENS AIMENT S'EN ASSURER EN LEUR JETANT DE PETITS OBJETS (COMME DES PIÈCES DE MONNAIE PAR EXEMPLE) DANS L'ENCLOS. PAR MALHEUR, CES PIÈCES S'ACCUMULENT DANS L'ESTOMAC DES ALLIGATORS ET LEURS SUCS GASTRIQUES LES ATTAQUENT, LIBÉRANT DU ZINC DANS LEUR MÉTABOLISME ET PROVOQUANT UN EMPOISONNEMENT MORTEL.

PRIÈRE DE NE PAS JETER DE PIÈCES DE MONNAIE DANS L'ENCLOS. »

— Je suppose que le zinc n'améliore pas leur goût non plus…, lâcha Horatio.

Beth sourit.

— Vous seriez étonné de voir ce que les gens essayent de leur faire ingurgiter… Le système digestif d'un alligator est analogue à celui de certains types d'oiseaux : ils avalent des rocs – qu'on appelle gastrolithes une fois ingérés – que leur estomac conserve pour broyer des éléments comme les os ou les coquilles.

Puisqu'ils ont tendance à avaler leurs proies sans la mâcher, plus d'une tortue vivante s'est retrouvée au fond de l'œsophage d'un alligator avant de pouvoir ciller.

— Et certaines proies restent-elles dans leur corps ?

— Bien sûr. Il nous est arrivé de retrouver une boule de racines d'une vingtaine de centimètres de diamètre dans l'estomac de l'un d'eux – la cellulose des racines résistait à la digestion, et stimulait les contractions naturelles de l'intestin. La bête avait dû arracher ces plantes en avalant des petits poissons ou des tortues, au fond de l'eau.

Le regard d'Horatio passa de son assistant personnel à l'enclos des alligatoridés.

— Combien d'alligators avez-vous ici ?

— Un millier environ. Cet enclos en contient probablement un tiers.

— Donc, trois cents dépositaires possibles… s'ils disent la vérité.

— Hein ? Pardon ?

— Beth, il se trouve que j'ai un petit problème. (Il exhiba sa plaque.) J'ai des raisons de croire qu'un élément de preuve capital dans une affaire criminelle a été ingéré par l'un de vos alligators. D'après mes sources, il s'agirait de l'un de ceux qui sont regroupés dans cet enclos.

Elle parut perturbée.

— Est-ce… un corps ? Ce site est protégé par un système de sécurité, mais un de nos cauchemars récurrents, c'est qu'un visiteur cherche à faire disparaître un cadavre en le balançant aux animaux…

— Non. Ce que je recherche est bien plus petit. Une pièce de monnaie, en fait.

L'expression de Beth vira au scepticisme.

— Êtes-vous certain qu'on ne cherche pas à vous jouer un mauvais tour ?

— À ce stade, je ne suis sûr que d'une chose : on veut me rendre la vie difficile.

Alexx déboula dans le laboratoire comme si elle cherchait un mari infidèle. Son regard noir se posa sur Calleigh, occupée à étudier les agrandissements épinglés à un panneau mural lumineux.

— Madame Duquesne ? Tu aurais une minute ?

Son ton acéré capta l'attention de Calleigh.

— Quelque chose ne va pas, Alexx ?

— On peut dire ça. Solana Villanova est passée me voir. Elle était dans tous ses états ! Elle veut rentrer chez elle pour Noël, mais ne repartira pas sans la dépouille de son ex-mari. Le problème, c'est que personne ne semble savoir qui s'occupe de cette affaire au juste. Je viens de parler à Frank Tripp, qui m'a annoncé que Ryan Wolfe étudiait le dossier en ce moment même. Alors, Calleigh ? Que se passe-t-il ? On se refile le corps de ce pauvre Hector comme un *ballon de football* !

Calleigh baissa la tête.

— Navrée, Alexx, c'est toujours mon affaire. Ryan se contentait de me rendre un petit service. Promis, je n'ai pas oublié Hector Villanova.

— J'espère bien que non ! Puis-je remettre le corps à la famille ?

— Oui, on ne devrait plus en avoir besoin. Vas-y.

— Merci.

Pivotant, Alexx repartit sans un mot de plus.

Calleigh se sentait mal à l'aise, mais qu'aurait-elle

pu ajouter… Plus elle avançait dans l'affaire Villanova, plus le mystère s'épaississait. À présent, il lui fallait expliquer comment le meurtrier s'y était pris pour mutiler les doigts de sa victime avec un agent corrosif au beau milieu d'un marécage sans en laisser la moindre trace suspecte.

Une seconde embarcation, peut-être ? Le tueur y aurait mutilé le corps avant de quitter le marécage ?

Possible. Mais pourquoi deux barques dans ce cas ?

Histoire d'isoler Villanova ? De s'assurer qu'on ne relèverait rien de sa présence physique dans l'autre bateau ? Mais ça n'avait pas fonctionné, non plus. Pourquoi le tueur aurait-il traîné le cadavre dans l'autre barque pour lui mutiler les doigts ?

Elle soupira. Elle manquait d'éléments et ça lui posait problème. Dans ce genre de cas, il ne restait souvent qu'une seule alternative : retourner sur la scène du crime.

Elle n'y couperait pas : une excursion au pays des alligators s'imposait.

14

— Beth ? fit Horatio Caine. Le vétérinaire du site dispose-t-il d'un détecteur de métaux ?

La jeune femme hocha la tête.

— Nous en avons deux, en fait – nous les utilisons uniquement lorsque des alligators se comportent bizarrement, signe qu'ils ont avalé quelque chose de non comestible.

Horatio se massa la nuque.

— Et quels sont vos effectifs en ce moment ?

— Hum… Six à sept personnes, je dirais.

— OK. Il faudrait que ces gens vérifient tous les alligators de cet enclos, et tout de suite. Croyez-vous que c'est faisable ?

— Les passer tous au détecteur ? Ça prendra un moment…

— La vie d'un homme est en jeu, Beth. (Il désigna le talkie-walkie clippé au ceinturon de la jeune femme.) Contactez-les, et commençons tout de suite. D'accord ?

— Très bien. (Elle décrocha le talkie-walkie.) Fred ? Nous avons un problème…

Horatio retourna devant l'enclos rempli d'alligators paressant au soleil tandis que Beth expliquait la situation au superviseur. Une des bêtes semblait garder le lieutenant à l'œil, sa prunelle nimbée d'or brillant dans les rayons du soleil. Horatio voyait dans la courbure naturelle de sa gueule un sourire moqueur…

Vous voudriez bien savoir ce que j'ai eu à dîner, pas vrai ? Pourquoi n'enjamberiez-vous pas le grillage pour le découvrir par vous-même… ?

— Tourte d'alligator, tourte d'alligator…, chantonna Horatio tout bas. Si je n'en mange pas une part tout de suite… je crois que j'en mourrai…

— Voilà donc, fit Caldwell, le jeune agent du FBI à l'allure soignée, le laboratoire de la police scientifique de Miami-Dade, hein ? Chouette planque que vous avez là…

S'adossant à son siège, Delko s'étira et fit craquer ses vertèbres.

— Plutôt, oui. Beaucoup de verre et de barreaux. Du coup, j'hésite entre l'impression d'être enfermé dans un aquarium ou dans une cellule de prison…

Caldwell s'esclaffa.

— Oui ! Eh bien, c'est certainement mieux que Quantico, en tout cas. Il y a tellement de lumière là-bas qu'on se croirait plutôt dans une mine de charbon…

— Ah oui ? Et vous y êtes souvent ?

Caldwell se leva de son siège, et se rapprocha du service à café présenté par le maître d'hôtel.

— Non, pas vraiment. Je viens d'être transféré à Miami. Je bossais dans le Nebraska. Laissez-moi vous dire que les places sont chères à Miami ! Beaucoup de postulants, peu d'admis.

Delko sourit.

— Eh bien, vivre dans cette ville ne manque pas d'avantages.

— Je veux bien vous croire. Je ne risque pas d'en profiter beaucoup avec mon salaire, en revanche. Quant à mon temps libre... Il faudrait un microscope pour le trouver ! Un microscope électronique à balayage...

— On vous mène la vie dure, hein ?

Caldwell se servit du café, puis plaça la tasse en porcelaine sous son nez pour humer l'arôme qui s'en dégageait.

— Ah ! Vous savez ce que c'est... Quand on se retrouve face à un cas difficile, il faut bosser dessus jusqu'à ce qu'on arrive à la solution. Et quand on ne vous colle pas une affaire sur le dos, vous vous coltinez de la paperasse.

— Mais il y a toujours une enquête à mener...

— Oh, oui ! Toujours. (Caldwell but une longue gorgée qu'il savoura.) Dieu, que c'est bon ! J'ai bu tant de jus de chaussette caféiné au Nebraska que mes papilles gustatives en sont encore toutes retournées...

— Beaucoup de surveillances ?

— J'ai fait ma part. Et vous ?

Delko secoua la tête.

— Non. À l'École de police, j'ai intégré l'équipe chargée de repêcher les corps. On ne trouve pas beaucoup de souricières en milieu marin...

— J'ai déjà vu quelques cadavres gonflés d'eau. Je n'envie pas ceux qui doivent les récupérer...

Se levant, Delko le rejoignit et se servit une tasse à son tour.

— Eh bien, ça fait toujours partie de mes attributions, mais le statut d'expert scientifique me permet de travailler dans d'autres domaines. On ne s'ennuie jamais. Ça, je peux vous le dire.

— Ça explique votre présence dans l'équipe du labo ?

— En partie. Horatio y est aussi pour beaucoup.

Caldwell prit une autre gorgée de café.

— Comment cela ?

Delko haussa les épaules.

— C'est le meilleur flic que je connaisse. Certains types intègrent la profession pour tout un tas de mauvaises raisons. Par goût du pouvoir, ou pour se faire respecter. Vous voyez le genre. D'autres gars arrivent avec des étoiles plein les yeux en se croyant capables de changer le monde. Après quelques années de métier, ils deviennent aussi amers que… le café qu'ils trouvent toujours aussi mauvais ! Sans vouloir vous offenser…

Caldwell sourit.

— Pas de problème.

— Bref, Horatio n'entre pas dans ces catégories. Il se soucie sincèrement des gens ; il réussit à se montrer à la fois idéaliste et réaliste. Punir les coupables compte moins à ses yeux que protéger les gens.

— Voilà bien notre objectif à tous finalement, pas vrai ? Rendre le monde un peu moins dangereux… Je me suis engagé pour ça, après tout.

— Comment c'est de travailler avec Sackheim ? demanda Delko en soufflant sur son café.

— Comme vous vous l'imagineriez. Il ne jure que par le règlement. Tout le temps. Et il est entêté… une vraie bourrique.

— Ça ne m'étonne pas qu'Horatio et lui ne tombent jamais d'accord, alors… Lui aussi, c'est le type le plus obstiné que je connaisse. Quand il se lance dans quelque chose… on dirait un pitbull !

— Génial. Un pitbull et un bureaucrate, avec nous au milieu… (Caldwell soupira.) Faites-moi une faveur, voulez-vous ? S'ils commencent à se grogner dessus, tirez-moi une balle entre les deux yeux.

— Pas de problème ! répliqua Delko en éclatant de rire.

Il fallut maîtriser cent cinquante-deux alligators avant que la chance ne tourne.

On devait isoler l'animal, le maintenir immobile et le scanner à l'aide d'un détecteur de métaux en forme de baguette, le genre qu'utilisaient les services de sécurité des aéroports. Même avec deux équipes travaillant simultanément, l'épreuve s'avéra longue et épuisante. Horatio le savait, il aurait pu accélérer le processus en demandant du renfort – mais dans leurs instructions, les ravisseurs l'avaient expressément défendu.

Il faisait nuit noire à présent. On avait installé des lumières halogènes sur piques pour assurer l'éclairage. Une brume froide et inégale nappait l'eau, léthargique. Horatio était glacé jusqu'aux os, et il n'avait rien mangé depuis des heures. Son dernier repas s'était limité à un hot dog graisseux déniché dans un stand.

— Lieutenant Caine ? Je crois que nous tenons quelque chose…

— Une minute, Eric, répondit Horatio dans l'émetteur-récepteur.

Il gagna l'enclos grillagé plus petit qui jouxtait le principal, et dans lequel on enfermait chacun des alligators.

— Qu'y a-t-il ?

Du revers d'un gant maculé de boue, Beth chassa la sueur sur son front.

— Notre détecteur couine, pas de doute… Ce pourrait être ce que vous cherchez.

Horatio mit les poings sur les hanches.

— Très bien. Et maintenant ?

— Maintenant à nous les joies du lavement… (Beth désignait une longue planche aux flancs percés d'orifices adossée au mur.) On va l'attacher à ça en s'assurant de lui placer la tête plus bas que la queue, lui coller dans la gueule un tuyau en chlorure de polyvinyle et caler un seau dessous. Dès qu'il mordra, nous lui bloquerons les mâchoires autour du tuyau et y insérerons un tube souple plus petit jusque dans la gorge. Nous pomperons un peu d'eau, assez pour lui remplir l'estomac, puis nous exercerons une pression sur ses flancs. Tout ce qu'il contient en ressortira.

— Et dans le cas contraire ?

— Nous le purgerons encore. Si la troisième tentative ne donne rien, nous serons contraints de l'ouvrir en deux. Nous le placerons sous sédatif avec une injection intramusculaire de médétomidine-kétamine, puis nous attendrons qu'il s'endorme.

— Combien de temps ça prend ?

— Au moins une heure, mais c'est variable selon la physiologie et la taille de l'animal – ça peut durer jusqu'à quatre heures.

— Alors espérons qu'il ne faudra pas aller jusque-là. *Tamiser des vomissures de reptiles, c'est déjà bien assez…*, ajouta Horatio en son for intérieur.

Le processus se déroula exactement comme Beth l'avait décrit. À la deuxième purge, Horatio repéra un reflet cuivré au milieu des poissons à demi digérés et de l'eau saumâtre qui jaillissait dans le seau en plastique.

Il y plongea une main gantée de latex et en sortit une géo-pièce de monnaie au métal estampillé d'un logo distinctif : le marteau et la faucille. Au revers s'inscrivait une suite de chiffres et de lettres.

— On dirait un symbole russe, non ? observa Beth, penchée par-dessus son épaule.

— En effet. Merci pour votre aide. Je sais combien tout cela a perturbé vos activités.

— C'était plutôt excitant, en réalité. Ça changeait de la routine. Je suis soulagée tout de même qu'on n'ait pas dû examiner les trois cent cinquante bêtes.

— Elles aussi à mon avis, sourit Horatio. Maintenant, si vous voulez bien m'excuser, un message m'attend...

Bonjour, monsieur Caine. Je vous félicite d'avoir réussi à récupérer la pièce, rien n'était moins sûr en fait. Combien d'animaux vous a-t-il fallu tuer ?

Non que ça ait une quelconque importance, naturellement. Pas pour vous. Vous considérez la vie comme une ressource de plus à exploiter, pas vrai ? Pour manger, s'habiller, trimer, ça ne fait aucune différence. Vous pouvez patauger dans le sang et les tripes de bêtes massacrées comme commander un steak dans votre restaurant préféré sans éprouver le moindre remords, nous en sommes certains.

Et pour quoi ? Pour sauver la vie d'un homme, sous prétexte que son père est riche ? Iriez-vous jusqu'à de telles extrémités pour quelqu'un sans argent ni relations ?

Nous savons ce que vous répondriez si nous vous

posions la question en personne. Et ce serait un mensonge.

Avez-vous vu des enfants aujourd'hui dans l'élevage d'alligators ? Les avez-vous trouvés tout excités devant ces grandes bêtes à écailles ? Ont-ils tenu des petits entre leurs bras comme de vulgaires animaux domestiques ? Leur avez-vous dit que toutes les créatures qu'ils avaient sous les yeux seraient assassinées au nom du profit ?

Non. Vous les bombardez de mensonges, ébouriffez leurs beaux cheveux, les laissez s'imaginer qu'ils sont dans un zoo… Ce pays, cette culture, entretient l'artifice. Nous récompensons les meilleurs menteurs en en faisant nos leaders. Quant aux honnêtes gens ? Que leur arrive-t-il, monsieur Caine ?

Voilà la question que vous devriez poser. La vérité qu'il vous faudrait chercher.

Mais pour l'instant, ce n'est pas ce que vous voulez. Vous désirez la prochaine pièce du puzzle, le vers suivant du sonnet. Comme je vous plains, monsieur Caine ; vous ne voyez que des morceaux de vérité, des lambeaux et des fragments de la réalité, et croyez ensuite mieux comprendre. Ce n'est pas le cas.

Nous connaissons la vérité. Et avant d'en finir, vous y accéderez vous aussi.

Nous vous avons montré ce qu'était une promesse pervertie et la vérité qui se cache derrière un mensonge. À présent, il vous faut chercher l'innocence sous le péché, trouver la pièce de monnaie d'un autre royaume. Et vous saisirez enfin ce que nous voulons.

Suivait une liste de coordonnées GPS.

— Tu les as, Eric ?

Horatio avait ouvert le message avec le code de la

pièce et venait tout juste de le lire sur son assistant personnel. Le FBI l'imitait dans la résidence de Khasib Pathan.

— Oui, confirma Delko. Ces coordonnées désignent South Beach, et plus précisément Collins – en fait, ce sont celles d'un club, l'*Afterpartylife*. Très populaire auprès de l'élite. Les invités sont triés sur le volet. Et mieux qu'à la Maison Blanche.

— On me laissera entrer, affirma Horatio. Ça ne pourra me faire que du bien après cette journée interminable à me colleter des alligators – un petit moment en compagnie de jeunes beautés.

— Vous vous sentez bien, Horatio ? Vous avez l'air épuisé.

— Ça va, Eric. Écoute, pourrais-tu lancer une recherche pour moi ?

— Sûr. Laquelle ?

— Voyons si Abdus Sattar Pathan s'est déjà produit à la Freedom Tower, dans l'enceinte de l'élevage d'alligators ou dans le club où l'on m'envoie maintenant.

— Je m'en charge.

— Quant à moi, je vais aller danser un peu.

Même si l'on s'en tenait aux critères de Miami, l'*Afterpartylife* versait dans… l'excessif.

Il était agencé à la façon d'un cake, sur deux étages. On avait construit une piscine au milieu de la salle, entourée d'éclairages artificiels et bordée de sable blanc ; l'eau scintillait d'un bleu électrique. Des baies vitrées tenaient lieu de parois, de sorte que la piscine fournissait l'éclairage du niveau inférieur, aménagé comme une grotte. Des stalactites en cristal ornaient la pseudo voûte, au-dessus de divans rouges moelleux.

L'étage comprenait une piste de danse en verre – ou en résine transparente ultrarésistante – permettant aux nageurs de suivre ce qui se passait au-dessus de leurs têtes. Des générateurs de fumée exhalaient des bouffées de brume blanche, générant des nuages artificiels au profit des danseurs. Le décor penchait vers le céleste, avec un personnel aux tenues angéliques et des rangées de perroquets empaillés aux ramages brillants perchés sur des fils, au plafond.

Notre type a certainement un faible pour la métaphore, songea Horatio.

Il se trouvait au premier, les yeux braqués sur le sol qui laissait voir la piscine à travers. Au milieu flottait un bar autorisé à vendre des boissons alcoolisées, un îlot tropical peuplé de serveurs en maillot de bain.

Il étudiait le bar et sa clientèle…

L'innocence qui se cache sous le péché… Mais de toute évidence, le niveau supérieur représente le ciel, et l'inférieur l'enfer. Ce qui revient à placer l'innocence au-dessus *du péché, et pas en dessous…*

Naturellement, on pourrait considérer que cet endroit est entièrement corrompu par le péché. Un type qui s'érige toujours en juge comme notre kidnappeur le pense sûrement. Alors… qu'est-ce qui se cache sous le royaume d'Hadès ?

Caine connaissait la mythologie grecque et trouva donc seul la réponse à la question. Le Tartare, où Zeus avait emprisonné les Titans après les avoir vaincus pour s'emparer du trône de l'Olympe… Ce lieu s'avérait pire que le royaume d'Hadès – un monde chthonien peuplé de monstres et de dieux déposés.

Dans le Tartare aussi, les châtiments infligés étaient

à la mesure des crimes commis. Ainsi, Tantale fut-il emprisonné dans un plan d'eau pure, avec des raisins au-dessus de la tête. Dès qu'il se penchait pour boire, l'eau refluait. Qu'il tende la main vers les grains de raisin, et les fruits remontaient hors de portée. Son martyre avait même donné lieu à l'expression « supplice de Tantale ». Son crime ? Après avoir dîné avec les dieux, Tantale avait commis l'erreur impardonnable de communiquer aux mortels ce qui s'était dit pendant le repas.

Horatio observait la piscine, sous ses pieds. Puis il jeta un coup d'œil à une coupe de fruits frais, sur un petit piédestal marmoréen à quelques mètres de là, avant de revenir aux jeunes danseurs vibrant d'enthousiasme.

Une véritable corne d'abondance, dans tous les sens du terme… Alors, qui est innocent dans le Tartare, et quel châtiment lui inflige-t-on ?

Il braqua alors son regard sur les serveurs, au-dessous.

Campé devant Horatio Caine, le jeune homme ruisselant d'eau était bronzé, musclé et portait un short ample imprimé de fleurs en tout et pour tout. Il s'était présenté – Connor Kincaid – avant d'entraîner le lieutenant vers le niveau inférieur, où de jeunes femmes en combinaisons moulantes écarlates couronnées de cornes démoniaques servaient les clients qui se prélassaient sur les nombreux divans et fauteuils rembourrés des lieux. Des haut-parleurs cachés diffusaient de la musique électronique douce.

— Les gens y descendent pour se rafraîchir, en dépit de tous les mythes sur les flammes infernales de l'enfer…, expliqua Connor. (Attrapant une serviette blanche au passage, il se sécha énergiquement.) On chauffe la piscine et on monte l'air conditionné. Mouillé, on se les gèle assez vite. Et sur l'îlot du bar, on est trempé en permanence. On met des canons à eau géants à disposition pour amuser les clients. Ils s'éclatent, eux.

— Mais vous, les employés, beaucoup moins, surtout quand vous êtes pris entre deux feux ?

— « Pris entre deux jets », vous voulez dire… Et puisque personne ne peut mettre son porte-monnaie dans son maillot de bain, la direction du club distribue des cartes plastifiées suspendues à un cordon qui servent à régler les consommations sur l'îlot. Régler, oui, donner un pourboire, non. Les gens laissent sans y penser de la monnaie sur une table, mais quand il s'agit de saisir un code, c'est une autre histoire.

— Donc, il n'y a pas de tirelire sur l'îlot ? Rien qui permette aux clients de vous laisser quelques pièces de monnaie ?

Connor se drapa le cou de la serviette.

— Non. Les seuls pourboires que je vois, ce sont ceux que les serveurs des autres étages me filent quand je termine. Tout le monde sait combien c'est difficile de bosser dans la piscine.

— Une dernière question, si vous le permettez, Connor… Quelle est la politique de la maison concernant la fraternisation avec la clientèle ?

Le jeune homme leva les yeux au ciel.

— C'est parfaitement interdit ! Lorsqu'un barman a peloté une étudiante en vacances, dans un autre club de la rue, un juriste s'en est mêlé. Depuis, ça ne rigole plus du tout. Une serveuse un peu trop amicale a même été virée, histoire de montrer l'exemple.

Pas question de frayer avec les dieux…, songea Horatio. *Une promiscuité tentante – mais pas de rapprochements plus intimes. Coincé entre le ciel et l'enfer, alors que l'innocent n'a rien fait…*

Le lieutenant le remercia, le laissant retourner à son travail. Assis le menton niché au creux de la paume de la main, il réfléchit…

Quelque chose m'échappe…

— Du nouveau, Horatio ? lui souffla Delko à l'oreille.

Comme si une main invisible me poussait, se dit-il. *Ou un chœur grec, peut-être…*

— Pas encore. Et toi ?

— Rien concernant la Freedom Tower, mais le Brillant Batin a donné une représentation au *Gator Paradise* il y a six mois. J'ai découvert un truc bizarre aussi au sujet d'*Afterpartylife* : le club appartient à un consortium étranger, que j'ai du mal à identifier.

— Comment cela ?

Delko hésita.

— Eh bien, il pourrait s'agir d'une coïncidence, mais les bases de données auxquelles je devrais avoir accès facilement me posent problème. Je suis constamment redirigé vers des impasses. Vous voyez ?

— Oui, je vois.

Delko avait évité de se montrer trop explicite – sur un canal du FBI – mais Horatio comprenait parfaitement où il voulait en venir. Ce genre d'interférence se produisait lorsque les personnalités concernées ne souhaitaient pas qu'on mette le nez dans leurs affaires. Des personnalités haut placées dans la hiérarchie.

Des bureaucrates.

Horatio sortit son assistant personnel et alla sur un site informatique pourvu d'une base de données mythologiques. Le Tartare, apparemment, avait « accueilli » de nombreux mécréants célèbres, dont un dénommé Ixion. Quand Horatio lut la description de ses crimes – et de ses châtiments –, il sourit en secouant la tête, et se releva.

Il retourna au rez-de-chaussée. La « plage » de sable blanc qui bordait la piscine s'étendait sur environ trois mètres de large, circonscrite par le rebord carrelé de l'eau et, de l'autre côté, un autre doucement incurvé. Horatio fit quelques pas sur le sable et tomba sur un genou pour y enfoncer la main le plus possible – quand il toucha le fond, il en avait jusqu'au poignet. Soit vingt-deux ou vingt-trois centimètres, à peu de chose près. Il hocha la tête.

— Eric ? Je crois savoir où trouver notre pièce suivante.

— Où ? fit sèchement Sackheim.

— Enfouie sous une plage artificielle…

Horatio décrivit le club.

— Nous vous fournirons un autre détecteur de métaux pour que vous sondiez le site, dit Sackheim. Ça ne devrait pas vous prendre plus d'une heure…

— Notre criminel ne va pas nous faciliter autant les choses, coupa Horatio. Le message précédent faisait allusion à la « pièce d'un autre royaume ». Si elle est en bois ou en plastique, nous devrons retourner chaque millimètre carré de sable.

— Alors ce sera fait, dit Sackheim. Quitte à y passer la nuit.

— Et le type se frottera les mains. Il veut qu'on perde du temps.

— À quelle fin ?

— Je ne le sais pas encore. Mais pour l'instant, il est clair que notre kidnappeur se croit très malin. Il a choisi les deux premiers sites en raison de leur pertinence métaphorique vis-à-vis de Miami, et celui-ci parce qu'il représente la vie-après-la-mort, ou plus précisément, la version moderne du mythe du Tartare.

— Alors qu'essaie-t-il de nous dire ? Que Pathan est déjà mort ?

— Je ne crois pas. L'une des âmes emprisonnées au Tartare est celle d'Ixion – le premier Grec à avoir assassiné un de ses parents.

— Et alors ?

— Ixion est donc l'équivalent grec de Caïn. Aimeriez-vous savoir quel fut son châtiment ?

— J'ai hâte de l'entendre…

— Il fut enchaîné à une roue enflammée et condamné à tourner sans fin, encore et toujours, pour l'éternité…

— On dirait que vous y voyez beaucoup de sens caché, lieutenant, commenta Sackheim. Mes équipes épluchent les données recueillies sur les réfugiés cubains, les arrestations liées à la Freedom Tower et les crimes perpétrés en rapport avec les alligators. Sans compter que la dernière pièce était frappée d'un symbole communiste, ce qui ouvre tout un tas de nouvelles possibilités. Nos kidnappeurs pourraient nourrir des griefs contre n'importe lequel de ces éléments…

— Je ne crois pas, intervint Horatio. Les criminels ayant des messages politiques à faire passer ne sont ni subtils ni patients. Jusque-là, nous ignorons à qui nous avons affaire ou même ce qu'ils veulent. Et si le premier élément n'est pas une surprise, le second en revanche laisse perplexe. Ils veulent nous réduire aux conjectures et c'est exactement ce qui se passe.

— Le FBI ne se perd pas en *conjectures*, lieutenant. Il *extrapole*.

— Extrapoler à partir de faits erronés est une perte de temps, souligna Horatio, patient. Les seules données recueillies pour l'instant sont celles dont les ravisseurs nous alimentent…

— … et leur goût ne vous revient pas ? Tant pis ! Vous vouliez collaborer à cette affaire, donc vous collaborez – mais c'est *moi* qui commande. Toutes les informations concernant l'enquête seront *minutieusement* analysées, et mes décisions fondées sur ces évaluations. Suis-je clair ?

— Limpide.

Horatio ôta l'oreillette de son tympan et la lâcha dans la piscine.

Plus tard, il s'en voulut d'avoir réagi ainsi.

Il avait quitté le club. Il ne savait plus très bien où chercher les réponses, mais en tout cas, remuer quelques tonnes de sable n'avancerait à rien.

Sitôt qu'il franchit la porte de l'établissement, Sackheim l'apprit, naturellement. Il avait assigné plusieurs agents du FBI à la surveillance discrète du lieutenant de police. Et dès que celui-ci eut quitté les lieux, Sackheim y dépêcha un sosie, un agent appelé Hargood en perruque rousse qui n'aurait même pas réussi à berner un aveugle… Ledit agent était équipé d'un détecteur de métaux pour accomplir la tâche qu'Horatio avait jugée futile.

Un tel engin fonctionnait en générant un puissant champ électromagnétique ; un courant enveloppait tous les objets métalliques à proximité. Mais hélas, d'autres appareils le détectaient aisément – comme le fusible électronique rattaché à la bombe enfouie sous le sable, à mi-distance entre la piscine et le bord de la plage.

Hargood mourut sur le coup. Sept clients furent blessés dans l'explosion – dont deux grièvement. Trois de plus succombèrent, écrasés par une foule en panique.

Moins d'une heure plus tard, Horatio se tenait de nouveau devant l'*Afterpartylife*, baigné par les éclairs rouges des gyrophares d'urgence. Le hurlement des sirènes en approche évoquait le chœur des damnés – à ses oreilles, du moins.

Cette fois, il entendit la voix de Delko juste derrière lui.

— Ce n'est pas de votre faute, Horatio.

Il ne se retourna pas.

— Ah non ? Cette bombe m'était destinée. La seule raison pour laquelle on n'est pas en train de m'évacuer sur un brancard, c'est parce que j'ai quitté l'endroit tout à l'heure.

— Et vous avez bien fait, Horatio. Vous le savez.

— La seule chose dont je suis sûr pour le moment, Eric, c'est qu'il y a eu quatre morts, et que sept blessés ont été transférés à l'hôpital. (Il pivota pour croiser son regard.) Et aussi que je vais épingler ce fils de pute…

15

Wolfe s'était décidé : il ne fêterait plus Noël. Terminé les cadeaux, les chants et surtout fini les Pères Noël. À compter de cet instant, il se dégotterait une belle grotte humide vers la fin novembre et y hibernerait jusqu'à la première semaine de janvier. Au laboratoire, il l'annonça à Calleigh – sur un ton résolu où perçait une pointe de tristesse qu'il jugea assez poignante – et obtint en réponse une onomatopée inintelligible.

— Si tu continues à froncer les sourcils comme ça, tu pourras visser ton chapeau sur ta tête, ajouta Wolfe. Qu'est-ce qui t'arrive ?

— C'est cette satanée affaire Villanova ! Je suis même retournée sur la scène du crime d'origine, au point de départ. J'ai pris une tonne de clichés, j'ai ratissé l'endroit au peigne fin, bref, j'ai tout fait à part entrer carrément dans l'eau… Et je me demande maintenant pourquoi je me suis donné tant de mal ! Il n'y a rien de nouveau – ou du moins, rien qui me saute aux yeux.

— Eh bien, il se pourrait que tu ne te prennes plus la tête trop longtemps.

— Pourquoi ? Tu vas abréger mes souffrances ?

Wolfe secoua la tête.

— Non, mais Horatio, peut-être. Il a chargé Delko d'analyser les données concernant l'attentat à la bombe du night-club. Et du coup, il n'a plus assez d'effectifs pour le kidnapping. Ça m'étonnerait qu'il laisse un de ses meilleurs experts sur la touche.

Calleigh fronça les sourcils de plus belle.

— Alors, c'est que tu ne connais pas si bien Horatio.

— Que veux-tu dire ?

— Que je ne suis pas du tout sur la touche, Ryan, mais bel et bien sur une affaire qui s'avère aussi importante que n'importe quelle autre. Un homme a perdu la vie, et notre travail consiste à découvrir comment et pourquoi. Horatio ne va pas brusquement oublier ça. La bombe n'est qu'un aspect de l'affaire du kidnapping, et à moins d'un retournement de situation spectaculaire, Eric enquêtera sur les deux.

— Entendu. Je ferais mieux de me concentrer sur mon boulot alors.

— Bonne idée.

— Sauf que je le *déteste* ! L'ai-je précisé ?

— À plusieurs reprises.

— On y trouve de tout pêle-mêle, hormis peut-être des explosions de sapins de Noël ! Des Pères Noël ivres et des accros au sexe, des suspects avec des noms de rennes, des harengs marinés empoisonnés, des tueurs déguisés en bonhommes de neige…

— Des tueurs déguisés en bonhommes de neige ?

Wolfe poussa un profond soupir, théâtral.

— OK, ça, je viens tout juste de l'ajouter à la liste… Mais ils attendent leur heure de gloire en coulisse, armés de lasers à l'yttrium et de glaçons taillés comme des lames de rasoir ! Tu verras.

Calleigh souffla.

— Ce que je vois, c'est quelqu'un qui sèche presque autant que moi. La piste que je t'avais fournie n'a rien donné ?

— Non. Nous avons trouvé ce que nous cherchions, mais nous ne pouvons pas faire le lien avec la victime…

Son téléphone portable sonna.

— Expert scientifique Wolfe, j'écoute.

— Monsieur Wolfe ? Ici, Valerie Blitzen. Je viens juste de me rappeler une chose que Père Branlant m'avait dite. J'ai pensé que vous devriez le savoir.

— De quoi s'agit-il ?

— Le nom de l'hôtel où il allait pour cette grande fête du réveillon de Noël : le *Byzantia*.

Il la remercia et raccrocha.

— Bien, bien, bien… Mme Renne vient juste de me filer un indice.

— Mieux vaut lui conseiller la prudence, dans ce cas.

— Pourquoi ?

— Parce que les tueurs déguisés en bonhommes de neige *détestent* les indics ! conclut Calleigh, suave.

— C'était une mine, dit Delko à Horatio. (Les fragments récupérés étaient alignés sur la table lumineuse, devant lui.) On la surnomme la bombe à ricochets.

Horatio hocha la tête.

— Une petite charge se projette en l'air avant de détonner à l'horizontale, provoquant ainsi un maximum de pertes à l'ennemi.

— Eh, oui. Celle-ci a explosé à mi-taille environ. Hargood a été coupé en deux.

— As-tu réussi à en déterminer le mode de fabrication ?

— Au début, j'ai cru qu'il s'agissait d'un modèle italien, un Valsella Valmara 69. Mais après un examen plus approfondi, je peux affirmer que ça n'en est pas un mais une imitation. Bien des pays se contenteront de contrefaire un engin qui fonctionne bien, d'en copier les principes plutôt que de créer les leurs. Et dans ce cas de figure, c'est bien ce que nous avons. Je peux aussi vous en indiquer la provenance.

— Laisse-moi deviner... Le Moyen-Orient ?

— L'Iraq.

— Ce qui laisserait supposer que les kidnappeurs sont politisés. Il y a déjà eu beaucoup trop d'insinuations de leur part... Eric, il faut que nous arrêtions de jouer selon les règles de ce type pour commencer à imposer les nôtres. J'en ai marre de cette chasse au trésor.

— Qu'aviez-vous en tête, Horatio ?

— Un jeu auquel nous excellons, Eric. Une petite partie de balle au prisonnier à l'ancienne... *Sa* balle...

— Je vous félicite ! lança Sackheim en faisant son entrée, quatre agents sur les talons. L'un de mes hommes est mort et vous comparez ça à un jeu d'enfant.

— Agent Sackheim, je suis profondément navré...

— Ne vous fatiguez pas, Caine. Dès le départ, j'ai commis l'erreur de vous laisser, vous et votre équipe, vous mêler de l'enquête, et c'est l'un de mes agents qui en a fait les frais. Mais c'est terminé.

Il adressa un signe à ses subordonnés, qui entreprirent de placer les fragments de bombe dans des sacs à mise sous scellés.

— Une minute ! protesta Delko. Vous ne pouvez pas confisquer des preuves comme ça…

— Je le peux et je le fais ! martela Sackheim. Tout ce que vous détenez va être envoyé à Quantico, où des techniciens *compétents* procéderont à des analyses en règle. Puisque le lieutenant Caine semble se désintéresser de son rôle d'intermédiaire, vos services ne sont plus requis. Envoyez-moi sur l'heure tout ce que vous avez sur ordinateur, ou je vous inculpe pour obstruction à une enquête fédérale. Et je n'hésiterai pas.

Delko croisa le regard de Caldwell, l'agent avec lequel il avait bavardé dans la résidence Pathan. Celui-ci haussa les épaules de façon presque imperceptible, en écarquillant les yeux, l'air de dire, « *À quoi vous attendiez-vous ?* »

— Entendu, répondit Delko, glacial. On s'en charge.

— Et quand vous aurez récupéré ce que vous êtes venus chercher, ajouta Horatio, les poings sur les hanches, moi, j'exige que vous foutiez tous le camp de mon labo…

Wolfe ne connaissait pas tant que ça le *Byzantia*. Il était souvent passé devant cet immeuble Art déco de Miami et savait juste qu'il ne lésinait pas sur les prix – même s'il ne jouait pas dans la cour des grands, les über-hôtels d'Ocean Drive. Décoré pour Noël, on avait mis des guirlandes lumineuses autour des troncs des palmiers, au-dehors – mais rien de trop.

Dans la salle de réception, immense, un chandelier en cristal de la belle époque descendait du plafond voûté et blanc. En balayant les alentours du regard, Wolfe remarqua le modeste sapin, près du comptoir – et se sentit immensément soulagé.

Il s'intéressa à la pancarte noire murale encadrée, qui annonçait les événements prévus. Pour le réveillon de Noël, la salle de bal Alexander accueillerait un « Carnaval de Noël ».

Il suivit les panneaux de signalisation gravés qui l'entraînèrent dans plusieurs autres salles jusqu'à des doubles portes en chêne de plus de trois mètres cinquante de haut; une grande plaque dorée annonçait : « SALLE DE BALLE ALEXANDER ».

Le verrou n'était pas poussé. Il tira un battant à lui et se faufila dans la place.

— Oh, *Dieu*... !

Celui qui avait inventé l'expression « Au pays merveilleux de l'hiver » s'était manifestement imaginé cet endroit. C'était bien davantage que des farandoles de dragées et de bonbons...

Une neige synthétique éblouissante – dans un matériau semblable au polystyrène – couvrait le plancher, formant comme des vallonnements d'un bon mètre quatre-vingts de haut le long des murs pour donner à l'ensemble des airs de vallée arctique encaissée. Des sentes sculptées dans la « neige » conduisaient à des îles décorées pour la saison, avec des montagnes de jouets, de sapins ou de pain d'épices. Dans leur pavillon en sucre d'orge, des rennes entièrement animés par animatronique tournèrent les yeux vers l'intrus. Des bonhommes de neige gonflables planaient dans les airs par dizaines comme autant de zeppelins souriants, propulsés par des mini-moteurs électriques. L'un d'eux percutait parfois un mur ou un congénère, et repartait en sens inverse. Et ainsi de suite.

Au centre s'élevait l'atelier du Père Noël.

Colysée serait plus juste..., se dit Wolfe.

La structure faisait penser à du marbre blanc. Du polystyrène, probablement, avec plus de dorures argentées qu'une vieille Chevrolet. Quatre beaux piliers supportaient une toiture ouvragée qui s'élançait à l'assaut du plafond de la salle. Dessous, une sorte de ziggourat en velours rouge était surmontée d'un trône magnifique. L'énorme néon en « *S* » incrusté dans l'étoffe devait renvoyer à Santa Claus – le Père Noël. Ou alors à l'initiale de Superman…

On n'avait pas encore allumé tous les éclairages de la salle. Elle ne manquait pourtant pas d'illuminations. Des guirlandes multicolores s'accrochaient aux piliers, au trône, aux kiosques et aux belvédères implantés sur les « îles »… Bref, il y en avait partout.

Un des bonhommes de neige heurta la flèche de la « ziggourat » du Père Noël, et se dégonfla avec un chuintement découragé. Au même instant, on cria :

— Attendez ! Attendez, tout le monde ! Lumière !

Le plafonnier fluorescent s'alluma, transformant les belles lueurs aux riches nuances en éclat cru typique des supermarchés. Pour la première fois, Wolfe remarqua un grand écran blanc, au fond de la salle, qui faisait presque la longueur du mur. Une estrade se dressait devant, flanquée de tentures noires courant du sol au plafond. Derrière l'une et l'autre, un homme et une femme en émergèrent et convergèrent au centre de l'estrade. Alors que Wolfe approchait d'eux, il entendit le type s'exclamer :

— Mon Dieu, mon Dieu, mon *Dieu* !

Le visage étroit barré d'une fine moustache noire et encadré de cheveux tout aussi sombres plaqués en arrière, il tirait nerveusement sur la manche de sa chemise en soie vert citron et faisait les cent pas.

— Chandra, *pourquoi* ne l'avez-vous pas vu pas venir ? C'était à *prévoir* pourtant, non ? *Hello*, le *Hindenburg* ?

Séduisante jeune femme à la peau mate vêtue d'un jean et d'un mini-top jaune qui lui découvrait le ventre, Chandra avait, fiché dans le nombril et au-dessus de la lèvre supérieure, comme un éclat vert. Elle tenait une télécommande, assez grande pour loger deux joysticks côte à côte.

— Calmez-vous, Wiggy, répondit-elle. Les bonhommes de neige sont remplis d'hélium, pas d'hydrogène – ils ne risquent pas d'exploser. Nous mettrons une décoration quelconque sur la flèche du sommet, le problème sera vite réglé.

— Pardonnez-moi, lança Wolfe, je me demandais si je pourrais voir un responsable…

L'homme pivota et le jaugea d'un coup d'œil. Ce qu'il découvrit ne parut guère lui plaire, car il se mit aussitôt à geindre :

— Oh, *non* ! Ce sont les fleurs, c'est ça ? Je *savais* qu'on n'aurait pas dû essayer d'importer autant de perce-neige à cette période de l'année… Il aurait mieux valu qu'on s'en tienne aux poinsettias…

— Il ne s'agit pas de fleurs. Je m'appelle Ryan Wolfe. Je travaille pour la police scientifique de Miami-Dade.

— La police scientifique ? répéta « Wiggy ». Je ne sais pas quoi dire.

— Que pouvons-nous faire pour vous, monsieur Wolfe ? intervint Chandra. Y aurait-il un problème ?

— Difficile à dire… Oui, *il y en a* un, mais qui ne vous concerne pas. J'espérais juste que vous pourriez m'aider.

L'homme roula tellement des yeux au plafond que Wolfe crut qu'il allait tourner de l'œil pour de bon.

— Écoutez, je suis tout à fait disposé à remplir mes devoirs civiques, mais vous n'imaginez pas *à quel point* nous sommes débordés en ce moment !

— Ça ne prendra qu'une minute…

— Une minute ! Une *minute* ! Ça en a *déjà* pris une, soixante précieuses petites secondes que je ne rattraperai jamais, soixante secondes qui m'auraient permis de résoudre les *milliers* de problèmes qui se posent pour éviter que tout ce décor épouvantable ne me tombe sur le crâne… (S'arrêtant, il parut soudain aussi dégonflé que son bonhomme de neige crevé.) Oh, qu'importe ! soupira-t-il. Allez-y. Mais promettez de m'achever d'un coup de fusil quand on aura terminé…

— Ludwig, lança Chandra sur un ton à la fois doux et ferme, faites une pause de cinq minutes, voulez-vous ? Allez prendre une tasse de camomille, pendant que je m'entretiens avec M. Wolfe. Ensuite, nous nous remettrons au travail. D'accord ?

Il lui décocha un regard d'une infinie patience.

— Vous êtes en train de m'amadouer. Et j'ai *horreur* de ça.

— Je sais. C'est pour ça que je le fais.

— Je vous prépare une tasse. Ne vous éternisez pas.

Il disparut derrière la tenture noire.

Télécommande calée sous un bras, Chandra sauta au pied de l'estrade et se réceptionna devant Wolfe.

— Bon, alors… quel est votre problème ?

— Un meurtre, répondit-il. Littéralement. J'ai un cadavre, et une piste qui refroidit de minute en minute. Mon meilleur indice, c'est cet endroit.

Elle eut l'air intriguée.

— Comment ça ?

— Le « Carnaval de Noël »… C'est *le* grand événement du moment à l'hôtel, prévu pour le réveillon… Je me trompe ?

— Non. Nous avons réquisitionné tout l'espace fonctionnel et les salles disponibles. C'est une énorme assemblée sur le thème de Noël. Les participants sont pratiquement tous liés de près ou de loin à l'industrie de Noël.

— L'industrie de Noël ? Je sais que c'est devenu horriblement commercial, mais tout de même ! Je n'en avais encore jamais entendu parler en ces termes…

Elle se mit à marcher, et il lui emboîta le pas.

— C'est du jargon, en fait – on reçoit les fabricants d'ornements, les vendeurs au détail spécialisés, et ainsi de suite. Cette année, il y a aussi une émission télé.

— Quelle émission ?

Elle s'arrêta devant un kiosque entièrement décoré de différentes breloques scintillantes, de cheveux d'ange, et enroula une guirlande rouge autour d'un des piliers.

— Dans cette émission de téléréalité intitulée *Succès soudain*, des gens ordinaires se voient brusquement mener une existence de millionnaire. Jets privés, célébrités côtoyées, résidences luxueuses de Beverly Hills… Ils vont venir tourner ici. Le carnaval sera la toile de fond d'une fête réellement grandiose pour célébrer le réveillon de Noël. U2 fera même peut-être une apparition, mais bon… je ne suis que l'organisatrice de cet événement.

— Connaissez-vous un certain Kingsley Patrick ?

Elle réfléchit brièvement avant de secouer la tête.

— Non. Je devrais ?

— Il a affirmé qu'il serait de la fête.

Elle alla examiner d'un œil critique le pavillon aux rennes.

— Possible. Le nom ne m'évoque rien, mais il pourrait figurer sur la liste des invités.

— Puis-je en avoir une copie ? J'aimerais également jeter un œil à la liste des gens impliqués dans l'organisation.

— Je crois que ça ne posera pas de problème. Pour ce qui est de nos équipes, en tout cas. Il faudra vous adresser à l'administration de l'hôtel pour ce qui concerne leurs propres employés. Que cherchez-vous au juste ?

— Je... n'en suis pas sûr, admit Wolfe. Mais quand on a des doutes, mieux vaut suivre la piste de l'argent... Cet événement semble être lié à ma victime, même si j'ignore encore en quoi. Il s'agissait peut-être d'une simple fête à laquelle il voulait assister.

— Dans ce cas, il avait des relations impressionnantes.

Elle sauta aisément par-dessus la palissade en sucre d'orge pour inspecter de plus près un renne immobile. Elle ouvrit un panneau latéral – ce que Wolfe trouva bizarrement dérangeant – et procéda à de menus réglages.

— Les invités de la fête seront vraiment triés sur le volet, même pour une ville comme Miami.

Aussitôt, la truffe du renne vira au rouge vif, et l'animal se mit à dodeliner de la tête. Avec un sourire satisfait, elle referma le panneau.

— Eh bien, reprit Wolfe, comme c'était un acteur, j'imagine qu'il avait ce genre de relations... Mais ça ne me dit toujours pas pourquoi on aurait voulu le tuer.

— Wiggy vous répondrait, « pour que cessent ses

misères »… Puis il prétendrait aller se suicider avec un glaçon en plastique.

— Oui, il paraît un brin… tendu, renchérit Wolfe. Le trac du soir de la grande première ?

— Plus ou moins. Avant un spectacle, il a toujours les nerfs en pelote, mais on ne trouve pas meilleur décorateur dans tout Miami. Pendant les cinq années où nous avons travaillé ensemble, je ne l'ai encore jamais vu dépasser le seuil critique. Il se contente de bouillonner et ce jusqu'à épuisement. Puis il se met au vin, et tout le monde devient son meilleur ami…

— Une relation intéressante, à vous entendre.

— Eh bien, quand on côtoie le génie, il faut bien passer sur les bizarreries du personnage.

— Je vois exactement où vous voulez en venir.

— Je n'arrive pas à croire qu'ils se soient appropriés notre enquête ! s'exclama Delko.

Affalé sur la table de la salle de détente, il en agrippait les bords de ses mains comme pour la renverser.

Horatio se pencha en avant sur son siège, répondant à mi-voix :

— Peu importe, Eric. Nous avons gardé des copies de tous les documents et photos. La seule chose qu'il nous manque, ce sont les preuves matérielles. Mais elles nous ont déjà appris l'essentiel, à mon avis. Sinon, eh bien, les gars de Quantico trouveront ce que nous avons raté. Ils savent ce qu'ils font.

— Et pas nous ?

— Ce que nous savons, Eric, se limite à ce qu'on nous autorise à savoir. Mais voilà qui devrait bientôt changer…, conclut Horatio en se levant.

Tripp parcourut du regard la liste des invités et siffla.

— Beaucoup de gros bonnets dans tout ça… Des mannequins, des rock stars, des acteurs ou des pontes du business hôtelier… Rien à voir avec les fréquentations présumées de Kingsley… Il n'était pas de taille, pourrait-on dire.

Il tendit la feuille par la vitre de sa portière.

En appui sur le capot de la voiture de Tripp, Wolfe la prit.

— En effet. Ce qui expliquerait donc qu'il n'y figure pas. Il aurait pratiquement tout donné pour pouvoir côtoyer ce genre de personnalités.

— Il comptait s'incruster, à ton avis ?

— Je ne crois pas. Selon l'organisatrice, les mesures de sécurité seront très sévères. Personne n'entrera sans une invitation à code-barre. Or, nous n'avons rien trouvé de tel chez Kingsley.

— C'est peut-être ce qu'on lui a chipé, après tout, avança Tripp. On est entré chez lui par effraction, alors que rien ne semblait avoir disparu.

— Possible. Mais ça ne nous avance guère. Le tueur détient peut-être un de ces passes, mais il n'a pas été enregistré au nom de Patrick. Nous ignorons quel nom y figure, et même comment Patrick se l'est procuré. En outre, nous n'arriverons jamais à interroger tout le monde d'ici demain soir, à supposer d'ailleurs que la personne ayant refilé son invitation en douce veuille bien l'admettre.

— Là-dessus, tu as raison. Ça nous prendrait pas moins d'une journée d'accéder à certaines de ces personnalités, et si un coursier quelconque a volé une invitation pour la revendre en douce, je ne vois pas comment lui mettre le grappin dessus.

Wolfe replia la feuille, la glissant dans la poche de sa veste.

— Eh bien, il existe une seconde possibilité. Il se pourrait que Patrick ait trouvé un autre moyen de s'inviter à la fête – un peu moins digne, mais tout aussi efficace – un moyen qui lui aurait aussi permis de régler le loyer.

— En intégrant le personnel de l'hôtel, tu veux dire ? En effet, il ne serait pas le premier acteur à ajouter *serveur* à son C.V.

— Voilà pourquoi je t'ai demandé de venir me rejoindre, Frank. Je vais sans doute obtenir des réponses très vagues de la part de la direction de l'hôtel, et je me demandais si tu pourrais me prêter main-forte.

Tripp sourit.

— Je vois. Tu as besoin que le gros chien montre un peu les crocs, c'est ça ?

— En fait, j'espérais juste que tu m'aiderais à couvrir un peu plus de champ. Chaque fois que j'essaye de coincer le directeur de l'hôtel, il se volatilise – j'ai comme dans l'idée qu'il ne tient pas du tout à ce que je l'interroge…

— Nous allons bien voir ! grommela Tripp en ouvrant sa portière.

La réceptionniste, une blonde menue aux cheveux tirés par une queue-de-cheval, gratifia Wolfe d'un grand sourire lumineux – le genre qu'il analysait ainsi : « *Je ne peux vraiment rien pour vous, mais ça ne m'empêchera pas de vous l'annoncer sur un ton enjoué…* »

— L'avez-vous trouvé ? demanda-t-elle.

Très enjoué…

— J'ai bien peur que non.

— Je vais essayer de le biper pour vous, si vous le désirez…

— Je crains que ça ne suffise pas, ma chère, l'interrompit Tripp en exhibant sa plaque. Nous avons besoin de parler à votre boss *tout de suite*.

L'enjouement de la jeune femme vacilla comme une mouette prise dans des vents ascendants, puis se rétablit.

— Navrée, mais il n'y a vraiment rien que je…

— Écoutez, coupa Tripp à voix basse, c'est votre job de faire barrage, je le sais bien, mais il ne vous reprochera rien s'il ignore que vous nous avez filé un coup de main. Alors, voilà comment nous allons procéder : vous me dites où il est, et comment y accéder précisément, et je ne mentionnerai pas mes sources. Ou bien, je mettrai un tel bordel ici qu'il sera forcé de sortir du bois… Et je ne crois pas qu'il apprécierait, n'est-ce pas ?

Elle cilla rapidement – une expression équivalente à un bafouillage.

— Est-ce… une menace ?

— Je peux faire venir six voitures de brigade, tous phares allumés et toutes sirènes hurlantes, en moins d'une minute. En m'assurant qu'elles stationnent toutes juste devant votre porte-tambour, sans bouger. À votre avis, combien de clients reverront leurs projets de séjour en s'apercevant que ce quartier de Miami est bien moins sûr qu'ils ne le croyaient ?

Elle hésita à peine avant de répondre. Elle adopta un ton considérablement moins enjoué :

— Il est dans la salle Caesar. Deuxième étage, première porte à gauche en sortant de l'ascenseur.

— Et il ne va pas disparaître encore le temps qu'on arrive ?

— Non. Il préside une réunion.

— Bien. Merci. Et très bonne journée à vous.

En gagnant l'ascenseur, Wolfe remarqua :

— Je suis impressionné, Frank. Je n'avais pas du tout pensé qu'il suffisait tout simplement de lui *soutirer* l'information en l'intimidant.

— Gamin, mieux vaut parfois enjamber la barrière que chercher le portail. Et puis, c'est aussi beaucoup plus amusant…

Wolfe tambourina sur le bois sombre et poli de la porte de la salle Caesar. Une femme de type hispanique, la cinquantaine, ouvrit.

— Oui ?

— Nous voudrions parler à M. Fergusson, je vous prie, annonça Wolfe.

— Il est occupé pour l'instant. Pourriez-vous repasser dans une demi-heure ?

— Non, madame, décréta Wolfe d'un ton ferme. Dites-lui que la police de Miami souhaiterait lui poser quelques questions – sur-le-champ.

Nullement troublée, la femme répondit :

— Une petite minute, je vous prie.

Et elle referma.

— Bien essayé, commenta Tripp. Évidemment, elle semble plus dure à intimider.

Avant que Wolfe puisse répondre, la porte se rouvrit. Un homme courtaud, rondelet, le visage mafflu et moucheté de taches de rousseur, avec des cheveux blond cendré filasse parut sur le seuil. Il affichait le sourire professionnel de tous ceux qui bossent pour des sociétés de service, sans qu'y affleure le ressentiment latent qu'il devait éprouver.

— Messieurs, je serais ravi d'avoir cet entretien avec vous. Mon bureau vous conviendrait-il ?

— Parfait, approuva Wolfe.

Fergusson sortit dans le couloir, referma la porte sur ses talons, et guida les experts criminalistes jusqu'à une autre porte où il n'y avait rien de marqué. Celle-ci ouvrait sur un corridor de service nettement moins luxueux.

Les espaces dérobés, soustraits à l'œil du public, avaient toujours intrigué Wolfe. Il se souvenait du jour où, enfant, il avait réussi à tromper la vigilance de ses parents dans un centre commercial, parcourant un couloir apparemment interminable. S'y succédaient des portes avec des noms de magasins gravés sur les plaques. Tout un monde caché, formant les « os », les « tripes » et les « artères » du complexe commercial… Cette découverte avait considérablement modifié son mode de raisonnement. Et depuis, Wolfe trouvait toujours ce qui se dissimulait sous les apparences.

Comme maintenant.

Plus que tout, les entrailles du *Byzantia* lui rappelaient des coulisses de théâtre. Ici, plus de décorum. Place au plastique nu, aux canalisations exposées et aux sols éraflés, à la lumière crue et aveuglante, aux chaises empilées… Des soubrettes poussaient des chariots de linge, des serveurs portaient des plateaux, le personnel de cuisine déplaçait de grandes étagères à roulettes chargées de produits… Régnait en ces lieux l'effervescence d'une petite armée affairée.

En réalité, il s'agissait d'un simple raccourci. Les trois hommes empruntèrent le monte-charge de service pour redescendre au rez-de-chaussée principal. En fait, le bureau de Fergusson se trouvait juste à côté de l'accueil. Wolfe reçut le message cinq sur cinq…

Nous faisons des affaires, et nous sommes très *occupés ! Alors ne prenez pas trop de mon temps précieux…*

Son bureau seyait au directeur d'un tel complexe, au prestige apparent. La baie vitrée donnait sur South Beach ; sa grande table de travail était sculptée en alu brossé, en verre et incrustée de bois d'acajou brut. Fergusson s'y installa, et invita ses visiteurs à prendre place.

— Bon, reprit-il d'un ton affable, que peut faire le *Byzantia* pour vous ?

— Nous fournir une liste du personnel, attaqua Wolfe. J'aurai aussi besoin de connaître les noms de ceux qui seront de service demain soir.

— Puis-je savoir pourquoi ?

Wolfe ne répondant pas tout de suite, Tripp prit le relais :

— Nous enquêtons.

— Sur quoi ?

— Nous… n'en sommes pas certains…, admit Wolfe. (Le soupir éloquent de Tripp lui signifia qu'il venait de commettre un impair, mais il persévéra :) D'après nos sources, il semblerait qu'un meurtre ait été perpétré afin d'avoir accès à votre carnaval de Noël. Nous pensons que l'assassin compte s'y manifester.

— Pourquoi ?

— Nous l'ignorons. Pour l'instant.

Perplexe, Fergusson écarta les mains.

— Donc, vous pensez qu'un crime de nature indéterminé va peut-être avoir lieu à cette soirée… C'est bien ça ?

— Écoutez, nous ne vous demandons pas grand-chose, souligna Tripp. Juste quelques informations. Nous procéderons à de – discrètes – vérifications, et vous alerterons en cas de problème. Tout le monde sera gagnant.

Fergusson réfléchit.

— Imaginons que j'accède à votre requête. Et que vous découvriez – je ne sais pas, moi –, qu'un ou plusieurs de mes employés aient un casier judiciaire, ou autre… Pouvez-vous me certifier que ça ne fera pas la une des journaux ?

Il décocha un regard acéré à Wolfe.

Erica Sikes…, réalisa le jeune homme. *La journaliste qui m'a bien eu… Il m'a vu à la télévision, en train de parler à cette…*

— Je vous le garantis, je ne fréquente plus les reporters, désormais. Nous nous montrerons très discrets.

Fergusson secoua la tête.

— S'il planait la moindre menace sur l'hôtel ou nos invités, je collaborerais avec plaisir. Mais là… Il me semble que vous poursuivez des ombres…

— C'est possible, reconnut Wolfe. Sauf que cette « ombre-là » a déjà fait un mort.

— Navré, mais je dois penser aux droits de mes employés autant qu'au bien-être des clients.

— Naturellement, fit Tripp. Votre personnel est majoritairement latino, hein ? Difficile de distinguer les Cubains des Américano-cubains, des Guatémaliens, des Colombiens, des Argentins simplement en les regardant… Certains ont probablement immigré de pays où la police n'est guère réputée pour sa courtoisie. Croiser des flics pourrait les rendre nerveux, pas vrai ?

— Peu importe leur pays d'origine, répliqua Fergusson, ils ont droit à leur vie privée.

— Ça dépend à qui vous parlez, souligna Tripp. Wolfe et moi cherchons à coincer un individu particulièrement dangereux. Nous allons peut-être à la pêche aux renseignements, mais le menu fretin ne nous intéresse pas. Il va sans dire qu'une agence fédérale comme l'Office National de l'Immigration par exemple adopterait un point de vue bien différent. Elle se bornerait à jeter ses filets et à faire le tri ensuite.

Le front plissé, Fergusson ne répondit pas.

— Donc, enchaîna Tripp, dans l'intérêt général, je vous conseille de nous remettre la liste du personnel. Nous pouvons toujours nous adresser à un juge et obtenir un mandat, mais ça ne servira qu'à nous agacer. Et d'autres après nous… Vous ne voudriez pas qu'on en arrive là, n'est-ce pas, monsieur Fergusson ?

Celui-ci le dévisagea avant de sourire.

— Non, personne ne le souhaite évidemment…

16

Delko retrouva Caine dans la salle de conférences. Déjà assis, Horatio l'invita à l'imiter.

— OK, voyons ce que nous avons.

Eric Delko ouvrit le dossier qu'il avait apporté.

— Khasib Pathan, le père de notre victime de rapt… Citoyen de l'Arabie Saoudite et membre de la famille royale, soixante-treizième héritier légitime du trône. Fortuné à la naissance, il s'est encore enrichi en réalisant de brillantes opérations boursières. Ce milliardaire compte parmi les cent hommes les plus riches du monde. Il a quatre femmes et neuf enfants – sept garçons et deux filles. Abdus est le fils aîné de sa quatrième épouse.

— Où sont les autres enfants ?

— Tous chez eux, occupés à faire prospérer les affaires familiales. Les garçons ont suivi leur scolarité ici alors que les filles n'ont jamais quitté l'Arabie Saoudite. Seul Abdus a décidé de rester en Amérique.

— Au grand dam de ses parents…, supputa Horatio. Ou de son père, en tout cas. Et sa mère ?

Delko sortit le tirage laser d'une photo et le lui tendit.

— Bridgette Pathan…

Il s'agissait d'une séduisante blonde souriante, la quarantaine.

— Nom de jeune fille, Annick, ajouta Delko. Originaire de Stockholm. Les trois premières épouses sont toutes arabes.

— Je vois… Ça pourrait expliquer qu'Abdus ait choisi une voie différente de celle de ses frères. A-t-elle eu d'autres enfants ?

— Je n'en ai pas trouvé, en tout cas.

Caine hocha la tête.

— Et concernant son appartenance politique ?

— C'est là que ça devient intéressant, Horatio. On a fait le rapprochement entre Khasib Pathan et un certain nombre de factions fondamentalistes islamistes, dont celles connues pour leurs activités terroristes.

— Eh bien, voilà qui *est* intéressant, en effet, et qui explique la présence d'une mine irakienne dans un night-club de Miami.

Delko secoua la tête.

— Je ne comprends pas. Si ce type finance des terroristes, pourquoi le FBI se fatigue-t-il à l'aider ?

— La politique fait d'étranges compagnons de lit, Eric… Et le chantage y est monnaie courante.

— Vous pensez que ça pourrait s'inscrire dans un contexte de luttes intestines ? Comme si un clan de la Mafia enlevait le membre d'un autre ?

— Possible. Dans ce cas, le ministère des Affaires Étrangères a presque certainement misé sur celui qui sortira vainqueur de cette mêlée.

Delko lança le dossier sur la table.

— Vous savez, je commence à ne plus trop me sentir dans mon élément. Des familles royales milliardaires, le terrorisme international… Toute cette affaire n'avait-elle pas démarré dans un magasin de proximité ?

— Peu importe, Eric. (Horatio se leva.) Nous allons là où les preuves nous entraînent. Nous avons déjà eu affaire à des ressortissants d'origine étrangère et à des milliardaires. L'argent de la drogue ou celui du pétrole, quelle différence ? Ce n'est pas Khasib Pathan qu'il nous faut garder à l'œil, mais Talwinder Jhohal.

— Le propriétaire du magasin de proximité… Celui qu'on a agressé.

— Oui. Un citoyen travailleur de Miami qui mérite que justice lui soit rendue au même titre que des résidents de Fisher Island. Ne l'oublions pas – ni lui, ni les victimes de l'attentat à la bombe.

— Je n'ai jamais eu l'intention de baisser les bras, Horatio. C'est simplement que j'ignore quoi faire maintenant.

— Reprenons depuis le début, Eric. À l'agression initiale qui se trouve à l'origine de ce concours de circonstances… Officiellement, rien ne lie les deux affaires…

— … Ce qui signifie que ça reste de notre ressort ! acheva Delko avec le sourire.

— Avec toutes les preuves que nous avons déjà collectées. Nous allons y revenir, en les rapprochant des éléments d'enquête sur le rapt, et nous verrons s'il existe des rapports quelconques.

Delko récupéra le dossier, et Delko se leva à son tour.

— Bien, qu'est-ce qu'on attend ?

Le programme de téléréalité *Succès soudain* avait envahi le dernier étage du *Byzantia* dans sa totalité. Wolfe et Tripp durent esquiver un type musclé et vigoureux en casquette de baseball qui traînait un chariot d'équipements électriques puis une femme poussant un portant à roulettes bondé de vêtements avant d'atteindre la porte de la suite en duplex prestigieuse – une porte sculptée en bois clair dont l'encadrement était incrusté de nacre.

Une femme visiblement harassée en casquette de baseball rouge, en short ample noir et au T-shirt lâche orné d'une photo de Marilyn Monroe leur ouvrit. Coiffée d'un casque pourvu d'un micro, elle était déjà en pleine conversation.

— *Non, non, ils ont bien dit qu'ils le couperaient plus tard* – bonjour, entrez donc... *Oui, c'est exactement ce que je veux...* Prenez un siège, quelqu'un va venir s'occuper de vous tout de suite... *Je me fiche de savoir que le costumier ne peut pas vous encadrer, nous en avons besoin pour le septième épisode!* Servez-vous un jus de fruits, ou du café, il y en a plein... *Non, pas vous, je parle à quelqu'un d'autre...! Quoi ? Vous vous imaginez que je vous appellerais ainsi ? Ma chérie, si je voulais vous insulter, croyez-moi, j'userais de métaphores beaucoup plus originales...*

La suite était imposante, la vue époustouflante, l'aménagement d'un luxe insolent. Elle était également à demi encombrée de projecteurs sur pied, d'équipements photo, de caisses bordées de caoutchouc-mousse et de câbles enroulés. Les assistants de production allaient et venaient, apportant du café, du chatterton, des blocs-notes, et au milieu de toute cette agitation se dressait une jeune femme en robe de cocktail. Élancée et belle, elle avait de longs cheveux noirs ondulant jusqu'à la naissance de ses reins. La robe, taillée dans une étoffe diaphane légèrement irisée, était d'un bleu roi prononcé aux riches nuances. Offrant un décolleté profond, elle laissait le dos nu et était fendue des hanches aux chevilles. La jeune femme se tenait parfaitement immobile tandis qu'une autre, en jean et en chemisier tartan, lui passait du fond de teint sur les pommettes à l'aide d'un pinceau.

Celle qui avait ouvert s'était éloignée, toujours en pleine conversation téléphonique. Wolfe se demanda à qui s'adresser. Visiblement personne ici n'était chargé des opérations.

— Par où commencer ? demanda Tripp.

— Par la plus grosse cible visible, répondit Wolfe. Ensuite, on verra.

Il fonça sur la belle à la robe de cocktail.

De près, la jeune femme était encore plus ravissante avec ses yeux de braise, ses lèvres d'un carmin pulpeux et ses dents d'un blanc de nacre.

Captant son regard, Wolfe sourit.

— Bonjour, vous devez être la star de l'émission…

Elle lui rendit son sourire sans cacher son intérêt.

— J'imagine… La chaîne vous envoie ? D'après Madeline, on doit nous envoyer quelqu'un aujourd'hui.

— Non, je ne suis…

— … pas quelqu'un dont vous devriez vous soucier !

Wolfe fit volte-face. De belle carrure, l'homme qui venait de terminer sèchement la phrase du policier avait de longs cheveux négligés poivre et sel. Il portait une veste kaki aux poches trop nombreuses et arborait une mine sévère.

— Anitra est occupée. Je suis Jeff Walderson, le réalisateur. Allons dans une autre pièce pour parler, et laissons Anitra se concentrer sur ses magnifiques photos d'art, d'accord ?

— Entendu. (Wolfe adressa un signe de tête à la dénommée Anitra.) Et… bonne chance !

— Merci, répondit-elle.

Wolfe et Tripp suivirent le réalisateur dans la salle adjacente, avec son imposant mobilier de chambre à coucher, un modèle très en vogue de baignoire d'angle, et une couche qui n'eut pas fait rougir de honte l'empereur des Français en personne… Walderson ferma la porte derrière eux.

— Bon… D'après le directeur, la police de Miami s'inquiéterait au sujet de la réception de demain soir ?

— C'est exact, confirma Tripp. Nous procédons à une vérification des antécédents de tous ceux qui sont impliqués dans l'événement ; nous avons obtenu de l'organisatrice et de l'hôtel la liste des employés. Nous aimerions également la vôtre.

— Je ne comprends pas. Qu'est-ce que vous cherchez ?

Walderson semblait sincèrement perplexe.

— Nous ne sommes pas autorisés à révéler les détails de l'enquête, répondit Wolfe. Mais nous tentons de prévenir les problèmes, pas de les susciter. Nous fournir une liste ne devrait pas être difficile, tout de même ?

— Eh bien… non. Je ne pense pas. Tant que ça n'interfère pas avec le tournage.

— Je ne vois vraiment pas en quoi ça le perturberait, assura Tripp.

Walderson soupira.

— OK, vous devriez vous adresser à Chuck, le chef de la sécurité sur le terrain… Il vous la donnera, et vous pourrez parler d'éventuels problèmes avec lui. Ça vous va ?

— Ça me semble parfait, répondit Wolfe.

Walderson sortit son portable et passa un appel. Une minute plus tard, un type râblé bâti en force, la moustache rousse en bataille, ouvrit la porte à son tour. Il portait une veste bleu nuit avec, brodé sur le torse, « CELEBRUS SECURITY ».

— Comment va ? lança-t-il avec un signe de tête. Je suis Chuck Keppler.

Walderson présenta Wolfe et Tripp.

— Vous leur donnerez libre accès, OK ? En cas de problèmes graves, vous m'avertirez. Maintenant, si vous voulez bien m'excuser, je dois retourner à mon travail.

Keppler était lui-même un ex-flic – ce qui n'avait rien d'exceptionnel dans le domaine de la sécurité. Il avait travaillé pour la police d'Atlanta et de Miami avant de se tourner vers le privé, et il se chargeait désormais de la protection de ceux qui louaient ses services, qu'il s'agisse de top models méga-célèbres ou de directeurs. Débattre de sa mission en cours avec Wolfe et Tripp ne le dérangeait nullement, et il leur fournit une liste exhaustive du personnel en relation avec l'émission.

Keppler les fit passer dans une autre pièce bien plus modeste, au bout du couloir ; tous trois s'installèrent sur le balcon à une table en terrasse, sous un parasol.

— Donc, votre piste vous a mené jusqu'ici, hein ? (Keppler décapsula du pouce une canette de soda, qu'il versa dans un verre rempli de glaçons.) Ouais, on dirait bien… Que vous soufflent vos tripes ?

— Pour l'instant, fit Tripp, elles me reprochent de m'être trompé de carrière…

Keppler sourit.

— Oh, notre job ne se limite pas au jeu de quilles et à la bière… La paye est correcte, mais au fond, je ne fais que du baby-sitting de luxe. À l'exception du barjo revanchard occasionnel, c'est à peu près aussi palpitant que de regarder la peinture sécher.

— Ah, oui ? lâcha Wolfe. Et ça arrive souvent ?

— Pas pour ce boulot-là… L'idée maîtresse de *Succès soudain*, en l'occurrence, consiste à prendre un citoyen ordinaire et à le plonger dans une vie de luxe, pour lui en donner un avant-goût. Ça n'a rien de franchement original, mais la formule semble fonctionner. Par définition, l'émission tourne autour d'un parfait inconnu, un moins que rien. Du coup, on n'a généralement aucune raison d'avoir affaire à ces désaxés pathologiques qui harcèlent les célébrités.

— En général…, souligna Tripp. Mais la fête va regorger d'inconnus, pas vrai ?

— Eh oui. Voilà pourquoi on renforce les mesures de sécurité. J'aurai vingt gars à moi dans la salle de réception, j'ai déjà vérifié les antécédents de tous ceux qui bossent sur l'événement, et on a installé des caméras partout. Navré, mais à mon avis, votre type était juste un aspirant acteur rêvant de s'incruster à la fête pour se faire des relations.

— Peut-être bien, admit Tripp. Mais quelqu'un s'est quand même donné beaucoup de mal pour le supprimer.

— J'aimerais parler à la vedette de l'émission – Anitra ? renchérit Wolfe. Je l'ai à peine entrevue, avant que le réalisateur n'intervienne.

— Eh bien, la pauvre n'a pas une minute à elle, répondit Keppler. Entre les repas-dégustation, les tête-à-tête avec des célébrités, les premières d'Hollywood... En fait, le but du jeu est de la « surcharger » en permanence. J'ai entendu le réalisateur dire « *Toute les étoiles qui scintillent dans ses yeux seront autant de regards rivés sur notre étoile* »... Le rêve américain, n'est-ce pas ? Qu'on vous serve sur un plateau d'argent tout ce que vous aviez toujours désiré d'un seul coup...

— Temporairement, rappela Tripp. Je ne voudrais pas être à sa place à la fin de l'émission. Ça me paraît affreusement cruel de donner autant pour tout reprendre ensuite.

Keppler haussa des épaules massives.

— Vraiment ? Personnellement, je préfère avoir un petit aperçu de la belle vie, plutôt que de crever la dalle. Après tout, qui sait ce qui pourrait se passer ? Un de ces héros de cinéma pourrait tomber amoureux d'elle, ou un des millionnaires qu'elle croise aux cocktails lui offrir un job de rêve... Ça aussi, ça fait partie du rêve américain. Des possibilités à l'infini...

— Pour l'instant, j'aimerais bien restreindre le champ des possibilités, répliqua Wolfe. Seriez-vous en mesure de m'arranger une petite entrevue avec elle ?

— Je pense, oui. Elle a droit à cinq minutes de pause par jour – enfin, façon de parler. Le temps de revoir sa fille, en fait. C'est une mère célibataire. Ça vous permettrait de lui poser vos questions.

Par la grande baie vitrée, Wolfe jeta un coup d'œil au fil métallique paresseux composé de voitures le long d'Ocean Drive. Au-delà, la côte de sable blanc était ponctuée de parasols et de serviettes de bain. L'éclat bleu de l'Atlantique s'étendait à perte de vue.

La chute est longue, se dit-il. *Infiniment longue...*

Pensant qu'un regard neuf y verrait peut-être plus clair, Horatio demanda à Delko d'examiner les éléments réunis sur l'agression du magasin de proximité, tandis qu'il passait scrupuleusement en revue les données collectées sur le rapt.

Il consacra énormément de temps aux photos prises sur le site du kidnapping. Quelque chose, dans la forme des éclaboussures de sang, le gênait… Et soudain, il comprit ce que c'était.

— Eric, viens jeter un coup d'œil ! lança-t-il en levant une photo vers lui.

Delko la prit et l'étudia.

— L'éclaboussure de sang sur le mur… Vous voyez quelque chose que je ne vois pas ?

— C'est plutôt ce qui n'apparaît pas qui me pose problème. Nous sommes partis de l'hypothèse que Pathan avait eu la gorge tranchée par son agresseur… En pivotant, il aurait éclaboussé le mur de son sang en arc de cercle… Mais… et le criminel, alors ? Lui aussi se tenait forcément à cet endroit précis. Et que nous montre le mur, au-delà ?

— D'autres éclaboussures, répondit Delko. Là où on aurait dû trouver l'ombre du corps de l'agresseur bloquant les giclées de sang…

— Exact. En d'autres termes, notre criminel était lui-mêmc une « ombre ».

— Vous êtes en train de dire qu'il n'a jamais existé ? Que Pathan se serait lui-même blessé à la gorge ?

— Nous avons affaire à un illusionniste professionnel, Eric. S'il a réussi à contrefaire parfaitement des empreintes, au point que nous ne puissions pas les différencier des empreintes authentiques, il a très bien pu recourir à un autre tour de passe-passe.

— Je vous suis, Horatio, mais… comment le prouver ?

— En suivant son cheminement, Eric. Nous n'avons peut-être plus accès à l'atelier de Pathan, mais il nous reste les clichés. Reproduisons ses accessoires, ses équipements… et mettons au point nos propres tours de magie.

— Une reconstitution ? Si nous parvenons à montrer de quelle façon Pathan nous a dupés, nous arriverons peut-être à convaincre le Bureau de reconsidérer les preuves ?

— Sans parler de Pathan lui-même…

En voyant Anitra Farnsworth, songea Wolfe, on ne s'imaginerait pas une seconde qu'il puisse s'agir d'une serveuse à Denny's, Sparrow Falls, Michigan… Elle avait troqué sa robe bleue de cocktail contre une tenue noire plus élégante encore – une création Vera Wang qui coûtait l'équivalent d'une année de salaire de Wolfe. Le chignon de la jeune femme dévoilait les longues lignes de son cou de cygne qu'une grosse dame parait d'un collier de perles. Le réalisateur, Walderon, l'inspectait d'un œil critique.

— Qu'en pensez-vous ? fit son assistante avec un sourire fier.

— Je ne sais pas… Nous devrions nous en tenir à l'autre – le vert mettait admirablement en valeur la beauté de son regard.

Les bras écartés du corps, Anitra pivota lentement sur elle-même.

— Oh, Dieu… ! J'ai l'impression d'être… une princesse ! Ou une étoile de cinéma ! Ou… une star qui jouerait aux princesses ?

Walderson gloussa.

— Eh bien, c'est exactement ce à quoi vous ressemblez, ma chère.

Au même moment, la porte s'ouvrit et une fillette blonde de six ou sept ans, en combinaison de toile, survint. Elle jeta à la ronde des regards embarrassés, un peu effrayée par l'activité qui régnait dans la salle, puis avisa Anitra.

— Maman ! Qu'est-ce que tu as l'air *belle* !

Elle avait articulé avec soin le qualificatif.

La jeune femme rayonna.

— N'est-ce pas, ma chérie ? Maman est habillée pour la fête demain soir.

— Pourrais-je y aller aussi, maman ?

— Au début, oui. Mais ça se terminera trop tard pour que tu restes jusqu'à la fin. Avons-nous terminé pour l'instant, Jeff ?

— Bien sûr.

Walderson fit signe à l'assistante, qui ôta le collier de perles du cou de la jeune femme. Elle remit le bijou dans son étui de velours noir, sur une table, avant de le confier à Chuch Keppler. Celui-ci prononça aussitôt quelques mots dans le micro de son casque, et deux agents de la sécurité en vestes de sport identiques entrèrent. Flanqué des deux hommes, Keppler quitta la pièce.

— OK, Coral, reprit Anitra, maman a fini pour l'instant. Tu as mangé à midi ?

— Oui…

Wolfe choisit ce moment pour s'avancer.

— Hum, pardonnez-moi, madame Farnsworth… Pourrais-je vous parler deux minutes ?

— Êtes-vous journaliste ? Parce que je ne dois pas

parler aux journalistes sans l'accord de Jeff… C'est dans la clause de confidentialité, je crois…

— Non, je travaille dans la police scientifique de Miami. Nous suivons une piste qui pourrait avoir un rapport avec la fête de demain soir.

Elle soupira.

— Eh bien, je savais que ça ne durerait pas… La semaine dernière, je suis allée en hélicoptère en haute montagne pour faire du parapente à ski avec un groupe musical pour ados puis j'ai déjeuné avec le onzième homme le plus riche du pays. Mais bon, ma chance a dû tourner… Emmenez-moi !

Elle tendit ses poignets, comme pour se faire passer les menottes.

— Non ! s'exclama Coral. (Courant se planter devant sa mère, elle leva vers Wolfe un regard brillant de défi.) Vous n'emmènerez pas ma mère !

Surpris, Wolfe recula d'un pas en sursaut, puis éclata de rire, s'agenouillant face à l'enfant.

— Tout va bien. Je ne viens pas chercher ta maman, c'était juste pour plaisanter… Nous voudrions simplement parler un peu, d'accord ?

Coral se tourna vers sa mère pour qu'elle le lui confirme.

— Tout va bien, fit Anitra en souriant. Je plaisantais, c'est vrai. Va jouer quelques instants dans ta chambre, tu veux ?

— Bon… D'accord.

La fillette lança des coups d'œil soupçonneux à Wolfe (qui eut du mal à garder son sérieux) avant de quitter la pièce.

— Bien… de quoi s'agit-il ?

— C'est difficile à expliquer, admit Wolfe. Première

question : les producteurs vous ont-ils donné des laissez-passer gracieusement offerts pour demain soir ? Pour votre famille, par exemple ?

— Non. Ils se montrent très stricts sur mes fréquentations à l'écran. Ils ne tiennent pas à ce que je prenne trop mes aises, j'imagine. Que je traîne avec de vieux potes ou ma famille ne ferait pas une émission sensationnelle.

— Et que pensez-vous de cette expérience ?

Cette question ne contribuerait pas à faire avancer l'enquête, Wolfe la posa par pure curiosité.

— Honnêtement ? Je trouve ça épuisant ! C'est un peu comme... de fêter Noël et la Saint-Sylvestre tous les jours... Au bout d'un moment, vous avez l'impression qu'un grand sourire est figé sur vos lèvres. Au point que je rêve de m'asseoir avec un hamburger de fast-food et de lire tranquillement un journal... avec d'horribles manchettes sur des catastrophes partout dans le monde ! N'est-ce pas *affreux* ?

— Eh bien, le mieux est l'ennemi du bien, c'est connu... Comment votre fille prend-elle tout ça ?

— C'est un courageux petit soldat, elle aussi, mais je vois bien qu'elle trouve ça dur pour elle... Sans parler du coucher, tous les soirs. Quand elle grandira, je me demande ce qu'elle en pensera.

— Une dernière question avant que je ne vous rende à votre fille... Le nom de Kingsley Patrick vous dit-il quelque chose ?

— Qui ?

Il répéta. Sourcils froncés, elle secoua la tête.

— Non, désolée... J'ai cru, un instant, mais... non.

Wolfe lui remit sa carte.

— Si un détail, n'importe lequel, vous revenait à l'esprit, appelez-moi à ce numéro, d'accord ?

— Pas de problème.

— OK, fit Delko. Dans l'atelier de Pathan – pardon, du Brillant Batin –, tout ou presque était sacrément facile à reproduire. Il avait des accessoires standards, ainsi que des gaines souples, du bois de balsa, du monofilament et toute une collection de colles et de peintures. Des outils ma foi assez prosaïques aussi, du style perceuse électrique, scie sauteuse, quelques étaux et un assortiment d'outils de menuiserie. Sans parler d'instruments de joaillerie, pour des petits travaux de précision, j'imagine.

Les poings sur les hanches, Horatio acquiesça.

— Je vois que tu as également réalisé un assemblage…

— Oui, je l'ai baptisé la « pompe Frankenstein »…

Delko tenait un modeste engin avec une canule à laquelle était accrochée une petite longueur de tubage chirurgical.

— Le cœur humain bat en moyenne à soixante-quinze pulsations minute, ce qui suffit à faire circuler les cinq ou six litres que contiennent généralement nos corps. D'un point de vue purement mécanique, ça génère quasiment deux watts d'énergie, mais il en faut treize pour maintenir le mécanisme en état de marche. Il n'utilise donc que dix pour cent de son énergie seulement.

« Et ce, en temps normal. En période de stress, le cœur peut pomper jusqu'à cinq fois plus de sang – le pic de pression sanguine avoisinant alors le sixième d'une atmosphère. Pathan ayant certainement voulu reproduire une situation hautement angoissante, j'ai pris ce facteur en considération.

« Le stimulus électrique qui provoque les contractions du cœur est produit par un groupe de cellules situées dans l'oreillette droite appelé le nœud sino-auriculaire. J'ai eu recours à une batterie standard de neuf volts.

Delko inséra le tube chirurgical dans un vase à bec rempli d'un fluide rouge.

— La pompe que j'utilise provient d'un kit appelé « Fontaine Mystique ». C'est censé permettre à des sources improbables de projeter du liquide de l'oreille d'un volontaire, de nulle part, ce genre de truc... Mais l'adapter n'a rien eu de difficile. Si Pathan n'en disposait pas dans son atelier, le magasin de magie qu'il fréquente en propose à la vente.

— Et s'il s'en est servi, déduisit Horatio, il s'en sera débarrassé ensuite. Alors, comment ça fonctionne ?

— Très simple...

Delko avait disposé de grands pans de papier blanc sur les cloisons de séparation pour donner à la pièce les dimensions du salon de Pathan. Il prit la pompe et la flasque pour se placer sur le *X* tracé sur le sol.

— Voilà où Pathan devait se tenir, apparemment.

Il leva le dispositif à hauteur de menton, ferma un commutateur de la pompe puis effectua un tour à 180° tandis que du liquide écarlate giclait de la tuyère, décrivant un grand arc dans les airs avant d'éclabousser les murs de papier blanc.

Horatio s'empara d'un des clichés de la scène du crime et le compara aux résultats de l'expérience.

— Eric, je crois que ça correspond. Mais il y a quelque chose qui me chiffonne...

— La quantité de sang ? Oui, on en a retrouvé beaucoup… Avec la pompe Frankenstein, j'ai estimé qu'il devait y avoir un litre de son sang sur les murs.

— Un litre de son propre sang… (Horatio se frotta le menton.) Le choc hypovolémique survient quand la victime perd entre dix et vingt pour cent de son volume sanguin. Environ un quart ou un demi-litre.

— Mais il existe des moyens d'éviter ce choc, rappela Delko. Les secours paramédicaux donnent de l'oxygène aux gens souffrant d'hémorragie, afin d'hyperoxygéner leur sang et de pallier temporairement à la perte du volume.

— C'est vrai. Or, si nous n'avons pas retrouvé d'anticoagulants dans le sang qui éclaboussait les murs, Pathan a tout de même pu stocker son propre sang en vue de cette mise en scène. Une transfusion rapide, plus quelques bouffées d'oxygène pur, l'auront vite remis sur pied.

— Voilà donc comment il a procédé, dit Delko. Seulement on ne peut toujours pas le prouver. Nous n'avons pas retrouvé d'oxygène, de stocks de transfusion sanguine ou même de pompe sur la scène du crime.

— Le Brillant Batin est bien trop malin pour laisser des éléments incriminants derrière lui. Maintenant que nous connaissons l'existence d'un engin pareil, on aura moins de mal à mettre la main dessus.

— Donc, la brebis galeuse de la famille décide de duper son père. Jusque-là, je comprends. Mais pourquoi vous demander comme intermédiaire, puis vous balader à travers la ville ? S'il veut de l'argent, pourquoi ne pas l'exiger, tout simplement ?

— Là, j'avoue que je suis aussi perplexe que toi…

Ce n'est pas une simple question d'ego. Pathan est déjà convaincu de m'avoir battu une fois. On dirait presque une vendetta. Mais pourquoi s'en prend-il à moi ? Ça, je l'ignore. Ça aurait plus de sens s'il s'en prenait directement à son père.

— Évidemment, dit Delko. Qu'il ait rejeté les croyances paternelles ne suffit pas, il doit aussi prouver qu'il a raison et son père tort. Alors que, question religion, ça relève de l'impossible…

— En effet. Dans ces conditions, il se rabat sur le châtiment émotionnel et la compensation monétaire. Et plus l'affaire traînera en longueur, plus Khasib en pâtira… Or, Abdus peut reculer l'issue de cette affaire tant qu'il veut. C'est lui qui mène la danse.

— Mais s'il a vraiment manigancé tout ça, il aurait donc aussi tenté de vous tuer. Pourquoi ? Abattre un officier de police en pleine enquête fédérale, c'est de la folie !

— Je ne suis pas de cet avis, Eric. Abdus Sattar Pathan est peut-être tout sauf irrationnel, à mon avis. Il a bien réfléchi et tout planifié dans cette affaire. Et ça a commencé dans le magasin de proximité.

— Oui. Ce que je n'explique pas non plus. Pourquoi Abdus aurait-il brusquement pété un câble en voyant des photos suggestives d'une femme qu'il ne connaît même pas ? À moins que…

— … À moins que là encore, l'agression ait été montée de toutes pièces. Afin de m'impliquer.

— Vous pensez que Pathan serait lié à une de vos anciennes affaires ?

— Si c'est le cas, j'ignore laquelle. Mais il serait peut-être temps que je me replonge dans mes vieux dossiers, en effet…

Tous les flics se faisaient des ennemis. Et plus ils étaient bons, plus ils les collectionnaient. Or, Horatio excellait dans ce qu'il faisait.

Ce n'était pas la première fois que quelqu'un cherchait à l'abattre. Il s'était déjà retrouvé dans la ligne de mire d'un gang sanguinaire – la Mala Noche –, d'un juge corrompu, de tueurs en série – et même dans celle de son propre mentor, à la brigade de déminage.

Mais parmi ces gens-là, peu couraient toujours. Certains avaient trouvé la mort, d'autres croupissaient en prison, et Caine ne parvenait pas à établir un lien quelconque entre ses ennemis et Abdus Sattar Pathan. En outre, aucune de ces affaires passées n'éveillait d'écho en lui. Horatio avait l'impression que les apparences étaient trompeuses pourtant.

Et ça s'explique en fait. Pathan gagne sa vie en créant des illusions ; or, c'est précisément ce qu'il vient de faire en simulant un kidnapping. Le pourquoi *est évident – il veut quelque chose. Mais quoi que ce soit, pour l'instant, il ne l'a pas demandé.*

D'après d'Horatio, les notions de médecine légale pouvaient s'appliquer à tous les aspects de la vie. Il existait ce qu'il appelait un « ADN mental », un schéma de pensée distinct qui motivait le comportement de l'individu. Plus les convictions d'une personne s'avéraient solides, plus sa conduite sortait du rang. Il le retrouvait là, dans les photos des victimes d'un tueur en série, et là, dans le choix du détonateur d'un explosif… Les profileurs parlaient de « signature » mais Horatio savait que ces particularités n'étaient pas que de simples moyens. Ces spécifités donnaient des indices sur l'approche d'un criminel, sa vision du monde, et surtout son mode de raisonnement.

Or, qu'est-ce qui constituait la caractéristique dominante du Brillant Batin, la métaphore sous-jacente et subtile qui conduisait son existence et qui expliquait chacun de ses faits et gestes ?

La réponse s'imposait : la *magie*. Mais Horatio avait inspecté la résidence de l'homme, et elle n'avait rien d'un sanctuaire consacré aux tours de passe-passe. Seul son atelier était consacré à son art.

D'ailleurs, rien n'est évident chez Abdus Sattar Pathan…

Alors… il faut creuser. Quand on rentre chez moi, on ne voit pas de vieux microscopes et des affiches de Quincy dans tous les coins, mais ça ne veut pas dire que mon job n'influence pas ma façon de penser. De bien des façons, il cadre mes réflexions… Alors, qu'est-ce qui donne une orientation aux pensées d'un magicien ?

Non, pas une orientation…

Une fausse *orientation…*

L'un des principes fondamentaux de la magie-spectacle… Concentrer l'attention du public sur la main gauche, pour qu'il ne voie pas ce que fait la main droite.

Horatio s'était trompé en pensant qu'Abdus n'avait rien demandé… Car il avait même satisfaction, en réalité. Il avait voulu que Caine lui prête *toute* son attention – non pour conférer de l'importance à ses actes, mais pour empêcher Horatio de remarquer *autre chose…*

On en revenait toujours au point de départ, l'agression au magasin… Pathan était entré dans une boutique, avait remarqué le cliché dénudé d'une femme du Moyen-Orient et s'était mis dans une rage folle. À l'hôpital, il avait contacté quelqu'un qui s'était fait passer pour son avocat. Celui-ci lui avait apporté le nécessaire pour contrefaire des empreintes, avant de se volatiliser. Le même homme qui, vraisemblablement, avait ensuite intimidé Talwinder Jhohal – suffisamment pour le réduire au silence.

Quelqu'un que Pathan ne voulait pas qu'Horatio retrouve.

Quelqu'un qui venait tout juste de devenir la priorité de Caine…

17

Le réveillon de Noël…

Dans tout Miami, des magasins fermaient tôt et d'autres restaient ouverts tard au contraire pour les emplettes de dernière minute. Des gens se hâtaient de rentrer chez eux pour retrouver leur famille tandis que d'autres, qui avaient fui les climats froids pour passer leurs vacances loin des neiges, faisaient la fête dans les bars et les restaurants, à bord de bateaux de croisière et sur les plages. Les stations de radio diffusaient tous les artistes ayant enregistré un album de Noël, et elles monopolisaient les ondes avec leurs châtaignes rôties, leurs cantiques au tempo reggae – sans parler des tubes du moment à la gloire des rennes homicides…

Horatio, lui, convoqua son équipe pour une réunion importante.

Alexx, Wolfe, Delko et Calleigh étaient déjà assis autour de la table de conférences quand Natalia entra dans la salle. Attendant patiemment qu'elle prenne place à son tour, Horatio présidait.

— Tout le monde est là… Bien. Il est temps d'aborder les choses sérieuses. Calleigh, si tu veux bien commencer ?

— Pas de problème…

Elle prit la grande enveloppe de mise sous scellés qui se trouvait devant elle et en vida le contenu sur la table.

Un petit cadeau de Noël soigneusement emballé...

— J'ai tiré Delko au sort, sourit Calleigh. Et si je n'ai pas pu trouver de supermodèle de South Beach capable d'entrer dans une enveloppe de mise sous scellés, j'ai quand même trouvé une autre idée de cadeau facilement.

Penché en avant, Delko attrapa son présent et l'ouvrit : une carte de baseball montée sur un socle en lucite.

— Orestes Destrade... Comment savais-tu que je ne l'avais pas, celle-là ?

— Rappelle-moi à quoi nous passons notre temps, déjà ? s'enquit Calleigh. Un mot qui commence par « *i* » ? Comme dans « investigation » ?

— Merci ! sourit Delko. À mon tour maintenant, j'imagine... (Il prit sa propre enveloppe de mise sous scellés et en tira une petite boîte qu'il tendit à Wolfe.) Joyeux Noël !

— Ça devrait me plaire !

Wolfe déchira l'emballage pour découvrir un thermomètre en plastique de la taille et de la forme du pommeau d'un tuyau d'arrosage de jardin.

— Un thermomètre à visée laser, expliqua Delko. Les infrarouges lui permettent d'enregistrer des températures à quelques millimètres ou centimètres de distance. Un instrument utile sur une scène de crime.

— Ah, oui ? fit Wolfe en examinant son cadeau d'un œil critique. Si c'est si bien, pourquoi n'en as-tu pas un ?

— Eh, il nous faut un cobaye ! sourit Delko.

— Attends un peu, dit Calleigh, d'ici deux semaines, il te l'empruntera.

— Et d'ici trois, renchérit Alexx, il se sera commandé le modèle *perfectionné*.

Delko éclata de rire.

— Bon, bon ! À qui le tour ?

— À moi, je pense, dit Wolfe en attrapant son nouveau jouet. (Il ouvrit son enveloppe, et en tira un petit objet emballé qu'il tendit à Calleigh.) Joyeux Noël !

— Merci, Ryan. J'ai hâte de voir ce que c'est… Oh !

— J'espère que ça te plaît. Je ne suis pas très doué dès qu'il s'agit de faire des cadeaux, alors je m'en suis tenu aux valeurs sûres…

Calleigh leva une petite balle d'or montée sur chaîne.

— C'est beau, mais…

— Tu sais à quoi ça sert, non ? demanda Delko, son sourire s'élargissant.

— Des balles ? lâcha Wolfe, perplexe.

Calleigh soupira. Dévissant la pointe de la balle, elle découvrit un petit compartiment secret.

— Certains des criminels les plus brillants de Miami aiment s'en servir pour cacher de la cocaïne, cxpliqua-t-elle à Wolfe. Ce ne serait pas une référence au petit problème que j'ai eu avec de la poussière de cocaïne, par hasard ?

Wolfe déglutit.

— Non, absolument pas ! Désolé, je voulais juste… On t'appelle bien la « *Femme Cartouche* », pas vrai ? *Jamais* je n'aurais… (Il secoua la tête.) Je déteste Noël !

Calleigh sourit.

— Ne t'en fais pas, Ryan, au fond, c'est charmant. En dépit de mon sobriquet, personne ne m'avait encore offert une balle… Les gens pensaient certainement que c'est trop… téléphoné, je suppose !

Wolfe tiqua.

— Puisque Mme Duquesne a déjà donné son cadeau, intervint Horatio, je pense que c'est au tour de notre experte titulaire en ADN, Natalia ?

Celle-ci sourit.

— Hum, d'abord, j'aimerais vous remercier de m'avoir si bien accueillie. Être la nouvelle n'est jamais facile, pas vrai ? Quoi qu'il en soit, j'ai tiré Alexx au sort… et j'espère que ça vous plaira.

Elle tendit son enveloppe au docteur.

Alexx l'ouvrit et en tira un petit étui médical en cuir.

— Je ne l'ai pas emballé, ajouta Natalia. Navrée de ne pas avoir respecté le protocole…

— Oh, mais c'est *magnifique*, chérie ! Un de mes collègues à New York a exactement le même ! Cousu main, cuir vachette, glissières en laiton… C'est réalisé sur commande, n'est-ce pas ?

— Eh bien, oui. J'ai mené ma petite enquête, et d'autres médecins semblent l'apprécier. J'en ai donc fait faire un pour vous. J'espère que ça vous plaît.

Alexx haussa les sourcils.

— Je ne vais pas demander combien ça coûte, mais… les filles, c'est un cadeau somptueux !

— J'avais les moyens. Et le seul impératif que vous m'avez fourni, c'était que le cadeau entre dans la pochette de mise sous scellés.

— Ce sont les règles, confirma Calleigh.

— L'an prochain, intervint Wolfe, franchement, je

ne dirai pas non à des liasses de coupures en ce qui me concerne !

— Ou à de l'or, renchérit Delko. Je parie qu'un lingot entier y entrerait…

— Messieurs, ça suffira, coupa Horatio. Alexx, à ton tour.

— Oh, non, monsieur Caine, à *votre* tour ! le contredit-elle.

Prenant sur la table l'enveloppe posée devant elle, elle la lui lança.

Il la rattrapa d'une main, la leva à son oreille puis la secoua en douceur.

— Je ne sais pas… Si je faisais d'abord un test aux rayons X…

— Allez, Horatio, ne faites pas durer le suspense ! lança Delko. Alexx a refusé de nous dire ce qu'elle vous avait trouvé…

Taquin, Caine fronça les sourcils.

— Oh ? Je croyais que ce Noël devait rester secret comme l'identité du Père Noël ?

— Pitié ! fit Wolfe. *Par pitié*, ne prononcez plus ce mot !

— Bon, bon ! (Caine ouvrit l'enveloppe.) Et c'est… Oh, *très* sympa !

Il s'agissait d'un double coffret CD.

— Robert Johnson, déclara Alexx, ses œuvres complètes. Je me suis dit que vous deviez aimer le blues. Cette musique vous ressemble.

— Qui est Robert Johnson ? s'enquit Wolfe.

Alexx lui décocha un regard mi-compatissant mi-incrédule.

— Qui est Robert Johnson ? Le parrain du blues, rien que ça ! Sans lui, le rock'n roll n'existerait pas !

— En outre, renchérit Delko, il aurait vendu son âme au diable pour devenir le plus grand musicien de blues de tous les temps ! S'il a pactisé, il a perdu au change… Il n'a enregistré que vingt-neuf chansons dans toute sa vie, et est décédé à vingt-sept ans. Quelqu'un avait empoisonné son whisky.

— Il n'est pas mort empoisonné cependant, précisa Alexx, mais des suites d'une pneumonie, quelques semaines plus tard.

— Que c'est gai ! s'exclama Calleigh. Ne pouvons-nous même pas échanger des cadeaux sans remettre des histoires d'homicide sur le tapis ?

— Apparemment pas, sourit Horatio. Mais d'ici une semaine environ, nous aurons tous une autre chance de nous rattraper. Natalia, j'espère que vous n'y verrez pas d'inconvénient, je souhaiterais que tout le monde partage mon présent.

— Hum, non, non… Qu'est-ce donc ?

— L'occasion rêvée de se détendre un peu. Je connais le directeur du *Toranado's*, et je nous ai réservé une table pour la Saint-Sylvestre. Je vous y invite tous.

— Le *Toranado's*…, lâcha Delko. Mazette, c'est la grande classe ! Merci, Horatio !

— J'aimerais savoir comment il compte fourrer les plats et les bouteilles dans une enveloppe de mise sous scellés ! badina Calleigh.

Caine mit les poings sur les hanches.

— Eh bien, je pourrais vous signaler que la note du restaurant y entrerait parfaitement, mais ce ne serait pas vraiment fair-play… Donc, je vais simplement faire jouer mon rang…

— Pour moi, ça marche ! se hâta d'annoncer Delko.

— On ne discute pas avec le boss, renchérit Wolfe.

— Quand il a raison, il a raison, ajouta Calleigh.

— Et je lui laisserais même payer le taxi ! lança Alexx.

— Eh, protesta Natalia, j'apprends encore les règles, moi !

— Entendu, donc, conclut Horatio Caine. Maintenant que c'est réglé, retournons tous au travail.

La fête de Noël au *Byzantia* comptait au moins deux invités surprise : Ryan Wolfe et Frank Tripp. Wolfe avait encouragé son collègue à rentrer chez lui passer la soirée en famille, mais le flic avait insisté pour l'accompagner.

— D'où je viens, on danse avec qui vous accompagne, et si tu vas à ce ramdam, moi aussi !

Alors que nous ignorons quoi ou qui chercher..., pensa Wolfe. *Alors que l'endroit grouille déjà d'agents privés de sécurité... Et que nous ne savons pas si un crime va bel et bien être commis...*

Malgré tout, il n'avait pas vraiment essayé d'en dissuader le Texan obstiné. Il avait le sentiment que quelque chose *allait* se produire. Et à ce moment-là, il apprécierait que Frank Tripp couvre ses arrières.

Jusque-là, la soirée se réduisait à un défilé de nantis s'exhibant dans leurs plus beaux – et onéreux – atours, papillonnant de belvédère en belvédère, sirotant des cocktails alcoolisés et grignotant des petits fours à gogo.

Wolfe lorgnait d'un œil soupçonneux le Père Noël trônant sur l'estrade. Keppler lui avait assuré que tout avait été soigneusement vérifié, mais à ce stade, Wolfe aurait volontiers proscrit tous les Pères Noël par simple précaution. Celui-là paraissait particulièrement jovial. Sans doute parce que les gens qui faisaient la queue pour être pris en photo sur son giron étaient principalement des femmes en robe moulante au lieu des habituels bambins geignards.

Tripp arpentait la salle tandis que Wolfe restait près de l'entrée. Lait de poule en main, Frank le rejoignit.

— Comment peux-tu boire ça ? lança Wolfe.

— C'est sans alcool.

— Dis ça à tes artères ! Tu es en train de t'enfiler du cholestérol parfumé…

Tripp prit une longue gorgée de sa boisson.

— Peut-être bien, mais ça ravit mes petites papilles gustatives ! Allez, Wolfe, détends-toi un peu… C'est le réveillon de Noël, après tout.

— Eh oui, maugréa le jeune homme, et je suis dans *l'enfer* de Noël… Je crois bien que je deviens allergique au rouge…

— Ah, bon ? Alors la tenue de Mlle Farnsworth doit te filer de l'urticaire !

Les cheveux relevés en une coiffure sophistiquée, Anitra était apparue dans un élégant costume à paillettes rouges, le cou paré d'un éblouissant collier d'émeraudes. Elle bavardait avec un rappeur célèbre, un quart-arrière du NFL, la ligue nationale de football et la vedette d'une sitcom dont la diffusion venait tout juste d'être annulée.

— On dirait qu'elle s'adapte très bien à ce milieu, remarqua Wolfe. Je me demande où est passée sa fille…

— Il se fait tard. Elle a dû la mettre au lit avant de descendre ici.

— Dommage. Toute cette joliesse festive, c'est un

peu trop pour moi, mais j'imagine qu'une enfant de six ans adorerait.

— Demain, elle les aura, ses anges et ses étoiles ! rebondit Tripp. Les gamins ne vivent que pour le 25 décembre au matin, et les parents ne vivent que pour leurs gamins… Je parie que les producteurs de *Succès soudain* ont préparé une méga-fête somptueuse pour demain avec un bataillon de caméras prêtes à filmer.

— Génial. La commercialisation du 25 décembre est au point, il n'y a pas à dire. Nous vendre des jouets ne suffit plus, à présent, il faut aussi montrer le bonheur des enfants devant leurs jouets !

— Tant qu'ils sont heureux, pas vrai ?

— Mouais… (Wolfe fronça les sourcils.) Une remarque d'Anitra à propos de sa fille me trotte dans la tête… Tu peux te passer de moi une minute ? Je voudrais vérifier quelque chose, s'il y a moyen.

— Débine-toi ! Je monterai la garde contre tout éventuel assaut aérien de l'escadrille Grand Givre !

Anitra patientait elle aussi pour voir le Père Noël. Wolfe la vit s'affaler sur son giron et lui jeter les bras au cou en riant.

— Tu sais, dit Tripp, je commence à me dire que nous perdons notre…

Soudain, toutes les lumières furent coupées.

— … temps, finit le jeune homme.

— Les batteries de secours prennent le relais, observa Wolfe.

Une seconde, la salle s'était plongée dans le silence. Mais de la foule des fêtards montèrent bientôt des murmures.

— On y est, Frank… Quoi qu'il se trame, c'est *maintenant* !

Se campant devant l'entrée principale, Wolfe cria :

— Mesdames, messieurs, veuillez tous garder votre calme ! L'éclairage va être rétabli d'une seconde à l'autre. Je vous demande de ne pas bouger !

Sortant une petite torche électrique, il l'alluma. Tripp avait déjà actionné son émetteur/récepteur pour demander des renforts.

— Ne laisse sortir personne, lança Wolfe. Je vais voir ce qui se passe.

Il se faufila hors de la salle de réception.

Au-delà, il faisait presque aussi noir, mais la veilleuse de la sortie de secours diffusait une petite lumière sur le seuil de la porte que flanquaient deux agents de sécurité *Celebrus*. Wolfe leur montra sa plaque en leur répétant ce qu'il venait de dire à Tripp.

Il ne lui fallut guère de temps pour gagner le hall, où luisaient aussi les batteries de secours – ainsi que dans l'escalier. La salle de bal Alexander paraissait être le seul endroit de l'hôtel à s'être retrouvé totalement plongé dans l'obscurité.

Le directeur de l'hôtel, Fergusson, était à la réception en train de parler à voix basse à son personnel. Personne ne trahissait de signe d'affolement, et les quelques clients évoluant dans le hall semblaient plus amusés qu'effrayés.

Fergusson le reconnut.

— Officier Wolfe, puis-je vous dire un mot ? (Il l'attira à l'écart, poursuivant à mi-voix :) On a entendu un bruit étouffé avant la panne de courant. Comme une explosion venant des sous-sols de l'hôtel.

— Vous avez un ingénieur en service ?

— Non, il est rentré chez lui. Mais j'ai un passe qui me donne accès à tout l'hôtel.

— Conduisez-moi au local électrique.

Ils empruntèrent les escaliers, et descendirent des volées de marche faiblement éclairées avant de franchir une porte métallique qui donnait sur un corridor de service… Ça ne ressemblait plus du tout aux coulisses d'un théâtre, songea Wolfe, mais plutôt à des catacombes secrètes et poussiéreuses qui s'étendaient sous les rampes et les lumières de la scène, le genre de repaire que le fantôme de l'Opéra aimait hanter… Ils se trouvaient dans les « entrailles » de l'hôtel, avec les systèmes de gaz, d'eau et d'électricité faisant battre son « cœur », le gardant « en alerte » et régulant sa « température ».

Et voilà que quelqu'un s'y était infiltré.

La porte du local de service avait été forcée à l'aide d'un pied-de-biche qu'on avait abandonné sur place. De la fumée âcre planait dans l'air, qui fit tousser les deux hommes, et il ne restait de l'équipement que des ruines fumantes.

— Pas d'alarme sur la porte ? demanda Wolfe.

Fergusson secoua la tête.

— Pas à ce niveau, non. Il faut juste se munir d'un passe-partout pour accéder à ce secteur des sous-sols.

— Eh bien, quelqu'un a réussi à s'introduire ici pour endommager tout ça. Il ne s'agit pas d'un simple accident technique, mais d'un sabotage à l'explosif.

Les lumières clignotèrent, avant de se rétablir.

— Le générateur de secours…, dit Fergusson. Il est dans un autre local. J'ai envoyé quelqu'un l'activer au moment de la coupure de courant.

— C'est maintenant une scène de crime. Et à mon avis, ce n'est pas la seule de l'hôtel.

— S'agit-il… d'une attaque terroriste ?

Pour la première fois, Fergusson accusait de la nervosité – perceptible dans son ton.

— Je ne le crois pas. Quant à savoir exactement qui est à l'origine de tout… Je ne vois pas. Tout comme vous.

Horatio Caine passait le réveillon de Noël à inspecter des photos. Non de famille, mais des clichés de la scène de crime pris chez Abdus Sattar Pathan. Il cherchait des fantômes…

Il étudia celui de la chambre de Pathan, cherchant ce qui n'y figurait pas. Il y avait une petite chaîne stéréo mais pas de CD, de cassettes ni d'albums. Muni d'une loupe, il se concentra sur la stéréo, identifiant la fréquence sur laquelle la radio était réglée. Il s'agissait d'une station diffusant des débats et des interviews pour l'essentiel.

Ensuite, il inspecta la photo de la salle de bains. Il se rappelait les cure-dents, mais l'absence de dentifrice ou encore de brosse à dents lui sautait aux yeux désormais.

Ils avaient procédé à un inventaire en règle dans l'atelier, tous les accessoires étant photographiés. Horatio les passa en revue jusqu'à ce qu'il trouve ce qu'il cherchait, un jeu de cartes. Lequel était rangé dans sa boîte, ce qui ne l'avançait guère… Réfléchissant, il chercha un numéro de téléphone, et passa un coup de fil.

— Bonjour… Monsieur Fresling ? Ici le lieutenant Caine. Navré de vous déranger chez vous le soir de Noël, mais j'aurais juste une petite question à propos du numéro du Brillant Batin… Utilisait-il un jeu de cartes ordinaires dans l'un ou l'autre de ses tours ?

Il écouta la réponse.

— Ah, vraiment… Il les avait fait faire sur commande dans votre atelier. Et sur la base de quel motif ? Je vois… Merci beaucoup, monsieur Fresling. Joyeux Noël à vous aussi.

Il raccrocha. Il détenait maintenant une information importante… sans savoir encore ce qu'elle *voulait dire*.

— Nous avions dans cette salle un groupe irrité…, dit Tripp, bras croisés sur son ample poitrine. (Il s'était campé devant les portes fermées, et semblait prêt à plaquer face contre terre quiconque tenterait de fuir.) De riches célébrités énervées, dont pas une n'a envie de rester enfermée dans une salle de bal le soir de Noël…

— Donne-moi juste une seconde, Frank, je veux vérifier quelque chose d'abord.

Wolfe se glissa dans les lieux, où les invités avaient repris leurs conversations et s'amusaient toujours comme si de rien n'était. Pour la plupart, en tout cas… Près de la porte, un petit groupe discutait avec Chuck Keppler, qui s'efforçait d'expliquer pourquoi personne encore n'était autorisé à sortir – sans convaincre grand monde.

Wolfe enjamba la palissade de sucre d'orge qui entourait le renne automatique et gagna le mur le plus proche. À environ trois mètres du sol brillait un éclairage de sécurité. Wolfe chercha des yeux un perchoir improvisé, se décidant à grimper sur le dos d'un renne. En équilibre précaire, il se servit d'un couteau suisse pour déplacer le couvercle de la batterie qui alimentait le circuit électrique. Couvercle écarté, il tira de sa poche une salière. Il la remplit de l'hydrogéno-carbonate de sodium qu'il avait obtenu auprès des cuisines de l'hôtel. Il en saupoudra ensuite un peu sur la batterie.

Rien ne se produisit. Il recommença, sans obtenir de réaction.

Soupirant, il remit en place le couvercle et descendit. Keppler l'attendait près de la porte.

— Écoutez, je ne peux pas retenir tout le monde toute la nuit ! Après tout, quel rapport y a-t-il entre cette panne de courant et la soirée ? Il y a eu une interruption de quelques minutes et voilà tout ! Personne n'a été tué, kidnappé ou dépouillé. Je comprends que vous autres désiriez contrôler une scène de crime, mais… de quel crime parle-t-on ?

— C'est dans cette salle même, assura Wolfe. J'en suis certain. On a remplacé l'acide d'accumulateurs de toutes les lumières de secours par autre chose. Probablement de l'eau. J'ai trouvé des traces de cet acide d'accumulateurs sur un autre lieu lié à l'homicide « Patrick ». Voilà d'où ça doit provenir.

— OK, jusque-là, je vous suis. Quelqu'un voulait que cette salle soit plongée dans le noir quelques minutes. Mais à moins que vous puissiez m'expliquer pourquoi…

— Je sais, je sais. Ces gens-là n'apprécient pas de recevoir des ordres. Tâchez de les retenir encore un peu, voulez-vous ?

— J'essaierai.

Wolfe rejoignit Tripp à l'extérieur, lui faisant part de ses constatations.

— Il se trame quelque chose, c'est sûr… Mais je ne vois pas quoi.

— Je vais chercher des indices dans le local électrique, conclut Wolfe. Appelle-moi sur mon portable s'il y a du nouveau.

Travailler un réveillon de Noël ne remplissait pas Delko d'enthousiasme, mais comment festoyer en famille quand quelqu'un voulait la peau d'Horatio ? Après tout, lui aussi faisait partie de sa famille.

Il ne se donna pas la peine de revérifier les données dactylascopiques du cas Pathan – si Calleigh s'en était chargée, et si Horatio avait inspecté son travail, c'est que les données en question étaient bonnes. Horatio et lui en convenaient, la clé de l'affaire s'appelait Francis Buccinelli.

Il étudia l'image filmée par la caméra de sécurité du centre de détention. La barbe, les lunettes, les cheveux épais… Il pouvait évidemment s'agir d'un déguisement. Mais qu'importe le véritable aspect de Buccinelli, Pathan avait réussi à le contacter alors qu'il était détenu. Le policier ayant procédé à l'arrestation pensait qu'il l'avait appelé depuis l'hôpital.

D'après Delko, le temps était venu d'aller faire un tour au Dade Memorial.

Au moins, ce sera forcément ouvert le soir de Noël.

Alors qu'il se dirigeait vers l'ascenseur, il tomba sur Calleigh.

— Hé, tu rentres chez toi ?

— J'ai bien peur que non, soupira-t-elle. Je bosse toujours sur l'affaire Villanova. Le lendemain de Noël, le corps sera rapatrié au Brésil – obtenir un vol avant cette date est apparemment difficile. La veuve va passer les fêtes dans une chambre d'hôtel, à s'occuper sans doute de la paperasse, et je ne peux toujours pas lui fournir de réponses. Je me sens trop coupable de cette situation pour rentrer à la maison.

— Je comprends ce que tu ressens, assura Delko. Savoir que celui qui a essayé de tuer Horatio se promène tranquillement, libre, quelque part... Comment mettre ça de côté en regardant *La vie est belle* pour la énième fois ?

— Où vas-tu, toi ?

Il le lui dit.

— Si j'arrive à découvrir comment il a passé ce coup de fil, je pourrai peut-être remonter à la source. Et déterminer qui est réellement Francis Buccinelli.

— Au moins, tu as un nom, même un faux. Avec les seules preuves que j'ai, mon tueur pourrait aussi bien être la fée clochette !

— Ne baisse pas les bras.

— Toi non plus, conclut Calleigh avec un sourire.

Wolfe avait presque fini de relever les indices dans le local électrique lorsque son portable sonna. C'était Tripp, avec de mauvaises nouvelles.

— Nous les laissons filer. Je viens de recevoir un coup de fil du chef de la police en personne, qui a lui-même été contacté par un des invités. À moins que tu n'aies une raison solide de les maintenir dans les lieux, la fête est finie.

— Navré, Frank. Ici, je n'ai encore rien trouvé. Je continue à chercher, mais j'ai pratiquement terminé.

— Et moi aussi, gamin, soupira Tripp en raccrochant.

Wolfe souffla à son tour. Il était si près d'apprendre le fin mot de l'histoire... Il le sentait. Il avait toutes les pièces du puzzle, il lui suffisait maintenant de les assembler. Affalé contre le mur, il resta le regard perdu dans le vague. Puis ses yeux tombèrent machinalement sur une petite lampe témoin verte, clignotant sur un tableau de commande.

Ravi de voir quelque chose fonctionner, *pour changer…*, songea-t-il, morose. *Encore que le vert commence à me fatiguer autant que le rouge… Le rouge et le vert, deux composantes emblématiques de l'univers de Noël…*

Rouge et vert…

Pour une raison inexpliquée, ces couleurs ne lui sortaient plus de la tête.

Soudain, il comprit.

Il rappela Tripp sur le portable.

— Frank ? Écoute attentivement…

Après lui avoir donné ses instructions, il se dirigea vers l'ascenseur. Il posa quelques questions à l'accueil, puis gagna l'étage de la suite prestigieuse.

Près de l'ascenseur de service, il trouva la femme de chambre en train de remplir son chariot de produits ménagers. Selon Fergusson, c'était elle qui s'occupait de la suite nuptiale tous les jours. Wolfe lui montra sa plaque, et demanda si le linge dans le chariot en provenait.

— Mais oui, pourquoi ?

— Je vais devoir l'examiner de plus près.

Une zone publique, à la vue de tous…

La soubrette, une jeune femme méchée blonde, haussa les épaules.

— Ça ne me dérange pas. Mais ça sent un peu fort.

— Ah ? Et quoi donc ?

— Le genre lit tout mouillé… La gamine doit avoir la vessie chatouilleuse.

— Eh bien, pour quelqu'un de son âge, cette soirée est très excitante…

Wolfe fourra les draps souillés dans un sac en plastique de blanchisserie, la remercia et retourna dans le hall.

— Joyeux Noël à moi, maugréa-t-il dans l'ascenseur. Je crois *enfin* avoir une petite idée de ce qui se passe…

Ce soir-là, le calme régnait à l'hôpital ; dans un coin, une radio diffusait en sourdine un cantique de Noël, et un petit sapin artificiel luisait de tous ses feux sur le comptoir des infirmières. Delko avait de la chance ; la personne qui avait partagé la chambre d'Abdus Sattar Pathan était toujours là.

— En temps normal, expliqua l'infirmière, nous ne mettons pas les délinquants avec les patients normaux. (La jeune femme joufflue de type hispanique présentait une surocclusion.) Mais nous manquions de lits, il était inconscient et menotté aux barreaux de sa couche. Nous ne pensions pas que ça poserait problème.

— Comment a réagi l'autre occupant ?

L'infirmière hésita.

— M. Johnson ? Nous aurions eu du mal à lui demander sa permission ; il était comateux.

— Y a-t-il un téléphone dans cette chambre ?

— Elle est équipée d'une prise téléphonique murale, mais il faut en demander l'accès à l'accueil. Et il est payant.

— Les effets personnels de M. Johnson sont-ils rangés dans la chambre ?

— Oui. Il y a une petite armoire pour les habits.

— J'aimerais y jeter un coup d'œil, s'il vous plaît.

Elle l'emmena dans la chambre en question. Un homme noir, la quarantaine ou la cinquantaine, était allongé dans un lit, le goutte-à-goutte de la perfusion en intraveineuse scotché sur le dos de sa main, et un moniteur ronronnait doucement près de lui. L'autre couche était occupée par un patient bien plus âgé. Sa couronne blanche de cheveux épars sur l'oreiller lui faisait comme une auréole. Lui aussi avait été placé sous perfusion et relié à un biomoniteur.

L'infirmière désigna l'homme noir.

— Voici M. Johnson. Vous trouverez ses affaires dans ce cabinet, là-bas.

Delko s'y dirigea et, agenouillé, l'ouvrit pour découvrir une paire de chaussures, des vêtements et un chapeau. Il fouilla les poches et dénicha ce qu'il cherchait : un portable.

Il le sortit avec précaution. Il parviendrait peut-être à y prélever une empreinte mais pour l'instant, il s'intéressait surtout au dernier numéro composé.

Il activa la commande « bis ». Après quelques sonneries, une messagerie vocale s'enclencha.

— *Bonjour. Vous êtes en relation avec le Brillant Batin. Je ne suis pas disponible pour l'instant, mais veuillez laisser un message et je vous contacterai...*

Delko raccrocha, les yeux ronds comme si le téléphone venait tout juste de le mordre.

— Il s'est appelé *lui-même...* ?

Quand Wolfe fut de retour dans la salle de bal, tous les invités avaient vidé les lieux. Seuls restaient l'équipe de tournage occupée à ranger les appareils, Chuck Keppler et Anita Farnsworth. Pieds nus, l'air fatiguée mais ravie, la jeune femme, assise sur les marches du trône du Père Noël, bavardait avec le chef de la sécurité.

Wolfe les rejoignit.

— On ne tourne plus ce soir ?

— Dieu, j'espère bien que non ! s'exclama Anitra. Je ne rêve que d'une chose, monter me coucher ! Coral me réveillera aux premières lueurs de l'aube et ensuite… J'ignore ce que Jeff me réserve encore, mais je suis sûre qu'il m'impressionnera encore. Le Père Noël en personne nous couvrira de cadeaux, je suppose.

— Eh bien, on ne sait jamais quand ce bon vieux Père Noël apparaîtra…, répondit Wolfe. Ni lequel d'ailleurs.

Anitra fronça les sourcils.

— Je ne vous suis pas.

— Il en existe plus d'un, voyez-vous. Certains sont sympas… et d'autres turbulents. Celui qui était assis là ce soir par exemple… n'était pas si gentil.

— Eh, nous avons tout vérifié sur ce gars ! protesta Keppler, l'air soudain inquiet.

— Non, vous avez tout vérifié sur un dénommé Kule Dickerson, le reprit Wolfe. Et vous aviez raison, ce type-là n'avait rien à se reprocher. Clean. Son pire « délit » fut sans doute de renvoyer son agent… Voyez, Dickerson l'acteur avait pris pour nom d'artiste Kingsley Patrick. Mais il était tellement fauché, le pauvre, qu'il avait accepté un petit boulot de « Père Noël ». Trop gêné pour donner son nom d'artiste, il avait utilisé sa véritable identité.

— Patrick, comme votre macchabée, c'est ça ? fit Keppler.

— Oui. Quelqu'un l'a tué, a volé le badge d'identification qu'on lui avait remis, et a pris sa place ce soir.

Wolfe planta alors son regard dans celui d'Anitra, avant de le laisser dériver un peu plus bas, sur le cou de la jeune femme.

— Joli collier… Dans le cadre de cette belle soirée, j'imagine que le réalisateur avait pris les mêmes engagements que ceux dont bénéficient les vedettes de cinéma aux grandes premières – on lui a prêté une pièce d'orfèvrerie hors de prix en échange d'une publicité de choix. Combien valent ces émeraudes ?

— Deux millions sept cent mille dollars, répondit Keppler à mi-voix, toisant à présent Anitra d'une façon fort différente – qui parut à Wolfe plus triste que furieuse.

— Vous étiez assise sur les genoux du Père Noël quand les lumières ont été coupées. L'un de vous s'est servi d'un détonateur radio-commandé pour activer la bombe et asperger les ampoules, pour vous permettre d'échanger les émeraudes authentiques contre des fausses. Le collier que vous portez maintenant, vous l'avez fabriqué, votre associé et vous, d'après une méthode appelée le « procédé Czochralski ». Quand j'ai détecté des traces d'oxyde d'yttrium dans le local désert que votre partenaire utilisait comme base d'opérations, je n'arrivais pas à comprendre à quoi il vous avait servi ; c'est utilisé pour former les points au phosphore rouge sur les écrans de TV, mais la couleur à laquelle j'aurais *dû* penser, c'était le vert. Quand on ajoute de l'oxyde d'aluminium et qu'on mélange les deux dans un substrat non brunissant, on obtient un dépôt appelé grenat d'yttrium-aluminium – un des stimulants entrant dans la fabrication d'émeraudes de synthèse.

Le visage d'Anitra se ferma. La jeune femme se leva et affronta Wolfe du regard.

— À quoi bon le nier ? Je porte cette maudite verroterie, pas vrai ? Mais ne vous attendez pas à ce que je vous présente mes excuses.

— Bon sang, Anitra ! explosa Keppler. Comment avez-vous pu croire une minute que vous vous en tireriez avec… ?

— *Inutile* de me faire la leçon ! coupa-t-elle froidement. Je ne dois rien à personne, ni à Jeff, ni au satané studio, ni à vous ! Suis-je censée me montrer *reconnaissante* parce qu'on s'apitoie sur mon sort ? Qu'on prenne une malheureuse laissée-pour-compte comme moi, qu'on lui donne un petit aperçu de la belle vie, qu'on l'exhibe au monde entier, la pauvre petite, dépassée par tout ce qui lui arrive ! Vous vous fichez tous bien de Coral ou de moi – vous *m'utilisiez*, un point c'est tout. Eh bien, j'ai juste décidé de vous rendre la monnaie de votre pièce !

— Vous avez fait plus que ça, souligna Wolfe. En tuant un innocent – à l'aide des médicaments de votre propre fille… Car Coral prend de l'imipramine pour contrôler sa vessie la nuit, n'est-ce pas ? Et vous, vous suivez un traitement contre la dépression ? À base de phénelzine ?

« Comment aviez-vous prévu de vous évader ? Vous faufiler à bord d'un bateau et gagner les Bahamas en espérant que l'échange du collier passerait inaperçu jusqu'à la fin des fêtes ?

— Quelque chose de ce style…

— Votre complice déguisé en Père Noël vient d'être arrêté alors qu'il s'apprêtait à quitter l'hôtel. On a retrouvé les vraies émeraudes sur lui, ainsi qu'une clef de frappe. Elle correspondra certainement aux entailles de la serrure de l'appartement de Patrick, et à celle du local que vous utilisiez. Dites-moi, est-ce de lui que vient l'idée de ce coup monté ?

— Je crois que mon avocat saura répondre à cette question, répondit Anitra doucement.

— À votre guise. Mais quelqu'un d'autre vous en posera de plus dures. En fin de compte, c'est devant votre fille que vous aurez à répondre de vos actes.

L'air de défi d'Anitra s'évanouit, ne laissant dans son sillage que lassitude et désespoir.

— Je sais, chuchota-t-elle. Je le faisais pour elle. Je refusais qu'elle vive un jour de plus dans un appartement décrépit, et qu'elle grandisse en pensant que c'était *normal* et qu'elle ne devait aspirer à rien de mieux… Je voulais qu'elle ait des rêves…

— Et au lieu de cela, conclut Wolfe d'une voix douce, vous l'aurez privée de sa mère.

18

Le jour de Noël, l'aube se leva, grise et glaciale, à Miami. Au fil des heures, Horatio Caine le savait, la température monterait. Rentré tard chez lui, il s'était levé tôt. Quand Wolfe était arrivé avec la nouvelle de l'arrestation, il se trouvait encore au laboratoire, et l'avait félicité, l'encourageant à rentrer chez lui. Il se faisait d'ailleurs un peu l'effet d'Ebenezer Scrooge renvoyant chez sa famille Bob Cratchit…

Mais Scrooge, lui, avait trouvé la rédemption. Alors qu'Horatio avait l'impression de chercher encore la sienne…

Il retourna au bureau. Les locaux étaient quasiment vides, le personnel réduit au minimum. On se serait cru dans un lycée au début du printemps. Les labos paraissaient aussi stériles et glacés que la morgue.

Il s'était plongé dans l'affaire Pathan jusqu'à en avoir la tête farcie. Rien à faire, des questions restaient sans réponse… Il finit par se pencher sur les autres cas qui occupaient son équipe, histoire de se distraire.

L'enquête « Père Noël » avait clairement été résolue. Dans la chambre d'hôtel d'Anitra Farnsworth, Wolfe avait récupéré les deux sortes d'antidépresseurs, et le complice avait été arrêté en possession des bijoux volés. La fillette, Coral, se trouvait toujours à l'hôtel. Le personnel s'était porté volontaire pour prendre soin d'elle le temps que d'autres membres de sa famille viennent la chercher le lendemain.

La porte de la chambre s'ouvrit lentement. Coral ne dormait pas. Réveillée quinze minutes plus tôt, elle restait sans bouger, les yeux grands ouverts, tremblant d'excitation contenue. Elle attendait, avec une grande patience, que sa mère vienne lui dire que l'heure était venue.

Elle s'assit en sursaut sur son lit – dans l'encadrement de la porte, là, ne se tenait pas sa mère…

… mais le Père Noël.

— Ho, ho, ho ! tonna-t-il joyeusement. Joyeux Noël, Coral ! Tu as été une très gentille petite fille cette année, alors je viens te remettre tes cadeaux en personne !

— Père Noël ! s'écria-t-elle en bondissant hors du lit. Maman, maman, Père Noël est là !

Elle s'élança, le contourna et jaillit dans la pièce adjacente, où se dressait le sapin de Noël avec tous les présents disposés au pied.

Sa mère l'attendait.

Elle était bizarrement vêtue, dans une combinaison orange vif et un chapeau pointu de Noël, mais l'enfant s'y était habituée. Depuis qu'Anitra avait commencé à traîner avec des gens qui la prenaient constamment en photo, on l'avait affublée de toutes sortes de costumes ridicules. Parfois, Coral en mettait un aussi, comme le jour où toutes deux, habillées en cow-girls, étaient montées à cheval.

Elle bondit sur les genoux de sa mère.

— Joyeux Noël, maman !

— Joyeux Noël, ma chérie, chuchota la jeune femme.

Coral s'était si bien habituée aux équipes de tournage qu'elle n'y faisait plus attention. Pourtant, il n'y avait plus personne à présent. Juste un homme que la fillette ne reconnut pas, en costume noir, les cheveux roux.

— Où est passé tout le monde ? Tu as dit qu'il y aurait un monde fou, maman…

— Pas ce matin. Aujourd'hui, c'est juste pour nous trois. Le Père Noël, toi et moi.

— Tout à fait ! s'écria le Père Noël en arrivant sur les talons de l'enfant un paquet à la main. (Coral trouva qu'il avait la voix de M. Keppler, mais en plus joyeux.) Et maintenant, pour qui est ce cadeau… ?

— Qui êtes-vous ? demanda Coral à l'homme roux.

— Moi ? Un des joyeux lurons du Père Noël, je pense… Je venais simplement m'assurer que tu aurais un Noël de *rêve*. D'accord ?

— OK…

— Merci, dit alors la jeune femme à l'inconnu roux sur un ton que Coral reconnut.

C'était celui que prenait toujours sa mère lorsqu'elle allait pleurer. L'enfant tourna un regard inquiet vers elle, qui n'avait pourtant pas l'air triste.

— Je ne le fais pas pour vous, répondit l'homme roux.

Coral commença à déballer ses cadeaux. Quand elle releva les yeux, l'inconnu avait disparu, mais il y avait d'autres présents à ouvrir, et elle l'oublia bien vite.

Jusqu'à ce qu'il revienne plus tard pour lui annoncer que sa mère devait partir.

Calleigh retrouva Horatio dans la salle de repos, penché sur un dossier tout en sirotant une tasse de café.

— Ah, vous voilà… Pourquoi est-ce que ça ne me surprend pas de vous voir là le jour de Noël ?

Horatio sourit.

— J'avais quelques petites choses à régler… Mais je ne m'attendais pas à te retrouver là, toi aussi.

Tirant une chaise à elle, la jeune femme s'assit.

— Je me suis éclipsée tôt, en disant à mon père que j'avais oublié un truc au boulot. Il comprend.

— Moi aussi, je crois.

— Je vois que vous lisez le dossier Villanova. Vous vérifiez mon travail ?

Il sembla affecté par sa remarque.

— Calleigh, j'ai la plus grande confiance en toi. Tu le sais, n'est-ce pas ?

— Oui, je… Bien sûr, Horatio. Navrée, je vous taquinais. À dire vrai, je suis venue à cause de cette affaire.

Il retrouva son sourire.

— C'est noté. En fait, je relisais ce dossier parce que l'enquête Pathan piétine.

— Vous cherchez une petite intuition du côté de Duquesne ?

— Pourquoi pas, oui…

— Eh bien, me voilà en chair et en os ! Mais je ne sais pas si je serais beaucoup plus inspirée… Avec Hector Villanova, je suis dans un cul-de-sac, et *j'ignore* comment m'en sortir.

Étrange – l'inspiration – qui, dans le jargon, signifiait déceler brusquement un lien entre deux choses ou plus – pouvait aussi bien découler d'une coïncidence que de l'analyse… Horatio s'en ferait bientôt la réflexion. À l'instant même où Calleigh parlait de « cul-de-sac », ses yeux tombèrent sur un mot, un seul, dans le rapport… et soudain, toutes les pièces du puzzle s'emboîtèrent.

— Calleigh, as-tu remarqué que Delko avait décelé des micro-traces de cellulose dans les brûlures chimiques des bras de Villanova ?

— Bien sûr. Le corps a été pêché dans un marécage. Et ce ne sont pas les matières végétales qui manquent…

— Exact. Mais il n'a pas trouvé de lignine. Il aurait pourtant dû en trouver pour confirmer qu'il s'agissait bien de la matière végétale naturelle. La cellulose fait donc penser à autre chose.

Sourcils froncés, elle réfléchit.

— Du papier ?

— Pas seulement. Un *sac* en papier.

— Madame Villanova, attaqua Calleigh dès que la veuve entra dans la salle d'interrogatoires, merci d'être venue. Voici mon supérieur, le lieutenant Horatio Caine.

— Madame Villanova, j'aimerais vous présenter également mes condoléances les plus sincères, dit-il. Je sais que l'enquête traîne en longueur, et je m'en excuse. Je tenais simplement à ce que vous sachiez que nous avons consacré autant de temps et d'énergie qu'il était humainement possible à déterminer ce qui a pu arriver à votre ex-mari.

— Merci, lieutenant. (Tout de noir vêtue, Solana Villanova n'avait même pas essayé de dissimuler ses cernes avec du fond de teint.) Avez-vous des réponses à me donner ?

— J'en ai bien peur, répondit Calleigh. Solana, votre époux s'est suicidé.

Une seconde, Villanova ne comprit pas. Elle fronça les sourcils, comme si elle n'avait pas bien entendu.

— Quoi ? Mais le corps… Il n'y avait plus de tête ni de mains ! Le coroner m'a dit qu'on avait utilisé des explosifs, des produits chimiques…

— En effet, répondit doucement Horatio. Hector s'en est lui-même chargé. Il tenait dans sa bouche une bombe de fabrication grossière, et s'est enveloppé les mains de sacs papier remplis de nettoyant sanitaire cristallin – plusieurs couches, probablement. Quand la bombe a explosé, son corps a basculé dans l'eau. L'eau additionnée à de l'hydroxyde de sodium forme une base corrosive très puissante ; en qualité de plombier, il connaissait assez cette combinaison chimique pour savoir en quelle quantité l'utiliser de façon à dissoudre d'abord ses empreintes digitales puis les sacs papier. Il s'est servi d'une autre bombe au fusible plus long pour couler la barque.

— Mais… qui se résoudrait à de telles extrémités ?

— Voilà ce que nous ne parvenions pas à déterminer, répondit Calleigh. On aurait bien dit que quelqu'un avait assassiné Hector en voulant empêcher toute identification… Mais après enquête, nous avons constaté que rien ne permettait d'établir un lien entre Hector et de quelconques activités criminelles.

— Naturellement pas, assura Solana. C'était un homme *bon* !

— En effet, renchérit Horatio. Ce que mon équipe a découvert en revanche, c'est qu'Hector n'avait pas fait grand-chose depuis son arrivée à Miami. Malgré ce qu'il vous avait dit, il n'était pas venu là pour affaires. Ses activités se limitèrent à l'achat d'un bateau… et à une bonne soirée d'adieu au restaurant. Il est descendu dans un établissement brésilien local où il a commandé du *ceía de natal*. Selon le personnel, il était heureux – comme s'il fêtait quelque chose.

— Heureux ? Mais ce n'est pas là l'attitude de quelqu'un qui compte se suicider, si ?

— En fait, madame Villanova, répondit Calleigh, il arrive souvent que des candidats au suicide affichent soudain une bonne humeur qui ne leur ressemble pas. Non que leurs perspectives d'avenir se soient améliorées… C'est juste qu'ils ont renoncé à tout. Ils pensent voir enfin le bout du tunnel, en trouvant le moyen d'échapper à leurs souffrances.

— Je ne comprends pas… Je ne comprends pas ! (Solana fouilla son sac à main à la recherche d'un mouchoir.) Pourquoi ? Pourquoi se serait-il donné toutes ces peines ?

Calleigh lança un coup d'œil à Horatio, qui hocha très légèrement la tête.

— Nous pensons qu'il tentait de disparaître complètement de la surface de la terre, répondit-elle. Voilà pourquoi il était venu à Miami. Se volatiliser en pays étranger, s'assurer que votre corps ne pourra jamais être identifié – après avoir coupé les ponts de façon à ce que plus personne, dans votre entourage, ne cherche à savoir ce que vous êtes devenu…

— Notre querelle…, dit Solana à voix basse, notre dispute… À présent, je comprends… Il voulait m'éloigner de lui. Se rendre odieux à mes yeux. De façon à ce que je…

— … de façon à ce que vous ne vous reprochiez rien, dit Horatio.

Le regard vague, elle acquiesça.

— Je vois. Il devait terriblement souffrir… Il voulait

simplement que ça s'arrête. Et il souhaitait m'éviter la peine que j'aurais certainement ressentie ensuite…

— Cet homme devait vous adorer, dit Calleigh.

— J'ignorais la profondeur de son amour, reconnut Solana. La douleur rend égoïste, pas vrai ? Mais pas Hector. Me rendre ma liberté ne lui a pas suffi ; il a tenté de me faire également don de l'innocence. Du fait de ne pas savoir.

— Je suis navré, dit Horatio.

Solana se sécha les yeux avec son mouchoir.

— Ça ira… Aller au fond des choses, c'est votre travail. Et je suis contente d'avoir appris la vérité. En dépit de toutes ses bonnes intentions, Hector ne m'a jamais vraiment comprise. Ce n'est pas de ma faute s'il s'est tué. C'était son choix. Quant à ses autres actes… Comment ne pas être touchée de savoir qu'on vous a… *tant*… aimée…

Alors, Solana Villanova donna à son ex-mari la seule chose qu'il lui restait – l'unique présent qu'il n'avait pas souhaité.

Son chagrin.

Le jour de Noël, à part les séries habituelles d'attaques au Moyen-Orient et la bénédiction annuelle du pape en place Saint-Pierre, les journalistes n'avaient pas grand-chose à se mettre sous la dent. Quand un événement digne d'attention survenait en cette période, les médias lui accordaient donc plus de place qu'en temps normal.

Comme par exemple l'évasion audacieuse d'une victime de kidnapping.

Ensanglanté, couvert d'hématomes, une paire de menottes pendant encore d'un de ses poignets, Abdus

Sattar Pathan fut retrouvé errant sur l'autoroute Tamiami Trail par une patrouille de police, qui l'emmena au commissariat de Miami-Dade. Ensuite, le FBI fut contacté. Quelqu'un avertit en douce les médias, et l'immeuble fut bientôt assailli par des hordes de reporters.

On appela Horatio Caine.

Il se rendit en voiture au bureau local du FBI de Miami, où Pathan était entendu. L'agent Sackheim en personne avait prévenu Horatio – plus par suffisance que par un quelconque sens de courtoisie professionnelle, songea le lieutenant. Sackheim avait accepté qu'il interroge Pathan sur l'épreuve qu'il venait de traverser. Sur *son* territoire, naturellement.

Horatio passa avec stoïcisme les multiples points de contrôle et les mesures de sécurité. Il confia son revolver sans réticence, et parapha plus d'un formulaire. Ses empreintes digitales scannées, il franchit le portique d'un détecteur de métaux. Il pensa même un moment qu'on lui demanderait d'ôter ses chaussures.

Ensuite, on l'introduisit dans une salle d'interrogatoires. Sackheim s'y trouvait déjà, assis en face de Pathan qui sirotait une grande tasse de café. Un œil au beurre noir, une lèvre fendue, portant encore un pansement au cou, il était en piteux état. Horatio adressa un signe à l'agent du FBI.

— Dennis…

— Lieutenant…

Pathan considéra le nouveau venu. En dépit de son état, il paraissait à l'aise. Horatio croyait savoir pourquoi.

— Lieutenant Caine, dit-il, je ne m'attendais pas à vous voir là.

— Naturellement pas…

Regardant Pathan sans la moindre curiosité, un fin sourire sur les lèvres, il n'ajouta rien.

Après un instant de silence, Sackheim se racla la gorge.

— Monsieur Pathan vient de traverser une terrible épreuve. Si vous avez des questions à lui poser…

— Aucune. En revanche, j'ai une requête à présenter auprès de M. Pathan. Toute simple. Sa pertinence ne sautera pas forcément aux yeux, mais si ça ne vous dérange pas… ?

Abdus haussa les épaules avec lassitude.

— Si je peux vous aider… Comme je l'ai déjà dit au FBI, j'ai appris très peu de choses sur mes ravisseurs…

— Il ne s'agit pas d'eux, mais de vous…

Horatio sortit de la poche de sa veste une courte ficelle qu'il tint dans son poing, doigts repliés tournés vers le plafond, chaque bout retombant de part et d'autre de sa main.

— J'aimerais simplement que vous exécutiez un tour que pratiquement tous les magiciens ont réalisé au cours de leur carrière. Il s'agit d'une tradition presque aussi ancrée que de tirer un lapin d'un chapeau, ou de demander à une personne du public de choisir une carte.

Pathan eut un sourire incrédule.

— Vous voudriez que j'accomplisse un *tour* ? Je regrette d'avoir à vous dire ça, monsieur Caine, mais la magie repose principalement sur la préparation. Il ne me suffit pas de lever la main pour faire disparaître quelque chose !

— Je ne vous demande pas de faire un tour, Abdus, mais de vous livrer à une démonstration fort simple. Et c'est *lieutenant* Caine.

Il rouvrit le poing. La ficelle avait maintenant un nœud.

— Allez-y, soufflez dessus.

Pathan hésita brièvement, puis son sourire s'élargit.

— C'est tout ? Il s'agit d'une requête bien étrange, mais pour vous, *lieutenant*, je serais heureux d'y accéder.

Il fit mine de se pencher en avant – mais Horatio recula la main.

— Pas si vite… Après tout, ce ne serait pas un test scientifique valable sans vérification…

Il tira de sa poche une pochette scellée en plastique. Il l'ouvrit pour en sortir un élément très fragile.

Une minuscule plume blanche duveteuse…

Se levant, Horatio la posa avec soin sur le nœud de la ficelle.

— Auriez-vous perdu vos *esprits*, Caine ? s'exclama Sackheim.

Penché en avant, Horatio tint la main devant Pathan.

— Nullement, agent Sackheim. Je suis simplement en train de prendre M. Pathan au mot.

Celui-ci n'avait plus qu'un léger sourire aux lèvres. Dans son regard, planté dans celui du lieutenant, plus aucune trace d'amusement.

Ses yeux luisaient de haine.

— Allez-y, insista Horatio. Un simple souffle… Le Brillant Batin peut sûrement accomplir un rituel dont s'acquittent chaque année des milliers de magiciens aux anniversaires des enfants…

Pathan ne répondit pas.

— Que se passe-t-il ? Il y a une seconde, ce tour ne vous posait aucun problème. Il faut dire qu'il y a une seconde encore, vous auriez pu prétendre souffler dessus. À présent, vous vous y refusez.

— Très bien, lieutenant, intervint Sackheim, je vous ai laissé parler. Mais je n'ai aucune idée de ce que vous cherchez à prouver…

— Ce que j'essaie de prouver, agent Sackheim, c'est qu'Abdus Sattar Pathan est un menteur. (Horatio ramena la main en arrière, refermant de nouveau le poing sur le nœud.) Et je ne parle pas simplement du kidnapping. Je veux dire que toute sa vie se résume à un mensonge. Voyez-vous, le Brillant Batin n'est *pas* un magicien.

— Je ne l'ai jamais prétendu, répliqua Pathan.

— En effet. Vous vous êtes érigé en maître d'étonnantes prouesses s'adonnant à l'art de la prestidigitation. Vous n'avez jamais affirmé que vous faisiez plus que de simples tours de passe-passe. Ce qui nous ramène à la science, pas à la magie.

— Navré, intervint de nouveau Sackheim, mais je ne vois pas en quoi…

— Encore un peu de patience, coupa Horatio. Le foyer de M. Pathan ne contient pas de photographies, ni de musique, rien qu'une chaîne stéréo réglée sur une fréquence donnant la priorité aux interviews et aux débats et un poste de télévision qu'il n'allume probablement jamais. Il ne boit pas d'alcool. Il se sert de cure-dents au lieu d'une brosse à dents. Même le jeu de cartes qu'il utilise pour son numéro de scène n'en est pas véritablement un – il les a fait faire sur commande, avec des chiffres et un motif abstrait au revers. Pourquoi ? Parce que, agent Sackheim, rien de tout cela n'est autorisé en vertu de certaines interprétations fondamentalistes de l'Islam. Abdus Sattar Pathan est un musulman – et des plus zélés, avec ça. En dépit du fait que la religion interdit expressément la pratique de la magie.

— Et la plume dans tout ça ?

— C'est le nœud, l'important, répondit Horatio. Le Coran parle des magiciens comme de ceux « qui soufflent sur les nœuds ». M. Pathan a fondé toute sa vie sur une illusion, celle qu'il était magicien. Alors qu'en fait, il s'est toujours attaché à suivre les préceptes à la lettre. Souffler sur un nœud reviendrait pour lui à se renier… et mettrait en péril le salut même de son âme.

— Mon âme restera toujours hors de votre portée, lieutenant Caine !

— Je ne m'intéresse pas à votre âme, Abdus.

Sackheim se leva.

— Lieutenant, avez-vous de quoi prouver l'implication de monsieur Pathan dans un crime, ou êtes-vous venu ici dans le seul but de critiquer ses croyances religieuses ?

— Je ne critique pas ses croyances, seulement ses actes. Je n'ai peut-être pas de preuve certifiant que vous avez mis en scène votre propre rapt, mais pour moi ça ne fait pas l'ombre d'un doute. Et tôt ou tard, un jury accédera à mes raisons.

— Je suppose donc que ce n'est pas terminé, fit Pathan.

Horatio lâcha sur la table la ficelle nouée.

— Monsieur Pathan, je viens à peine de commencer…

— Vous avez fini ! lança platement Sackheim au lieutenant Caine.

Ils se trouvaient dans l'office de l'agent – un espace aussi rangé, propre et organisé que l'homme lui-même.

Sur son bureau trônaient une lampe, un sous-main et un carnet jaune de formulaires légaux avec, posé précisément au centre, un crayon taillé.

— Je ne vous comprends pas, Horatio. C'est vous qui m'aviez remonté les bretelles l'autre jour, jugeant que je manquais de compassion envers la victime – et à présent, vous lui faites des remontrances sur sa religion ?

— Je vous l'ai dit, répondit patiemment le lieutenant, il ne s'agit pas de ça. Mais du fait qu'il dissimulait.

— Et après ? Tout le monde n'aime pas forcément porter ses croyances en écharpe ! Vous-même avez rappelé que les Musulmans n'étaient pas censés pratiquer la magie. Voilà pourquoi il n'en a pas parlé.

— Ça ne colle pas, et vous le savez. Cacher sa foi et exposer ses péchés ?

— C'est peut-être en rapport avec son père… (Sackheim s'adossa à son siège.) Vu de l'extérieur, le mode de fonctionnement familial ne fait pas toujours sens.

Horatio marqua une pause. Il savait d'expérience combien cette remarque était vraie, et combien le mode de fonctionnement en question pouvait reposer sur la violence et l'instabilité… Ses propres relations avec son père avaient connu une fin sinistre – du genre définitif.

— Rien de tout ça n'a de sens, maugréa-t-il.

— Ah non ? Abdus et son père sont en conflit au sujet des croyances religieuses. Le fils se convertit ensuite, mais refuse de l'admettre – ou d'accepter la protection familiale. Quelqu'un découvre qu'il est très fortuné, et le kidnappe. Abdus a beaucoup de chance et s'échappe.

— Et l'agression au magasin de proximité ?

— Vous disiez que notre homme était « zélé ». Dans ce cas, il est parfaitement normal que des photos de beautés dénudées du Moyen-Orient le mettent hors de lui.

— Donc, après des années à maintenir une illusion persuasive, il aurait tout envoyé balader, comme ça ? Je n'y crois pas. Rien de tout ça ne me convainc. Des kidnappeurs qui se donnent beaucoup de peine pour me faire cavaler dans tout Miami et qui ne demandent aucune rançon… Des kidnappeurs qui utilisent une mine de terrain irakienne pour tuer un officier fédéral… qui laissent une scène de crime pleine de sang sans autre trace de leur présence… qui ont bien failli tuer leur cible… puis qui la laissent leur filer entre les doigts… Cette affaire présente plus de contradictions que le témoignage d'un truand, agent Sackheim.

— Je n'ai pas oublié, pour Hargood… Mais le cas présente certaines cohésions, contrairement à ce que vous croyez. La fortune et la position de Khasib Pathan font de lui une cible de choix pour des terroristes, qui disposent d'armes telles que cette mine de terrain à action horizontale. Mes agents sont en train de remonter à la source, car au contraire de votre théorie à la « mords-moi-le-nœud », la mine, c'est du concret.

Penché en avant, mains jointes, Sackheim posa les coudes sur son bureau.

— La journée a été longue, Horatio. Rentrez chez vous. Cette affaire dépend du Bureau désormais – et nous prenons soin de nos morts.

— Moi aussi, agent Sackheim. Moi aussi…

De retour au laboratoire, Horatio ne fut guère surpris d'y trouver Delko en train de l'attendre.

— Eh bien, personne ne connaît donc le sens du mot « *vacances* » par ici ?

— Joyeux Noël à vous aussi, Horatio ! sourit Delko. Je ne reste pas. Ma famille prendra les armes si je ne rentre pas à temps pour dîner ! Je désirais juste vous remettre votre cadeau en personne.

— Ah ?

— Façon de parler... Concernant le night-club *Aferpartylife*, celui où la mine de terrain a explosé, j'ai continué à fureter un peu, à fourrer discrètement mon nez dans leurs affaires...

— Et ?

— Et je me suis intéressé au consortium qui en est propriétaire. La piste financière m'a donné du fil à retordre, mais j'ai finalement découvert qui était l'actionnaire principal de la compagnie.

— Laisse-moi deviner... Khasib Pathan ?

— En plein dans le mille ! On dirait bien que vous aviez raison – depuis le début, Abdus cherchait à causer des soucis à son père. Mais je suis aussi tombé sur autre chose...

Delko fit part à Horatio du coup de fil qu'Abdus avait passé de l'hôpital.

— Il a téléphoné chez lui, sur sa propre messagerie ? Et quelqu'un a répondu ?

— D'après les relevés téléphoniques, oui. Et la communication fut brève.

— Donc, le mystérieux Francis Buccinelli se trouvait chez le Brillant Batin. Pourtant, nous n'avons pas trouvé trace de visiteurs quelconques...

— Il n'a peut-être fait que passer.

Horatio secoua la tête.

— Je ne sais pas, Eric... Mais quelle que soit la

véritable identité de ce Buccinelli, il détient la clé de toute l'affaire. Tout ce que Pathan a entrepris depuis visait uniquement à détourner notre attention du dossier initial. Et il a beau être très malin, il a tout de même commis une erreur.

— Eh oui…, lâcha Delko l'air sombre. Il a tenté de vous abattre.

— Non, Eric. La conclusion qui s'impose, c'est que Pathan cherche manifestement à dissimuler un délit assez grave pour risquer une enquête fédérale. Il n'a pas demandé de rançon, voilà son erreur. Ça prouve bien que l'argent ne rentre pas en ligne de compte dans cette affaire.

— Mais nous ignorons toujours de quoi il retourne…

— Pour l'instant. Je viens de voir Abdus en personne. Je sais qu'il a mis en scène son propre rapt et je l'ai prévenu que j'avais bien l'intention de le prouver.

Delko fronça les sourcils.

— Mais Horatio… Vous venez de dire que Buccinelli détenait la clé du mystère…

Caine sourit.

— En effet. Mais le Brillant Batin n'est pas le seul capable de détourner l'attention en brouillant les pistes… Et tant que nous n'aurons pas découvert ce qui se trame vraiment, je veux que Pathan *se croit* l'objet de notre enquête en cours.

— Et s'il essayait encore de vous tuer ?

Horatio sourit de plus belle.

— Je suppose que je devrais m'en remettre à mes hommes pour assurer ma sécurité…

Son téléphone sonna.

— Caine…

— Joyeux Noël, Horatio ! lança Alexx. Je voulais

juste passer un petit coup de fil et… vous souhaiter un joyeux Noël, quoi !

— Joyeux Noël à toi aussi, Alexx. Ravi que tu m'appelles…

Il lui livra les détails concernant la résolution de l'affaire Villanova. Delko tapotant sa montre avec un haussement d'épaules contrit, il hocha la tête et l'autorisa à s'éclipser d'un signe de tête.

— Oh, Horatio, c'est si triste…, soupira Alexx quand il eut fini. Il s'était donné tout ce mal rien que pour éviter du chagrin à sa femme… Quand on parle de suicide, la victime cherche en général le contraire.

— La souffrance peut faire ressortir le meilleur comme le pire chez les gens. Tout dépend des réactions.

— Et que dire de la *nôtre*, Horatio ? (Alexx avait l'air troublée.) Dévoiler la vérité est notre métier, je sais, mais dans ce cas précis, je me demande s'il n'aurait pas mieux valu laisser le mystère planer autour d'Hector, et respecter ainsi sa volonté.

— Je ne crois pas, Alexx. Peu importait qui il était ou ce qu'il faisait, Hector Villanova avait une vie. Et il affectait les gens qui l'entouraient. Le nier, tenter de disparaître sans que personne ne le remarque, c'est non seulement se manquer de respect mais aussi rendre un piètre service à tous ceux qui l'ont connu. Personne ne dispose entièrement de sa vie… Et quitte à mettre fin à ses jours, vous devez plus à ceux qui vous aiment que des questions sans réponses.

— Vous avez raison, Horatio. La souffrance fait partie de notre lot quotidien, pas vrai ? Les docteurs passent tellement de temps à essayer de soulager la douleur qu'ils le perdent parfois de vue.

— Pas toi, Alexx.

Elle soupira.

— Je devrais retourner auprès de ma famille. *Un chant de Noël* va commencer, et je le regarde toujours avec mon époux.

— Les traditions sont importantes pendant les fêtes, reconnut Horatio. Prends soin de toi.

— Vous aussi.

Après avoir raccroché, il resta un instant sans bouger, dans le silence. La mention d'Alexx lui avait remis en mémoire ce vieux film ; la scène qui lui revenait à l'esprit était celle où Scrooge, seul dans une maison vide et noire, voûté devant la cheminée, mangeait son repas… jusqu'à ce que le fantôme de son ancien associé, Jacob Marley, lui apparaisse enchaîné.

« *Je porte la chaîne que j'ai forgée sur cette terre* », lui disait Marley. « *Je l'ai fabriquée anneau par anneau, année après année… Et son poids est considérable…* »

Des chaînes…, songea Horatio.

Hector Villanova en avait entouré son corps pour le lester au fond du marécage… Mais leur poids était dérisoire en comparaison de celles qui lui avaient serré le cœur à l'étouffer.

— Cette image t'est-elle étrangère ? s'apostropha Horatio à voix haute. Ou connaîtrais-tu le poids et la longueur des solides maillons que tu portes ?

Aucune réponse ne vint.

Horatio Caine éteignit les lumières de son bureau et rentra chez lui.

Fleuve
Noir

Achevé d'imprimer sur les presses de

BUSSIÈRE

GROUPE CPI

à Saint-Amand-Montrond (Cher)
en mars 2008

FLEUVE NOIR
12, avenue d'Italie
75627 Paris Cedex 13

— N° d'imp. : 80381. —
Dépôt légal : mars 2008.

Imprimé en France